기다림은 그 자체로서도 용서를 대신한다

자연을 사랑하는 과학자의 생명에 대한 간절한 기도
[에세이, 그리고 사진]

기다림은 그 자체로서도 용서를 대신한다

김 종 덕 제 2 수필집

세월은 참으로 멈추질 않는다. 시간이 멈추면 나의 생명도 멈출 것 같아서 차라리 세월이 흘러갔으면 하면서, 여태껏 세월이 멈추지 않은 것을 나무라 왔다. 언젠가는 세월이 멈추어 모든 것을 정리 해 줄 텐데, 나의 욕심만을 알겨냈다. 그래, 세월이 멈춘다는 것은 인생함수 $Life(t)=f(t)$에서 시간 $(t)=0$가 대입이 되면 $Life(t)=0$ 이 되어 세상이 정지하게 된다.

글을 쓴다는 것은 나의 삶에 숙제와 같아, 잘하고 싶은데, 머리와 마음이 말을 듣지 않아 많은 한숨을 쉬어 왔다. 이제는 $Life(t)=0$이 되기 전에 써 두었던 글들을 꿰어야겠다는 생각을 한다. 예전 대학교에 몸담고 있을 때는 글을 쓴다는 것이 의무로 느껴졌는데, 이제는 해결하지 못하는 어려운 숙제로 다가왔다.

제1 수필집에서는 삶이란 무엇인가 하는 명제에 대하여 "엄마", "기다림", 그리고 "그리움"이 마음에 녹아 필수적인 인간성-사람 냄새-에 대한 넓은 사랑의 이야기를 표현하였다면, 이제 제2 수필집에서는 살아가는 방법과 내가 지켜야 할 사랑에 대하여 정리하고자 하였다.

여전히 엄마에 대한 그리움을 바탕에 두고, 삶에 대한 감사함과 내가 베풀 수 있는 것에 대하여, "기다림이라는 것과 아쉬움을 주워 담는 것"이 삶이라고 정의를 내리게 되었다.

또한, 아쉬움이 큰 후회로 남지 않기를 자신을 다스리는 방법도 찾아보기로 했다.

　글은 마음이 시키는 대로 손이 움직이는 것이라 했다. 그런데 세월이 감에 따라 마음까지도 낡아가는 안타까움이 따라 왔다. 마음은 나를 움직이는 엔진인데 아마도 싱싱한 연료를 끊임없이 갖다 부어야겠다고 생각한다. 그러려면 젊어 있어야 하며, 결국은 자신을 이기는 일 만이 모든 것을 원래 자리로 되돌릴 수 있을 것으로 판단된다.

　이제는 이런 일들을 숙제로 남길 것이 아니라, 다시 임무로 되돌아가야 한다는 것, 어떻게 사는 것이 잘 사는 것인지는 대해서는 굳이 언급하고 싶지는 않다. 왜냐하면, 모두 자신을 잘 알고, 잘 다스리고 있기 때문이다.

　그래서 생각이 멈추지 않게 항상 필기구를 가지고 살아야 할 것 같다. 잘 살기 위해서도 아니고, 사람 냄새 나게 주위에 나를 심어야 할 것 같다.

　이처럼 제2 수필집을 꿰맬 수 있는 나 자신에게도 심심한 감사를 표한다.

　또한, 주위의 모든 생명에게도 한없는 감사함을 마음에 새겨 바치고 싶다.

2024년 11월
물길 김 종덕

CONTENTS
기다림은 그 자체로서도 용서를 대신한다

작가의 말

1부 산다는 것은

엄마의 손　11
너무도 아픈 길을 온다는 것　15
매화가 핀다는 것은 하나의 사건이다　19
생명은 계절 따라　24
나답게 산다는 것은　28
물성(物性)　34
봄은 기다리는 사람에게만 온다　39
움직인다는 것은　43
대나무 가지 회초리의 넋　49
할 말 없는 짙은 구름만　54

2부 삶의 가운데에는

엄마, 오셨습니까?　59
나에게도 가을이 오면　64
숨소리　71
새벽 바다　75
퇴임 여행　79
이데아　85
기다림은 그 자체로서도 용서를 대신 한다　89
다시 피는 꽃　93
청춘-바람 부는 날 둥지 트는 새　98

3부 삶을 찾는다는 것은

삶의 포화 곡선　107
여행　112
산다는 것은 그물을 짜는 것　121
아주 조그마한 엄마의 바다　127
주객전도(主客顚倒)　131

까치밥   138
폭풍의 씨앗   143
시간과 시계꽃   149
새로운 벽   153

4부 삶의 구성요건

Limensita(눈물 속에 피는 꽃)   159
정, 우정, 그리고 의리   163
가을 잔상   169
통학 열차   173
자유는 생명의 대가   177
실수, 그리고 자존심   181
기지개를 켜다   186
동백(冬柏)꽃   191
갈대의 서정   198

5부 삶을 이어가기

흙 묻은 울 엄마 치마   209
가을에 다시 핀 꽃   213
한 시간의 차이   218
가을 블루스   224
바람에게   229
입을 닫은 달님   233
이름 모를 꽃   239
그리움은 기다림 없이 결코 눈물 맺지 않는다   243

6부 삶의 곁에는

별은 맑은 눈물이다   249

지렁이의 꿈   253

사람은 수시로 방향을 바꾸는 풍향계   258

국화의 전설   261

가을 잡이   265

마치 눈을 처음 보는 것처럼   270

자율은 자유를 지키는 것   275

겨울 잎새   278

7부 삶의 한계를 넘어

벚꽃이 진 자리   285

다정다감한 장마   289

소가 웃을 일   293

입동   297

갖고 싶은 하루, 보내고 싶은 하루   302

촉(觸)   306

12월에 부쳐   310

1부

산다는 것은

[삶의 시작(큐우슈우), 2018]

엄마의 손

오늘 퇴근 후 혼자서 설렁탕집에 들어가 어제와 같은 갈비탕을 시키고 잠시 비는 시간에 시인들의 공동 깨톡을 열었더니 한 시인님으로부터 "사랑하는 마음은 마음을 쏟아야 하는 관심이자 존재에 대한 나와의 약속입니다"라는 구절과 함께 동영상 하나를 띄워 놓았다. 밥 먹으면서 이 내용을 한번 볼까 하는 생각이 들었다.

저 넓은 논이 감당할 수 없는 가뭄으로 쩍쩍 갈라져 벼가 누렇게 타들어 가는 상황에서, 나 혼자의 눈물만으로도 그 논을 채울 수 있을 것 같았다.

동영상의 내용은 30대 중반의 남자, 여자에게 눈을 가린 채, 앞에 앉아 있는 사람의 직업을 알아맞히는 내용이었다. 남자와 여자는 자기 나름의 철학대로 앞에 앉아 있는 사람의 직업을 맞추기 위하여 앞에 앉은 사람의 손을 만지기도 하고, 온갖 추측과 안간힘을 쓰는 것을 볼 수 있었다. 그리고 난 후 안대를 벗고 앞에 앉아 있는 사람의 얼굴을 보고, 말을 잇지 못했다. 앞에 앉아 있는 사람은 바로 그들의 엄마였다. 얼마나 놀라고, 얼마나 등 줄에 식은땀이 흘렀을까 하는 생각과 엄마가 그들이 앞에 앉은 사람의 직업을 맞추기 위해 이런저런 말을 한 것이 자신의 엄마였다니 또한 얼마나 부끄러웠을까 하는 생각을 한다.

갈비탕은 나왔는데 넘어가질 않는다. 눈물이 고여 갈비탕 안으로 떨어지고, 소리도 못 내고 꾸역꾸역 삼키는데 다른 사람에게는 좋은 구경거리가 되었을 수도 있겠다 하는 생각도 했다. 갑자기 차오르는 감정과 옛날 엄마와의 모습이 겹쳐 한참을 눈물 콧물을 닦고 화장실에서 세수를 한 다음 주인의 인사에 답도 하지 못하고 나왔다.

"우리 엄마가 지금 나의 나이 일때, 아니 그 보담은 약간은 젊으실 때 나의 곁을 떠났습니다. 농삿일로 온 손에 피 못이 박혀 내가 어릴 때도 엄마의 손을 보고 참으로 애처로워 운 적이 있습니다. 지금 이 나이에 영상처럼, 직업을 알아맞히지 못하더라도 손 한번 잡아보고 싶습니다. 울 엄마 손은 나만이 알 수 있을 것입니다. 산속에 고구마밭에 물을 주고 내려올 때 미끄러질까 봐 엄마 손을 잡고 내려왔는데 사람 손이 아닌 듯하더이다. 지금 잡아도 엄마 손엔 눈물로 가득 고인 땀이 저의 손을 덮을 것 같습니다. 목련의 꽃잎이 엄마의 치마 같고, 자목련의 꽃잎이 흙 묻은 엄마의 치맛자락 같아서 봄이 올 때만을 기다립니다. 봄이 비켜갈까 봐 집의 테라스에 목련을 심었습니다. 시인이면 무엇 합니까, 보고 싶다, 그립다, 사랑한다, 이보다 큰 따스한 말조차 지을 수 없는데 말입니다......"

울 엄마는 키가 아주 작은 분이셨는데, 도리깨로 보리타작을 하면 키의 3배 정도나 되는 도리깨를 그렇게 힘 있게 내려쳐, 보리 낱알들이 놀라 아주 멀리 도망가곤 했습니다. 벼 키울 때, 논매러 가면, 이랑 사이로 벼는 흔들리는데 사람을 보이지 않는 아주 기막힌 일들도 있었습니다.

집 안의 조그마한 남새밭에는 없는 게 없을 정도로 많은 채소를 키워 보리밥, 상추 쌈에 된장 발라 먹고, 찬물 한번 마시면 그렇게 힘이 나던 때가 있었습니다. 엄마가 몸이 좋지 않아도 밭일을 나갈 때는 소가 큰 눈을 껌벅이며, 엄마의 외로움을 달래주기도 하였습니다. 개, 목에 방울을 단 젖짜는 염소, 돼지, 닭도 엄마를 그렇게 따르고 좋아했습니다. 그러다 1969년 9월 27일 엄청난 태풍과 폭우가 들이닥쳐, 울 엄마가 그렇게 노력하고 일구었던 모든 터전을 밤새 홍수가 모두 쓸어 가고 말았습니다. 그때도 버얼근 눈으로 통곡보다는 저를 품에 안아주시던 것을 지금도 잊을 수 없습니다. 자식들을 위해서 새벽 3시에 밥을 하여 아들을 부산의 대학까지 통학시킨 후, 다시 밥을 하여 낭군을 진해로 출근시키고, 해만 뜨면 그 몸으로 잠시 누워보지도 못한 채, 들로 산으로 밭으로 논으로 나갔습니다. 그 크고 깊고 높은 한을 무엇으로 추스렸겠습니까? 저는 기차로 마산, 마산중학교까지, 그때는 증기기관차였습니다, 통학하면서, 첫 시험을 치렀습니다. 그때 시험을 치고 마음에 들지 않아 역에서 집까지 펑펑 울고 갔습니다. 서러워서가 아니었습니다. 울 엄마 고생 안 시키려고 그렇게 열심히 했는데, 촌 아이가 도시 아이를 따라잡기 어려워서, 엄마 고생 일에 대하여 시험도 망쳤으니 스스로 화가 많이 났었습니다.

울 엄마는 잘 살 운이 없었나 봅니다. 보통 사람이 그렇게 일을 했으면 갑부는 못되어도 등을 비비며 살 수 있었을 것인데, 한 번 떵떵거려 보지도 못 한 채, 끝까지 이 자식의 돌봄을 한 번도 받지 못하고 가셨습니다.

내가 50 중반쯤 되었을 때 색소폰 동우회의 월 발표회가 있었는데, 그때 당시 75세였던 초등학교 교장 선생님 출신이신 분이 5 월달에 어머니께 너무 불효하여 뵐 낯이 없으시다며 뉘우치는 뜻으로 "불효자는 웁니다"를 연주하시겠다고 했습니다. 연주하시며 파르르 떨리는 손가락 따라 얼마나 가슴을 울렸는지 몰랐습니다. 저 연세에 엄마를 생각하는 마음이 그렇게 간절함은 지금까지도 나의 마음에 있습니다.

오늘 두 출연자는 마지막 부분에서 알았습니다. 바로 앞에 앉은 사람의 직업이 엄마라고요.

[엄마의 길(영광), 2019]

누구에게나 엄마는 있습니다. 그런데 공통점이 있다면, 엄마가 없어진 후에 더욱 애타게 찾는다는 것입니다. 같이 있을 때는 그 귀중함을 버려두고 살다가, 어느새 그리움으로 바뀌는 것을 보면, 나이가 많아진다고 해서 모두 어른이 되는 것은 아니다는 사실도 우리 가슴으로 인증하고 있는 것은 아닐까 합니다.

너무도 아픈 길을 온다는 것

나에게 올해는 참으로 바쁜 한 해가 되고 있다. 해결해야 할 연구 과제가 잡고 놓아주지 않아 힘들지만, 그래도 견딜 만한 스트레스가 되고 있다. 하고 싶은 일은 몸이 사그라들어도 해보고, 해내는 일들이 보람 있기도 하여 나를 존재하게 하는 이유가 되고 있다.

코로나바이러스 덕분에 헬스장이 폐쇄된 후에 얼핏, 국가 정원이 떠올라 거기서 조깅을 하면 좋겠다는 생각이 들었다. 그리고 아직은 차가운, 봄이 오려면 조금은 이른 정도로 나의 온도 센서는 아직 봄을 가리키지 못하고 있었다. 더운 것보다는 차가운 것에 적응이 된 터라 살갗에 닿는 차가운 기분은 은근히 살가운 느낌이 돈다.

정원 안에는 참으로 맑은 공기가 다가와 안개 서리게 하는 느낌이 좋다. 아직 차가운 지층에서 눈을 뜨고 있는 식물들은 많지 않고, 조금 올라온 듯한, 아니면 심은 듯한 싹들이 약간의 땅을 헤집고 나와 있다. 이제 매일 얼마나 자라는가 하는 것은 보는 재미도 있을 것 같다. 아침 8시 이전에는 입장료를 받지 않아 은근한 재미도 더한다.

차가운 비가 쏟아져 아가들이 움츠리는 소리가 들리고, 봄은 아직 보이지 않는데 어찌하면 좋을까 하는 생각들이 마음을 조르고 있다. 그리고 아가들은 매일 다르게 키가 자라고 있었고 성급한 놈들은 꽃봉오리를 만들기도 하고 있다. 시냇가엔 차가운 바람으로 매를 맞고 있는 수양버들이 아프게 다가오고, 마른 바랭이 잎엔 아침 이슬이 실려 곱게 빛나고 있다. 놀기 좋은 연못엔 오리 가족, 거위 가족이 아침을 노래하고, 아기 오리가 엄마 좇아가는 모습이 그렇게 정겹다.

경사진 산 쪽에는 아직 철쭉이 잠을 깨지 못하고, 매화는 하나, 둘 이슬 속에 피어나고, 이 봄의 아픔이 피부에 느껴지는지 눈을 흘기듯이 조용조용 터뜨리고 있다. 실버들처럼 휘늘어진 매화나무엔 꽃인지 눈물인지 가득 맺혀 있다. 어제까지만 해도 버들강아지 소식이 없었는데 하루하루 다르게 눈이 터지고 자신의 자리를 잡으려 움직이고 있다.

어느덧 수양버들에 눈이 트고 메말랐던 줄기에서 숨을 쉬고 있다. 참으로 아가가 자라는 모습이 이렇게도 귀여운지 말로써는 표현이 안 된다. 소리 내어 흐르는 시냇물 소리에 맞추어, 작기만 했던 튤립이 어느새 긴 목을 내밀고 봉오리가 아주 생기 차게 올라오고 있다. 이제 데이지꽃은 노랑, 자주, 빨강으로 화단을 장식하고, 그 옆의 꽃잔디는 언제 왔는지 너무 귀엽게 펼쳐져 있다.

200년이 넘었다는 목련은 그 높은 하늘까지 하얗게 꽃을 피우고, 역광으로 보이는 그 강렬함이 우리 엄마 젊은 모습을 그대로 닮았다. 아침인데 눈물이 난다. 저렇게도 고운 삶을 살아 볼 수도 있었을 텐데 하는 아쉬움이 너무 크다. 자목련도 햇빛을 곱게 받고 있고, 가로수로 늘어선

[목련의 아침(순천), 2021]

벗나무엔 꽃망울이 맺히더니 며칠 사이 하늘을 볼 수 없을 정도로 뒤덮고 있다.

봄은 이렇게 시간을 타고 나의 곁으로 왔다. 거의 한 달 동안의 봄은 서서히 나의 곁에 와서 나의 가슴에 스며들었다. 여태껏 봄이 이렇게 착착 나에게 오는 것을 보지 못했다. 매년 봄이 왔기에 좋아했고, 꽃을 보아 가슴 뛰게 하였는데, 올해 지켜본 봄은 변하지 않는 고운 모습으로 왔다.

그 봄 속엔 아픔을 다하며 피는 꽃들을 보고, 봄은 그렇게 쉽게 오는 것이 아님을 생각했다. 사람 사이의 마음은 시간에 지배를 받아 서로 사랑도 하고 미워도 할 수 있지만, 봄이 오는 그 길은 너무도 아픈 길을 걸어온다는 것을 새기고 있다. 항상 다가와 주어서 고맙기도 했던 봄이 올해에 나에게 올 때는 그 실시간으로 아픔을 중계하면서 왔다. 봄은 건강하게 출발하여 나에게 오면서 생전 처음 겪는 역병에 걸려 숨도 흘짝 쉬지 못하고 기침을 하며 왔다.

최선을 다한 봄꽃이 지는 이유는 시간이 흘러서 지는 것이 아니라, 아픔의 고통을 견디지 못하여 지는 것을 보았다. 그 아픔은 사랑으로 해결되지는 못하는 것 같다. 그 백신도 시간이 지나야 해결될 것 같은데, 해결하기엔 너무 시간이 걸려 내년엔 건강하게 올 수 있을는지도 모르겠다. 봄은 아픔을 삼키며 나에게 왔는데, 나는 봄을 위하여서 해 줄 수 있는 것이 전혀 없어 참으로 안타깝기만 하다. 그래도 내년엔 자연 면역의 혜택을 입어 건강하게 돌아왔으면 좋겠다.

매화가 핀다는 것은 하나의 사건이다

매화가 핀다는 것은 하나의 사건이다. 작년 가을녘에 옷을 벗고 나신으로 선 채 4개월을 부끄러워 낯을 들지 못하더니, 아직은 아지랑이보다는 살기 어린 찬바람에 스스로를 지키고 섰다. 살을 깎아 봉오리를 만든 지 한 달 가까이 되어 가는데, 이제야 병아리 알을 깨듯 하얀 미소로 내 앞에 섰다. 1월 하순쯤에 제주도에 다녀왔는데 거기는 벌써 만발하고 있었다. 제주에는 영하로 내려가는 날이 별로 없다고 하는데 영도 정도 되면 서울의 영하 10 정도의 일이 일어난다고 한다. 삼다 중에 바람이 그 양태를 이끌어 나오고, 폭설이 더해지며 사람이 움직이기에는 너무 힘들다고 택시 기사님이 정색으로 말을 한다. 여기 호텔의 정원에 만발한 매화가 미소지으며 부르고 있는데, 사방이 유리로 둘러싸여 가까이 갈 수 없다. 상데리아 불빛과 조명이 유리창 위에 자리 잡고 있어 만발한 매화를 느끼기에는 거추장스러움이 뒤따랐다. 가두어진 공기 안에서 숨을 쉬고 있는 것인지, 숨이 차서 허공을 바라보고 있는지, 어쩌면 숨 쉴 수 있는 자유마저 박탈당한 느낌으로 다가온다.

나의 정원은 추위로부터 무방비로 열려있어, 햇빛, 찬바람, 비, 낙숫물들이 아주 자유롭게 드나들고 있는 곳이라 봄이 그리 빨리 오지는 않는 것 같다. 이렇게라도 봄을 마중하려면, 꽁꽁 얼어붙은 마음에 호미질을 해야 한다. 최소한 손님을 맞는 최소한의 예의가 아닐까 하여.

식물은 움직일 수 없는 것이 최대의 약점이기는 하지만, 이 약점을 그대로 둘러쓰고만 있지는 않다. 사람을, 동물을 차가운 창밖에 세워두면 거의 죽는다는 곡소리가 울릴 것이나 차가우면 차가운 대로, 뜨거우면 뜨거운 대로 그 생활을 이기며 벗어난다.

이빨 두 개가 난 아가가 웃는 모습으로 이제 막 미소 짓고 있는 매화는 깊은 시골에서 몇 년 만에 들어보는 옹알이와 깊은 해연과 같은 잔잔한 미소로 온 동네 사람들을 모이게 하는 하나의 사건이 된다. 순이가 넓은 뜻을 안고 몇백 년 된 서낭당 팽나무 귀퉁이를 돌아 도시로 가고, 철이도 농사보다는 기술을 배우러 산골짝을 떠난 후로 깊은 시골에는 아가 달래는 소리보다는 혹 지나가는 나그네를 본 강아지의 짖는 소리가 더 요란한 이 골짜기에 아가의 출생은 한 동네를 살릴 수 있는 큰 사건이 틀림없다.

이렇게 매화는 큰 기쁨과 희망찬 앞날을 가지고 왔다.

다른 곳에는 매화가 만발한 영상이 더러 올라오고 있는데 우리 집 아가는 그냥 귀엽게 미소만 짓고 있다. 엊그제 한 송이가 눈을 떴는데, 갑자기 차가워진 날씨에 미소가 멈추어버렸다. 얼마나 차가웠을까 하는 생각과 어쩌면 이 차가운 날씨가 더 예쁜 꽃을 피우기 위해 거쳐 가야하는 필수 조건이 될 수 있을 것 같아 움츠림 속에서도 꽃을 피우는 호연지기를 가르치고 있는 것 같다. 그 옆의 아가도 빼꼼 얼굴을 내밀고 세상 구경을 하고 있다. 이제는 촉촉한 봄비가 다가와 덜 깬 아가들을 쓰다듬고 있다. 이 밤, 이 가랑비 속에서도 예쁜 눈빛은 창문 넘어 나를 쳐다보고 있다. 어쩜 타이핑하고 있는 나를 보며 좀 더 예쁘게 그려 달라

기다림은 그 자체로서도 용서를 대신한다

고 부탁하고 있는 것 같다.

봄의 미소는 아가를 닮아 더 환하고 귀엽게 다가와 있다. 이빨이 나지 않은 아가의 미소는 천진해서 좋고, 이빨이 한두 개 난 아가의 미소는 친근하여 무엇인가 장난치고 싶은 마음이 숨겨져 있는 미소이다.

[아가의 미소(테라스), 2024)]

봄의 미소는 땅의 꿈틀거림으로부터 시작한다. 아틀라스 신의 어깨로도 둘러메기 힘겨운 지구를, 조그만 새싹들이 송곳처럼 비집고 나온다. 이런 힘을 가진 새싹이 봄을 끌고 온다. 가만히 쳐다보고 있노라면 애가 타기도, 반갑기도, 힘 장사 같이도 보인다. 여기저기서 '저도 왔어요'하는 소리가 들리고, 자기들끼리도 전화를 하는지 같은 시각에 땅을 밀어 올리고 있다. 올라올 땐 누구일까 하고 생각했는데, 아! 작년의 그 자리에서 솟구쳐 오르는 튜울립이다. 내가 견뎌내기에도 차갑고, 어려운 날씨인데도, 잘 이겨내고 나를 찾아왔다.

양지바른 곳에는 작년에 심어둔 카네이션이 이 겨울과 처절히 싸우더니 침엽수 아닌 풀로서, 더구나 왔다 갔다 하는 날씨의 조롱에도 몇 송이 꽃을 피우면서 지독한 겨울을 넘겼다. 모란도 나무에 잎새를 올리려고 무진 노력을 했는데 아직 잎은 나지 않고 웅크리고 있다. 그러고 보면 모든 식물과 꽃이 페르세포네의 마음을 따라 새 세상을 보고자 얼마나 많은 노력을 하고 있는지 알 수 있다.

사람이 살아가는 데는 청춘남녀를 맺어주는 중매쟁이가 있다. 오랜만에 기다리던 봄이 왔는데 꽃식물은 아직 다가서지 못 하는 듯한 인상이다. 봄이 왔으면 벌과 나비가 오기 전에 꽃을 피워야 하는데, 날씨라는 놈이 중매쟁이로 나서는가 보다. 봄과 꽃식물의 사이에 끼어들어 이 사이를 밀고 당기고 있다. 어쩜 봄으로서는 억울하고 꽃식물도 난감하다. 서로 눈이 맞아 희망을 띄우려면 찬바람이 끼어들어 사랑을 식히고 있다. 중매쟁이는 언제가 물러나야 할 것인데 저렇게 방훼하고 있으니 곁에서 보고 있는 장사꾼도 마음이 탄다. 그래서 꼬리자르기란 말이 나오나 보다. 봄도 그냥 '콱' 와서 봄을 준비하는 모든 생물에게 빛을 주었으면 하는데 꼭 겨울 꼬리, 꽃샘추위라 하지만 그렇게 반갑지는 않다. 꼬리 자르는데 한 달 정도 소요되어, 안 그래도 짧은 봄을 더 짧게 만들고 있다. 봄이 조금 길어져서 여름을 좀 더 천천히 맞았으면 하는 마음도 있는데 누가 나서 주겠는가. 또한, 여름이 오지 않으면 청춘도 오지 않는다는 것을 알기에 중매쟁이가 하는 일을 그대로 믿고 따를 수밖에 없는 일이지 않겠는가.

누구든, 봄이 오는 것을 싫어하는 사람은 없을 것이다. 회자정리, 헤어짐은 만남을 기약한다고 우리는 말하지 않아도 자연의 법칙임을 안다. 어쩜 가만히 있어도 봄은 돌고 돌아 우리에게 올 수밖에 없을 것이다라고 생각하는 것보다는, 손님이 오면 멀리 까치가 먼저 알려 주듯이, 우리는 봄을 그냥 억지로 맞을 것이 아니라 한껏 기다림에 선물처럼 오는 봄이 더욱 정겨울 것이다. 그래서 자그마한 텃밭이라도 돌을 골라내어 얕은 담이라도 만들고, 봄이 오면 조금 쉬어 갈 수 있도록 몇 송이 꽃 모종과 몇 그루의 나무를 심어 긴 어둠을 뚫고 찾아오는 손님을 반갑게 맞으면 이 또한 얼마나 큰 사건이 될 수 있을 것인가, 앙칼진 자갈밭을 손질하여 봄을 심을 수 있다면, 그게 어디 나 혼자만의 기쁨이겠는가.

지하에서 지내던 페르세포네가 그간에 뵙지 못한 대지의 여신 엄마 데메테르를 찾아 나서는 때가 되어가고 있다. 차고 매말랐던 대지에 새 싹이 돋아나고 대지는 더욱 빠르게 초록으로 물들어 갈 것이다. 페르세포네가 지하의 신 하데스가 내민 석류를 한 알 먹었다는 것은 자신의 뜻 대로 해나가기 위한 하나의 포석이었다고 생각할 수 있다. 즉, 봄은 자신이 움직이겠다는 뜻으로 보인다. 그래서 봄은 미인의 손에서 만들어진다. 그래서 봄은 예쁘고 아름다워야 한다. 그리고 그 봄은 우리가 호미질해둔 마음의 빈터에 곱게 자리 잡아야 한다. 그리고 우리는 이 멋진 봄에 내일을 위한 씨앗을 뿌리고 간절한 청춘의 고비에서 꽃을 피우고, 따스하기도 멋지기도 한 생의 항로에 흔들리지 않는 키잡이가 되어야 할 것이다.

생명은 계절 따라

　계절은 생명의 활동 상황과 맞닿아 있다. 이 말은 계절에 따라 해야 할 일이 따로 있는 것이다. 우리는 계절을 말할 때 거의 자동적으로 봄, 여름, 가을, 겨울의 순서로 말하게 된다. 누가 여름, 가을, 겨울, 봄이라고 말한다고 해서 틀린 말일까? 겨울이 없는 적도 지방에서도 봄, 여름, 가을, 겨울로 말하고 있을까? 근데 우리에게는 7월의 크리스마스라고 하면 얼핏 떠올리기란 쉽지 않다. 우리의 계절과 반대쪽에 있는 사람들은 일상생활일 텐데 우리에게는 낯 선 감이 있다.

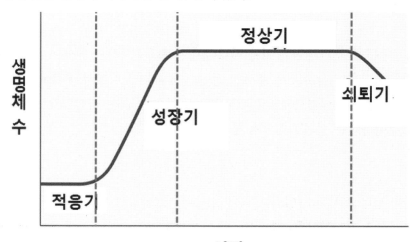

[생명의 진화]

　기다림은 그 자체로서도 용서를 대신한다

나는 생명체를 연구하면서 계절과의 연관성에 대하여 정리해 보고 싶었다. 생명은 계절 따라, 혹은 계절에 맞게 살아야 한다는 생각을 해보기도 한다.

　이 그래프는 생명체의 일대기를 나타내는 일반적으로 알려진, 특히 생명체를 다루는 분야에서는 기본적인 설명이다. 가만히 살펴보면 인생에도 적용될 수 있다고 생각한다. 태어나서 사회적으로 성장하여 정상의 맛을 보다가 점점 약해져 가는 것으로 대입할 수 있다. 적응기는 태어나 고등학교까지의 과정을, 성장기는 사회생활이 시작되는 대학부터 직장 생활 또는 사업이 뿌리내리는 시기로, 정상기는 모든 일의 정상에서 "내가 해냈고 이 자리가 바로 나의 자리"라고 쾌재를 부르며 어깨에 힘이 들어가는 시기, 정말로 나 자신을 위해 모든 것을 투자하고 이루어 낸 시기이며, 쇠퇴기는 차츰 자신의 뜻대로는 잘되지 않는, 정상기에서 대비하지 못한 어리석음으로, 또한 사회적 환경으로, 또는, 자신의 건강으로 하향 커브를 그리는 시기로 볼 수 있다.

　생명체로 볼 경우에는 처음 태어나서 환경에 적응하는 시기이다. 어디에서 태어나든 상관없이 자신이 살아가는 데 무엇이 필요한가를 챙기며 준비하는 단계이다. 성장기는 적응이 끝나면 아주 무서운 속도로 개체 수가 증가하는 시기로 무서움 없이 자라는 시기이다. 정상기는 최고조에 도달하여 성장과 죽음이 공존하는 시기이다. 더 이상 성장을 못하는 시기이나 최고의 생명 개체 수를 유지하는 시기이다. 쇠퇴기는 생명의 성장이 멈추고 차츰 사멸의 시기에 들어가는 때이다. 이 네 가지의 시기를 사계절에 견주어보면, 자연스럽게 봄, 여름, 가을, 겨울로 생각해 볼 수 있다.

그러면, 우리의 인생에서 봄에는 무엇을 해야 하는 시기가 되는가?

바로 원단의 새해가 깔끔히 떠오르듯이, 우리는 준비해야 하는 시기로 머리에 자리 잡을 것이다. 그래서 계절을 말할 때 봄이 먼저 와야 한다는 나름대로 생각이다.

봄은 정겨운 대신에 무지하게 바빠야 하는 시기인데, 인생을 시작하는 단계에서 나는 무엇을 할 것인가, 해야 하는가를 결정해야 하고, 어떻게 도전하면 효율적일 것인가, 나는 봄을 위해 준비한 것이 무엇인가를 점검해야 한다. 나는 무엇을 가장 잘하고 잘할 수 있는가를 실행에 옮길 준비를 찬찬히 하는 것이 될 것이다. 그리고 내가 여름에 대비하여 무엇을 준비할 것인가를 생각하는 시기이다.

여름은 모든 생명체를 아주 빠르게 성장시키는 계절이다. 이때 청년은 주위 쳐다볼 것 없이 집중하고 무조건 달리는 시기이다. 본인이 가진 것은 모두 투자해서 성장하는, 해야 하는 시기이다. 주위의 모든 생명체가 하루 자고 나면 달라져 있듯이 달려야 한다. 그래서 여름은 덥고 지쳐 있을 수 없는 계절이 된다. 봄에서 준비한 대로 달려 뜻이 있는 곳으로 가야 하는 시기가 된다. 물론 성장하는 데는 고통이 따를 수밖에 없을 것이다. 더운 계절이며, 움직이기도 힘든 계절에다, 숱한 질병이 둘러싸고 있고, 변명처럼 많이 앓을 수도 있는 시기와 중복된다. 누구이든 이 시기에서 성장하지 못하면, 또 다른 봄을 기다려야 하는 어려울 수밖에 없는 시기일 수 있다. 물론 이렇게 성장하려면 에너지원이 필요하다는 사실도 생각이 될 것이다. 그래서 봄에 준비를 잘 해야 하는 것이다. 더욱이나 이 시기는 혼자만 앞을 보고 달리는 것이 아니라 경쟁을 해야 한다는 큰 명제가 따른다. 경쟁은 나를 퇴진시키는 것이 아니라 나를 선택해 주는 것이다. 자유민주주의의 최대의 조건은 공평한 경쟁 위에서 이루어져야 한다는 것은 진리로 봐야 한다. 또한, 제한된 테두리 내에서 경쟁은 외롭고 쓸쓸하고 자신의 한계에 부딪힐 수 있는 시기도 될 수 있다.

가을은 평화스러운 계절이기는 하고, 경쟁을 뚫고 정상에 도달한 이 시기에는 정상(頂上)을 차지한 자신만의 쾌재를 부를 수 있는 시기이다. 그러나 이 시기는 길지 않다는 것을 명심해야 한다. 생명체를 예를 들면, 성장 시기에 서로 경쟁하며 영양분을 서로 소모하며 정상기에 도달하였기 때문에 영양분, 산소, 그리고, 서로가 살기 위하여 독을 분비하는 시기이기 때문에 살아남는 시기는 오래가지 못할 수밖에 없다. 우리 인간 사회도 정상을 유지하기 위해서 모든 옳지 못한 수단을 사용하는 것을 보아왔고, 그 현실이 눈앞에 보이고 있다. 그래서 정상기에서는 배려하며 살아야 하는 것을 일깨울 수 있다. 제한된 자리에 서로 밀쳐내고 살아야 하기 때문에 그 시기는 짧을 수밖에 없는 사실은 누구나 인지해야 하는 사실임에 틀림없다.

겨울을 정리하는 단계로 일생을 살아오면서 뒤돌아보고 정산(精算) 하는 시기이다. 잘 못한 것이 있으면 찾아가 용서를 구하기도 하고, 남은 것이 있으면 내가 사는 동안에 키워 준 사회에 헌납하기도 하고, 아는 것이 있으면 재능 봉사도 하고, 어지러운 세상에 어른으로서 해야 할 일도 하여 성장기에 도달할 젊은이들도 챙겨 보기도 하고, 늘어나는 수명에 따라 운동도 열심히 하며, 집안에서 대장 역할보다는 거리의 파수꾼이 되는 것이 훨씬 어른다운 일이 틀림없을 것이다.

계절은 그냥 흘러가게 두는 것이 아니라 스스로의 계획 하에 계절과 함께하는 것이 삶의 한 방향이 될 수 있을 것이다.

나답게 산다는 것은

    나답게 산다는 것은 먼저 내가 누구인가부터 시작해야 할 것 같다. 젊을 때의 나답다는 것은 다른 사람들과 견주어 빼어나게 이겼다는 것을 기쁘게 알고 지내왔던 것이라고 생각이 들기도 했다. 조그마한 국립대학의 일원이 전국의 교수들과 프로젝트 경쟁에서 이기고 그 프로젝트를 수행하면서 새로운 이론을 개발하고, 더 깊이 파고 들어가 제시한 이론에 대한 명쾌한 결과를 제시함으로써 목표에 다가가는 것이 스스로의 자존심과 타 연구자들에 비하여 본, 또는 그보다 나았다는 생각으로 마음의 뼈대를 세우고 넘어지지 않도록 지키는 것이었다. 또 최대의 목표였으니까. 이때 행복했냐고? 어쩌면 행복을 찾을, 맛볼 시간도 없이 파묻혀 지냈기 때문에 이게 행복이었다라고는 말하기 어렵고, 그저 내 자신에 대한 충성이었다라고 말하고 싶다.

    새로운 연구를 마련하기 위하여 새로운 이론을 가장 최근의 논문을 읽으면서 이것이 나의 연구와 현실에 맞는지 어떻게 응용하여 보다 앞으로 나아갈 수 있을 것인가 대하여 밤낮으로 머리를 싸매고 길을 찾았다. 그 길이 쉬운 길이 아니라서 몸과 마음을 바쳐 또, 다른 내일을 개척하는 것이었다. 그 작은 보람을 위하여 자신을 던졌던 것, 새로운 것에 환희를 쌓으며, '그래! 이 맛이야' 하면서 이것이 최고의 것으로 알고 만들며 살았다. 물론 새로운 것을 찾는다는 것이 얼마나 큰 스트레스인 줄도 알면서 그 굴에 들어가 날이 새는 줄 모르고 혹사해 왔다. 그것이 지상지고의 삶이라 생각했다. 또, 젊은 사람이 한 번쯤 부딪혀 해내야 할 일은 아닐까 하는 생각 때문이었다. 그래서 프로젝트가 끝나가면 다른 프로젝트를 손에 넣기 위해 얼마나 많은 애를 썼던가, 그러다가 떨어지면 내 모든 것이 끝났다, 졌다 하는 패배감으로 생선에 소금을 절이듯이 온 몸을 절였던 생각이 많다. 이렇게 나의 학교생활은 지나갔다.

평소에는 누구보다도 사람 냄새 나게 살려고 무진 노력했던 것도 생각 난다. 다른 사람들과도 어울려 가면서 맥주 맛도, 사람 맛도 보면서 조금은 즐겁게 사람답게 살고 싶었고 또, 그렇게 하고 싶었다. 그러려면 나의 생활의 조건이 갖추어져 있어야 하는 것이 필요 충분 조건이었다. 프로젝트는 내가 감수해 낼 정도로 몇 개씩 되어야 하고, 연구원이 넘쳐야 하며, 내 생각대로 결과가 나오는, 참 행복한 일들에 둘러싸여야 한다는 조건이 필요해진다. 그 외는 내가 살아 있다는 생각을 그다지 하지 못한다. 그렇게 프로젝트를 잡으려고, 해외로 국내로 발표하는 그 시간들로 배가 불렀던 시절 속에 나는 가두어져 있었다.

이런 결과인지는 몰라도 인정하고 싶지는 않지만, 정년 퇴임하는 해에 수술대에 3번이나 오르는 기록을 세웠다. 나의 꿈이 모두 사라지는 것을, 저 먼 구름이 하나둘씩 흩어져 가는 것을 느꼈다. 이러한 공허를 생각하지 않은 것은 아니었다. 정신적으로 육체적으로 이겨내지 못할 때, 마음을 추스르기 위하여, 시를 쓰고, 수필을 쓰고, 차 안엔 항상 카메라를 싣고 다니면서 마음을 다스리려고도 많은 애를 썼다.

나는 최근부터 모든 일에는 총량의 법칙이 작용한다는 사실을 제안하고 그 사실을 믿기 시작했다. 행복에도, 사랑에도, 생각에도, 재산에도, 물질에도, 생각에도 모든 부분에 총량의 법칙이 작용한다는 뜻이다. 조금 과학적 근거로 풀어보면, hyperbolic saturation 커브와 거의 같다. 초원에 토끼가 너무 많아 넘쳐 날 것 같아도 그 양은 포화 곡선처럼 더 이상 증가하지 않는다. 사랑도 초기에는 못 보면 죽을 것 같은 사랑도 시간이 지나갈수록 뜸해져, '잡아둔 물고기 먹이 안 준다'는 형태로 바뀌어 간다. 행복도 너무 많이 쌓이면 그 이상의 행복은 머무르지 않는다. 결국, 자기의 행복 총량은 정해져 있어 아껴 가면서 써야 한다는 말이 된다. 그래서 나의 연구에 대한 총량도 어느덧 포화 곡선에 도달하지 않았나 하는 생각을 하게 된다. 여태껏 만들어둔 특허, 천연자원의 대량생산 기술, 예를 들면 좋은 성분을 가지고 있는 식물이 있다 하더라도, 이것으로 상품을 만들려면 아주 많은 량을 생산할 수 있어야 하는데 이 기술을 간단하지는 않다. 이로부터 기능성 성분을 대량 추출하여 화장품, 기능성 식품, 치료제 등 많은 제품을 생산할 수 있는 기반을 닦아 두었는데, 마지막에 수술을 3번이나 하고 나니 내가 진정 바로 살아왔는지, 특히 내가 중요시하는 사람 냄새 나게 살았는지에 대한 결과는 찾을 수 없었다.

　그래서 정년 퇴임이 다가올 때 사람 맛이 나는 사람들과 어울려 살아보자 하는 생각이 들었다. 그래서, 약국, 병원, 회사 등에 취업하여 무언가 함께 잘 지내고 싶은 생각을 했다. 문제는 내 생각대로 되지 않는 것이었다. 프로젝트는 좋고 새로운 아이디어로 집중하여 작성하면 그 가능성을 높일 수 있지만, 정년 퇴임의 나이에 약국, 병원, 회사에 원서를 넣고 경쟁을 해보았더니 내가 가지고 있는 경력이나 경험은 전혀 사용될 곳이 없었다. 나는 충분히 잘할 수 있고 사람들에게 충분히 쉽게 설명하여 매출을 높일 수 있다고 장담했으나, 사용자는 그것을 인정하지 않고 이 힘든 일을 어떻게 해낼 수 있겠냐며 난감한 표정을 짓는 것이었다. 결국은 많은 나이에 이 일들을 어떻게 감당하겠냐 하는 것을 계속하여 나의 머리에 세뇌시켰다.

젊고, 성실하고, 밤늦게까지 좋은 인상으로 일을 할 수 없다는 취지였다. 약국과 병원등 10여 곳 이상 퇴짜를 맞았다. 이것이 사람들이 주장하는 현실과 이상의 차이이구나 하는 것을 늦게나마 깨달을 수 있었다. 강박감을 주는 것은 내가 일을 하지 않고 그냥 세월만 보내면 금방이라도 사람이 퇴화될 것은 너무나 자명한 일이라 그냥 물러설 수 없었다. 주위에 정년 퇴임하신 교수님들을 보면 언제 저렇게 되었을까 하는 생각을 많이 했기 때문이기도 했다.

나는 약사이고 약학박사이고 약사 면허증이 눈을 뜨고 있고, 자신감 또한 살아 있는 터였다. 안 되면 말지 하는 생각은 모래 태풍 속으로 사라졌다. 사람 냄새나는 함께 더불어 갈 수 있는, 나의 노력으로 조금이나마 주위를 따스하게 할 수 있다면 하는 것이 나의 사람 냄새나게 하는 이론에 근접할 수 있을 것 같은데, 어디 등 비빌 곳을 찾는 일이 쉽지는 않았다. 그래서 절박한 마음으로 내가 살고 있는 주위의 종합병원에 서류를 내고 연락이 오도록 기다렸다. 큰 기대는 않고, 여수에서 좀 떨어진 순천에라도 일자리를 구하려고 응모서류를 준비하고 있었다.

간절하고 절박해야 길이 보이듯이 연락이 왔다. 참으로 귀인이란 이럴 때 쓰는 말이 아닌가 한다. 2년 전에 2월에 코로나에 감염되어 기침이 심하게 나고 숨쉬기가 어려워 한밤에 보건소에 전화했더니 병원에서 연락이 갈거라고 했다. 병원에서 연락이 와 현재 상태를 말했더니 바로 병원으로 오라고 했다. 임시 선별진료소에서 기본적인 검사를 하며, 살아오면서 생각조차 못 했던 폐렴 이야기도 들었다. 당장 나라에서 수용하는 병원으로 가야 한다면서, 이 병원의 부원장님께서 몇 시간을 연락하더니 목포보다는 가까운 순천이 좋겠다며, 앰뷸런스에 태워 순천의료원으로 보내어 주었다.

면접 도중에 코로나 얘기가 나와 순천의료원에서 치료를 받았다 하니, '그래요? 그때 내가 주선하여 보내 주었다'는 기억을 확실히 한다는 것이었다. 부원장님이었다. 나는 그 당시 춥고, 숨쉬기 어렵고 해서 누구인지는 몰랐는데, 나의 면접관이 되었다. 나이도 많은 데다 힘든 수술을 했고, 또 병원이 일은 간단하지 않다는 것이어서 많은 추가적인 검사를 받고, 또, 채용신체검사를 받았는데 아주 상세하게 온몸을 다 파헤쳤다. 몇 시간이면 될 줄 알았던 신검이 며칠로 늘어나고, 일주일을 넘겼다. 나 자신도 이렇게 안 좋은 곳이 많은데 기대하는 것도 내 욕심은 아닐까 하는 자책이 들었다. 좀 건강을 회복한 후에 직장을 구할까도 생각했는데, 그냥 쉬고 있으면 그 나태함에 길들 것 같아, 도전하는 것이 내 생각에 부합한다고 판단했다.

나는 입으로 누구에게나 운동을 해라, 건강을 지켜라, 하루 한두 시간 정도는 자신을 위하여 투자하는 시간이 필요하다고 말해왔고, 나 자신도, 1998년부터 퇴임하기까지 헬스클럽에서 운동, 샤워하고 학교를 기분 좋게 갔다. 나에게는 운동이 나의 종교와 같았다. 그런 내가 무너졌다. 할 일이 엄청 많은 정년 퇴임을 앞두고 말이다.여러 고비를 넘기고 종합병원 약제과에 입사하게 되었다, 지금은 제2 전성기를 맞아 건강을 최우선으로 하면서 다른 일들을 하나씩 열매를 맺어 볼까 한다.

[삶의 무게(여수), 2023]

　여수를 찾는 많은 관광객들을 위하여 한밤의 버스킹에 참여하고 있다. 색소폰으로 즐거움을 받고 기쁨을 줄 수 있어 행복하고, 한 번씩은 양로원 봉사도 해왔다.

　그리고 "여수문화예술나눔공동체"의 공동 대표를 맡아 문화축제를 여수시민이 함께 참여하는"2023 나눔 문화축제"을 열고자 한다.

　어울렁 더울렁 함께 만들어 가는, 정을 바탕으로 현실을 건축해가는, 다름을 인정하며 함께 키워가는 일들, 사람 냄새나는, 서로를 필요로 하는 사회, 서로의 안부를 묻고, 전화 한 통 할 수 있는 정겨움, 누구라도 바라는 사회, 이를 위하여 몸 던질 수 있는 곳이면 나답게 살 수 있는 곳이 아닐까 하여.

물성(物性)

    물성이란 한 개체가 가지고 있는 고유한 성질이라고 표현할 수 있다. 보통 물성이라면 그 물질의 물리적 성질을 생각할 것이다. 물론 어느 물질할 것 없이 고유한 성질이 있다.

    물을 보면 0℃에서 얼고 100℃에서 끓는다. 이것이 물의 물성이라고 생각하고 있을 것이다. 좀 더 다가서면, 물의 참모습은 다른 곳에 있다. 물의 유순한 측면은 항상 위에서 아래로 순리대로 흐르는 성질을 가지고 있으면서, 자신의 길을 가로막으면 에워가는 배려의 뜻을 가지고 있다. 그리고 물은 또한 생명의 근원이어서 모든 생명을 태어나게 하는 포근함을 갖추고 있으며, 그의 속은 알 수 없이 깊어 속내를 알 수 없고, 자신을 드러내지 않아 중후한 무게감, 사람으로 말하면 드러나지 않는 깊은 인격을 가지고 있다.

    또한, 물은 자신을 가둘 줄 안다. 또한, 모든 생명체가 항상 그를 애타게 기다리고 있다는 것이다. 그렇다고 해서 물이 화를 내지 않는 것은 아니다. 고약하게도 화가 나면 아주 심하게 그 원천조차 찾을 수 없도록 화풀이를 해댄다. 물론, 자신의 화보다는 주위의 자극이 그를 못 살게 했을 경우일 것이다. 어쩌면, 이러한 것은 더욱 인간적인 모습으로도 다가올 수 있고, 사람들이 조금은 무겁게 행동하도록 일깨워 주는 일이 될 수 있다. 문제는 여기서 발생한다.

우리는 물의 물성을 잘 알고 있다. 그런데도 물성을 존중할 줄 모른다. 항상 물성을 존중하지 않으면 그 피해는 인간들이 입게 되어있는데도 자중할 줄 모르는 인간들은 물성을 챙기려 하지 않는다. 익사 사건을 보면 그 언저리에는 물의 물성을 존중해 주지 않는 곳에서 발생한다. 물에 들어가기 전에는 기초 운동을 해야 하며, 수영복을 입어야 하고, 깊은 물에 들어갈 때는 산소통을 등에 져야 하며, 물에 대한 기준을 지켜야 한다. 상대의 기준을 지키는 것이 바로 물성을 존중하는 것이다. 산에 대하여 살펴보아도 마찬가지다. 산은 높다, 따라서 등산할 때는 목적에 맞게 등산복을 입어야 하고, 등산화를 신어야 하며, 물을 준비해야 하고, 계절에 맞는 장비를 챙겨야 한다. 그렇지 않으면 산이란 물성을 존중하지 않아서 일어나는 일이 된다.

사람들 사이의 관계에도 부모, 형제, 친구, 사랑하는 사람, 직장 선후배, 학생과 교사, 대통령과 국민, 군대의 상하관계, 사회생활... 등 많은 관계 속에 살아가고 있다. 부모는 부모의 물성을 가지고 있고, 자식은 자식 대로의 물성을 가지고 있다. 이 물성들은 서로 존중되어야 가정이 성립될 수 있다. 부모는 부모 나름의 물성을 지키기 위해서 무지하게 노력을 한다. 이에 따라 자식들도 부모가 지켜야 하는 물성을 깨뜨리려고 하지는 말아야 하며, 물론 자식들의 물성도 부모에 의해서 존중되어야 한다. 서로의 영역이 다르므로 이를 지킴으로써 좋은 관계를 유지할 수 있다.

친구를 보면, 아무리 친구라 하더라도 지켜야 할 선은 존재한다. 이것이 친구의 물성이다. 친구는 모든 것을 같이 할 수 있는 대상이지만 친구가 가지고 있는 물성을 건드리면 사고가 난다. 친구로서의 물성은 친구인 서로가 너무도 잘 알 것이다. 왜냐면, 친구니까. 사랑하는 사람 사이의 물성도 서로 존중되어야 한다. 실제로 사랑하는 사이의 물성을 깨뜨려 보라. 누가 서로의 곁에 있을 것인가.

[상대 존중(뉴욕), 2003]

대통령과 국민 사이도, 대통령의 물성은 나라를 지키는 일이다. 대통령의 물성이 존중되지 못하면 나라는 당연히 어지러워질 것이다. 또한, 국민의 물성을 존중하지 않으면 같은 일이 일어날 것이다. 우리의 현실은 대통령이 국민의 물성을 알아차리지 못하고 존중하지 못한 것에서 일어났다고 본다.

물성을 스스로 지키기 위해서는 '~ 다워야' 한다. 나는 나다워야 하고, 너는 너다워야 하며, 직책을 가진 사람들은 그 직책에 '~다운' 물성을 가져야 한다. 주위에서 있으면서 항상 우리를 답답하게만 만드는 국회를 보라. 누가 국민을 대표하여 나라를 잘 살게 만드는 국회답다고 할 것인가. 나라도 나라다워야겠지만 나라를 구성하고 있는 모든 부분은 자신의 생명을 걸고라도 '~다워야' 한다.

　답지 못하면 신뢰를 얻기 힘들다. 신뢰는 상대방을 움직이게 하는 굳건한 힘이다. 신뢰는 쌓기는 힘들어도 무너지기는 아주 쉬운 것이라서, 자고 나면 자신의 신뢰 탑이 생채기를 입은 곳이 없는가를 살펴야 한다. 또한, 신뢰는 믿음을 주는 것이다. 사람들은 자신이 사회를 구성하는데 없어서는 안 될 요소라는 것을 인식해야 하고, 자신이 빠지면 세우는 탑의 그 부분이 무너져 탑 전체를 위태롭게 할 수 있다. 그래서 그 자신은 혼자가 아님을 스스로 깨닫고 중요한 위치에 있음을 알아야 한다. 그리고 개인의 위치가 중요한 것은 그 바탕에 다른 대상에 대한 신뢰가 깔려 있어야 함은 더 말할 것도 없다. 이렇게 자신은 그 주위에 '~다울' 수 있는 자신의 공간을 마련해야 한다. 이러한 과정들을 통하여 자신의 물성을 채울 수 있으며 '~다워' 질 수 있다.

　모두는 물성을 가져야 하고 '~다워야' 한다. 그래야 스스로에 대한 책임도 느낄 수 있고 맑아질 수 있다. 멀리서 찾을 필요까지는 없다. 나는 나다우며 나의 물성을 지키고 있는가를 항상 챙겨야 한다. 상대의 물성을 나무라는 것은 옳지 않다, 대부분의 물성은 개체가 태어날 때 가지고 태어나는 것이기 때문에 나무란대도 소용이 없다. 그냥 그대로 존중해 주어야 한다. 사랑이란 말은 생겨날 때부터 그 특징을 가지고 생겨났기 때문에 우리가 사랑의 물성을 좌우할 수 있다고 해도 그것은 이미 사랑이 아닐 가능성이 크다. 부모란 단어도 생겨날 때부터 그 물성을 가지고 태어났다. 그러므로 그 뜻의 의미를 파헤치기보다는 있는 물성을 존중하는 것이 상관관계를 갖는 모든 개체에 생명을 불어넣는 것이 될 것이다.

쇠가 쇠의 물성을 갖지 못하면 이미 쇠가 아님과도 같아서 쇠의 역할에 사용될 수 없게 된다. 한겨울에 난로가 난로답지 못하면 그 누가 난로를 찾겠는가.

심지어 한 나라를 구성하는 것은 더 말할 나위도 없다.

봄은 기다리는 사람에게만 온다

살아보면 그 누구에게도 봄은 온다. 봄은 오기 전에 겨울 속에 참으로 많은 어려움을 겪고 올 것이다. 이 봄의 대가를 지불하지 않고 봄의 향기만 맡으려면 그 향기는 오래가지 못할 것은 자명하다. 그래서 봄은 섣불리 웃지 않는다. 봄은 웃지는 않지만, 그 여정을 아는 사람에게는 웃지 않아도 그 따스한 미소의 의미가 가슴 속까지 밀려온다.

혹, 겨울은 너무 악착스러운 존재로, 어려운 환경의 대명사로 우리 곁에 있다는 생각은 하지 않는가. 이 겨울이 없다면 우리가 살아가는데 그만한 희열도 느끼지 못하며 살아갈 것이다. 추위가 없으면 사람들은 살기가 좋을 것이라고 생각할 수 있다. 심지어 지중해를 껴안고 사는 나라의 사람들은 참으로 좋은 곳에 산다고 생각한다. 그러나 그 사람들은 눈의 순백한 의미를 모르고 산다. 꽃도 역시 진한 향기를 품지 못하는 빈 마음으로 살고 있다.

기후는 사람을 만든다. 우리와 같은 나라에서 사는 사람들은 계절의 변화에 대응하며 살아야 하기 때문에 항상 삶의 준비를 한다. 이것은 사회생활에도 그대로 적용되어 살아남기 위해서는 열심히 진심으로 살지 않으면 안 된다. 우리나라가 다른 나라의 사람들보다 창의력이나 노력이나 월등히 다른 나라의 사람들보다 앞서갈 수 있는 이유는 계절의 변화가 있는 나라에서 살기 때문이라고 생각한다. 기후는 환경을 만든다. 더구나 우리나라와 같이 땅이 작은 나라에 사는 사람이면 좀 더 큰 것을 향해 나아가려고 생각한다. 사람은 환경에 따라 변해야 하고 적응하지 못하면 참으로 많은 아픔이 다가온다. 우리나라 사람들이 다른 나라 사람을 이길 수 있는 비결은 자의든, 타의든 환경의 가르침을 받고 자라기 때문일 것이다.

일단 우리는 우리나라 안에서 살아남는 방법을 배워야 한다. 정치든, 경제든, 사회든, 모든 환경이 잘 사는 다른 나라와는 한계적인 것이 많을 수밖에 없다. 우리는 역사적으로도 많은 아픔을 가지고 있어 사람을 안심하고 믿고 살기에는 좀 어려움이 있는 것 같다. 즉, 정석으로 대응하지 않는다는 생각이 든다. 우리나라에서는 정석으로 대응하면 항상 손해를 보고, 사기당하며, 쌓았던 것들이 물거품으로 돌아가는 세상이 되었다. 사회의 구성은 믿음을 원칙으로 한다. 이러한 믿음이 없어져 가는 사회에 산다는 것은 어쩌면 서로의 피를 빨아먹고 살 수밖에 없는 기형적인 사회가 되고 말 것이다.

일본 사람은 배려가 우리보다는 많다고 생각한다. 배려는 이해를 바탕으로 한다. 우리처럼 직접 그 자리에서 화를 내지는 않는다. 이것은 아마도 그들 나름의 역사적 배경일 수는 있을 것 같다. 사무라이 앞에서, 칼 앞에서는 아무 말도 할 수 없었던 그런 시기의 일들이 차츰 이해를 바탕으로 서로 생각을 하게 되었을 것으로 보인다. 많은 내란을 겪으면서 많은 사람이 희생되고 남아있는 사람들의 슬픔이 이제 한 단계 이상으로 승화되었기 때문으로 본다. 그렇다고 일본 사람들이 하는 일들이 모두 올바르다고는 생각하지 않는다. 우리가 그러하듯이 저희도 저희 나름의 생각이 있을 것이다. 그러므로 이해란 상대방이 모두 인정했을 때 올바른 답이 나올 수 있다.

우리가 할 새겨야 할 것은 이성이 있는 배려는 욕을 먹지 않는다는 것이다. 감정이 먼저 앞서는 배려는 있을 수 없으며, 한쪽의 영리로 끝날 수가 있다. 우리는 겨울로부터 이성이 있는 배려를 배워야 한다. 차갑다는 것은 정신을 바로 잡아주는, 차가운 곳에서의 행동은 따스한 곳에서의 행동보다 이성이 잘 발달할 수 있다.

[봄이 오는 길(순천), 2019]

우리가 봄을 기다리고 좋아한다는 것은 봄이 따스하고, 모든 생물이 움트고, 꽃이 피고, 새가 노래하는, 우리의 정서에 꼭 맞는 것이라기보다는, 얽매여 있었던 곳에서 풀려났다는 해방감이 마음에 깔린 것은 아닌가도 생각해 본다. 마음이 자유를 얻으면 모든 것이 편안할 수 있다. 봄은 겨울로부터 해방된 자유를 가진 계절이 아닐까 하는 생각은 언젠가 우리가 잃어버렸던 봄이 아직도 생생하게 내재하여 있고, 나라가 강해야 한다는 그 사실 또한 피부로 느끼고 있기 때문은 아닌가도 생각한다.

봄은 와야 한다. 우리의 마음과 같은 희망으로 와야 한다. 그러기에 앞서 우리에게 봄을 건네준 선인들에게는 항상 봄이 오기 전에 감사함을 표해야 하지 않을까 한다. 우리의 후세들에게도 잃었던 봄을 생생하게 기억할 수 있도록 교육을 해야 한다. 역사를 모르는 자는 어디에 가도 그 행동은 변하지 않을 것이다. 마음으로부터 준비가 되어있지 않기 때문이다.

우리는 어려움을 겪고 났을 때 그것을 추억으로 간직한다. 추억 속에는 그때의 상황들이 숨어 숨 쉬고 있어 추억은 좋든 싫든 자신과 함께한다는 사실도 새겨야 할 것 같다.

또한, 봄은 기다리는 사람에게만 온다는 사실도 더불어 생각했으면 한다.

움직인다는 것은

움직인다는 것은 살아 있는 것이다. 즉, 생명을 가지고 있다는 말이 된다. 생명이라면 먼저 호흡을 해야 하고, 자손을 만들 수 있어야 한다. 생명 중에는 움직이지 못하는 것도 포함된다. 대부분의 식물은 여기에 해당하며, 움직일 수 없다는 것은 대부분이 무생물에 속한다.

식물은 스스로는 움직일 수 없으나, 다른 자연의 힘에 의하여 수동적으로 움직일 수 있다. 바람이 분다든지, 비가 온다든지, 눈이 온다든지, 폭풍이 온다든지 하는 타의에 의하여 움직일 수 있다.

무생물이 움직인다는 것은 하나의 사건이 된다. 돌이 움직인다는 것은 물리적인 힘에 의하여 움직이는데 산사태나, 위치에너지를 갖는 물질들이 에너지를 소비하여 이동하는 것이다. 대부분 이들의 움직임은 파괴이거나 창조거나 둘 중 하나에 속한다. 산사태는 파괴가 동반되나, 건설자재로 사용되면 창조에 해당한다. 아주 멋진 빌딩, 집, 교량, 길 등을 창조할 수 있다.

움직인다는 것은 창조적인 뜻을 가지고, 생명의 의미에 대하여 절실하게 표현하는 일들이 될 수 있다. 그리고 자발적으로 움직인다는 것이 아주 중요한 위치를 차지하는데, 이야말로 생각과 목표를 가지고 이동하는 것이다. 가령, 사람이 움직인다는 것은 자신의 주위를 방어한다는 것에서 시작될 수 있다. 가족을 위하여 돈 벌러 나간다거나, 사회의 일환으로서 자리 매김을 한다거나, 자신의 목표를 위하여 최선을 다하여 산다는 것이다.

그중에는 사랑을 쟁취하는 것과 이를 유지하는 방법의 하나로, 사랑을 지키는 방법의 하나로 움직이기 시작한다. 사랑하는 사람과 여행을 하기도 하고, 마음을 쌓아 가기도 하고, 더 가깝게 다가가기 위하여 스킨쉽도 한다. 그 사랑을 위하여 넥타이를 매어 준다는 것, 자식을 위하여 희생하는 것도 움직이지 않고는 할 수 없는 일이다.

결국 "Moving is Loving"이라는 결론을 내릴 수 있다. 움직이지 않고는 사랑을 이행할 수 없기 때문이다. 자연에서도 보면 꽃이 피면 나비, 벌들이 모여들고, 식물은 움직여서 꽃을 만든다.

움직인다는 것은 자신에게 가장 마음이 편안한 쪽으로 이동하는 것이다.

제비가 날아온다는 것도, 새들이 짝을 지어 둥지를 만드는 것도 모두 자신의 환경에 잘 맞도록 이동하는 것이고, 독수리가 먹이 활동을 하는 것도 자신의 마음에 드는 쪽으로 이동하는 것이다. 모두 자신과 가족들을 위하여 움직이는 것이고, 결국 사랑으로 연결된다.

또한, 움직여야만 자신의 일을 다하는 무리도 있다. 움직이지 않으면 생명이 없으나, 움직여서 생명을 얻는 것에는 물이 있다. 물은 가만히 있으면 그냥 물이다. 목이 마를 때 마시는 물 정도의 물이 된다. 그러나, 이 물이 움직이기 시작하면 모든 생명의 근원이 된다. 물은 우리 몸에서, 혈액, 림프액, 땀, 소변 등으로 쓰이게 되는데, 우리가 잊고 사는 것이 있다. 물이 우리의 몸에서 가장 중요하게 하는 일은 생체에 필요한 성분들을 녹여 이동시키는 일이다.

[움직인다는 것은 가장 마음이 편안한 쪽으로 이동하는 것이다(도래지), 2023]

우리가 아무리 맛있고 좋은 것을 먹는다 하더라도 그 성분이 물에 녹지 않으면 이동시킬 방법이 없다. 물은 우리 몸에서 체온을 유지하는 데도 큰 역할을 하고, 몸에서 발생하는 나쁜 성분인 독을 희석하여 몸의 안전을 돕는다. 그래서 우리는 항상 물을 손에 들고 다니다가 목이 마르는 신호가 오면 망설이지 말고 물을 마셔야 한다. 20년 전에 미국에 연구하러 갔을 때, 전차나 지하철에 타는 사람들은 모두 물병을 손에 들고 타고, 다니는 것을 본 적이 있는데, 우리는 요즈음 젊은이들부터 물병을 휴대하고 다니는 일들을 볼 수 있어 그나마 다행으로 생각된다.

또, 물은 엄마의 뱃속에서 아기가 자리 잡을 때 같이 생성되어 아기를 낳을 때까지 보호하며 성장을 돕는다. 대부분 생명의 발생은 물에서 시작된다. 생명의 탄생은 물로부터 시작되어 움직이기 시작한다. 그리고 물은 움직이면서 그 역할을 하기도 한다. 항상 낮은 곳으로 흘러 사람들에게는 겸손을 배우게 하지만, 화가 나서 움직일 때는 이 세상 그 무엇도 막을 수 있는 길이 없다. 말없이 조용하던 사람이 화가 나면 막을 수 없는 이치와도 같다. 폭풍에 휘말려 떠내려 가는 집, 성난 파도에 잡혀 먹히는 커다란 배 그 무엇도 쳐다보는 일 외에는 해볼 방법이 없다. 꼭 티폰(Typhon)이 화가 났을 때와 같을 것이다. 티폰은 신들의 왕 제우스에 의해 제압되는 걸로 보아 신이 아니면 다스리기 어려운 것 같다. 그러나 자연에 의해 존재하는 폭풍은 스스로 잠잠해 질 때까지 기다리지 않으면 대책이 없다.

물은 생명을 태어나게 하기도 하지만, 그 생명을 지키는데도 없어서는 안 될 힘을 가지고 있다, 제우스보다는 더 센 힘을 가지고 있지는 않을까 하는 생각을 하게 된다.

대지에 물이 마르면 생명들은 살아남기 힘들다. 오직 물이 흘러 움직여야 만이 생명을 안전하게 유지할 수 있다. 움직이지 않고 고여 있는 물을 그 활기를 잃은 것 같이 보이지만, 고여 있는 물은 사람들의 경험으로 가두었다가 낮은 곳으로 흐르게 하여 농부들을 움직이게 만들어 삶의 터전을 만들고, 생명을 유지하게 한다. 물은 움직이거나 움직이지 않아도 생명을 보살피는 역할을 한다.

식물은 자의에 의하여 움직이지 못하지만 자신을 괴롭히는 생명에 대하여 피톤치드(Phytoncide)를 분비한다. 이것은 식물이 내뿜는 자신을 보호하는 물질이다. 움직이지 못하여 해충이 붙어 못살게 굴고, 고함지를 수도 없는 상황에서 스스로 물질을 분비하여 자신을 지키는 것이다. 이 또한 움직임의 한 방법이 된다.

생물이 움직이지 못하면 그 환경에 적응할 수 있는, 자신을 지킬 수 있는 방어 물질을 만들어 낸다. 생명이 자신의 배우자를 찾는 방법으로 물질을 분비하는데, 이를 페로몬(pheromone)이라 하며, 서로 어려운 환경에서 가장 쉽게 상대를 찾을 수 있는 수단으로 상대를 움직에게 하는 것이다. 사람들이 쓰고 있는 향수도 일종의 페로몬이라 생각할 수 있겠다.

특히, 사람들에게는 '그리움'이라는 게 존재한다. 이는 보고 싶어도, 만나고 싶어도, 시간, 공간적으로 만날 수 없는 상태에서 일어나는 일이다. 보통 한쪽이 움직이면 어떻게든 만날 수 있게 되는 것이 생명을 가지고 있는 생물의 장점일 수 있으나, 상대방이 존재하고 있지 않아 보고 싶어도 볼 수 없는 것이 그리움이다. 이는 생명체가 기대를 갖기도 하지만 상대방이 없거나 공간상으로 만날 수 없으면 큰 상처를 만들게 되는 것도 그리움이다.

상대방이 있어 한쪽이 움직여 만날 수 있으면 만남(상봉)이라고 말할 수 있으나, 상대방이 없어 보고 싶어도 볼 수 없고, 미움만 애타게, 허공을 쳐다보게 하는 것이 그리움이며, 그리움은 항상 눈물을 만들고, 소리 없는 울음을 만들어 낸다.

종(種)이 다른 경우에도 한쪽의 움직임으로 다른 쪽의 마음을 평온하게 하는 경우도 많다. 애완견은 주인에 대한 강한 충심으로 주인과 다른 언어로 소통하는데 이때의 표정이나 신체의 반응을 보면 얼마나 반가워하는지 알 수 있다. 움직임은 기대 이상으로 생각지도 않은 기쁜 일들을 만들어 낸다. 주인의 출퇴근 시간을 발걸음 소리나 차의 엔진 소리만 들어도 금방 문 앞으로 달려나간다. 이는 다른 개체 간에도 기다림과 이에 대한 보답은 서로가 느낄 수 있을 것이다. 생명이 가지고 있는 현상 중에서 공감이라는 말이 있다. 종이 다르건, 같건 소통을 이루게 하는 말이다.

소도 공감하는 데는 마찬가지다. 은근히 주인에 기대며 살을 비비는 것, 커다란 눈으로 눈 맞춤을 하는 것, 엉덩이를 쓸어주고, 털을 쓰다듬으면 기분 좋아하는 것은 아마도 서로의 공감에서 표현되는 것일 것이다. 소는 주인의 요구를 거슬리지 않는다. 이것은 신뢰이고 양방향의 소통으로 믿음이 굳어졌기 때문이다.

한쪽에서 다른 쪽으로의 이동은 믿음과 신뢰가 원천이며, 이것은 짧은 시간에 만들어지지 않는 특성을 가지고 있다. 아마도 내가 저 상대를 위해서는 죽어도 좋겠다는 생각과 마음이 있어야 신뢰도, 믿음도 가능할 것이다.

사람에 있어 움직임은 정서적인 일 이외에도 자신의 노화를 지연시키는 방법이 된다. 나이가 들수록 움직임이 삶의 필수가 되어 가고 있고, 움직이지 못하고 살아 있는 생명은 생명답지 못할 수도 있다. 아플수록, 나이가 들수록 무조건 움직일 수 있게 노력을 해야 한다.

그 삶이 아름다울 수밖에 없는 이유가 될 것이다.

"WHENEVER, WHEREVER, MOVING SHOULD BE LOVING!"

대나무 가지 회초리의 넋

　이른 봄이었다. 흰, 아가 염소들이 녹색으로 솟아오르는 논 위에서 천방지축으로 뛰어놀고 있었다. 어쩜 저렇게도 귀여울까, 저렇게나 고울까. 어미는 젖 짜러 가고 없는데, 이제 어미를 찾는 것보다는 파릇하고도 생기 넘치는 가없는 넓은 땅에서 저렇게나 평화로울 수가 있을까. 아마도 아무런 뜻 없이 그냥 뛰어놀고 싶었을 것이다. 어린 내 눈에는 그저 귀엽고 예쁘고, 꼭 동화 같은 느낌 속에 빠져 있었다. 아마도 지금 생각하면 자유라고 생각할 수 있을까, 아님, 외로움 속에서 벗어나고 싶은 굴레라고, 세월에 따른 외로움이라고 해야 했을까?

　지금은 가고 없는 어린 아기 흰 염소들의 뛰어노는 모습만 눈에 아련히 잡히는데, 그때의 예쁘고 귀여운 모습은 멍한 눈망울 속에만 남아있다. 어미는 가난했던 우리 가족에 젖줄을 대고 있었고, 나는 마시기 싫다고 고집부리다 칼바람과 같은 대나무 가지로 몸값을 대곤 했다. 울 엄마는 참으로 작은 분이셨다. 정말로. 요즘으로 따지면 140cm나 되었을까. 그래도 대나무 가지의 회초리는 나의 몸, 등, 다리에 수를 놓고 있었다. 비단 말을 안 들었다는 것만은 아니었을 것이다. 도망가지 않고 버티고 앉아 맞고 있으니 마음속의 한이 녹아들어 그렇게 했을 수도 있었을 것으로 생각한다. 3남 2녀의 어머니로, 시부모님을 모시고, 지금 생각하여도 어지간한 시집살이를 끝없이 한 것이다. 엄마는 나름대로 내가 해야 하고, 해나갈 일들을 내가 듣거나 말거나 내 머릿속에 새겼다.

아마도 대나무 가지가 아주 효과가 있는 새김 감으로 생각하였을 것이다. 더구나 엄마의 울부짖는 명으로 새겨진 새김 새는 내가 하지 않으면 안 된다는 것을 확실하게 심어준 것으로 생각난다. 내가 초등학교에 들어가기 바로 전이었다. 엄마는 새벽밥을 두 번 했다. 한번은 큰아들을 부산에 있는 대학까지 기차 통학시키느라 새벽 3시에 밥을 해서 4시 기차를 타게 하고, 그다음 나머지 식구 밥을 하면서 6시에 아버지를 출근시켰다. 모두 학교 가고 나면, 그때부터 산허리에 걸려있는 밭으로 가서 고구마 순을 심고 물을 주었다. 그다음은 논에 가서 잡초를 메었다. 얼마나 작은지 논에 엎드리면 벼 잎에 가려 보이지 않았다. 같이 논을 메어 보면 정말로 빠르게 4~5골씩을 기어가며 잡초를 뽑았다. 얼굴은 볏 잎에 시달리고 할퀴어, 내가 그림 그릴 때 항칠한 것보다 더 심하였다. 집에 돌아오면, 소여물을 끓여야 했고, 돼지죽을 주고 개들도 살폈다. 그러니깐, 소, 돼지, 개, 말 양 중에서 말만 없었다. 그리고 소는 엄마의 명을 알았던 것 같다. 내가 소를 몰고 오면 엄마 옆에서 눈물을 흘리는 것을 자주 보곤 했다. 그래서 소만도 못한 놈이라 나무라면 나는 그때 소보다도 엄마에게 도움 되는 것이 없었다.

왜 저렇게나 소보다도 더 일을 많이 해야 하는지 잘 알지는 못했으나, 어렴풋하고 믿기도 했다. 그 반감으로 절대로 도망도 가지 않고 후려치는 대나무 가지를 몸으로 받아 시원하다는 생각이었다. 이 매가 아팠다고 생각하기보다는 그렇게 애처롭고 분할 수가 없었다. 내가 어른 같은 말을 많이 했기 때문으로 생각이 난다. 우리 집은 냇가를 바라보는 동쪽으로 헛간과 돼지우리를 감싸는 대나무 숲이 무성했고, 이를 따라 자그마한 남새밭이, 남쪽으로는 탱자나무가 울타리를 만들었고, 그 가운데에 대나무 삽작이 있었다. 삽작의 오른쪽에 소와 염소의 마구간이 있었고, 이에 붙어 사랑채가 있었다.

[대나무가지 회초리]

서쪽에는 울 엄마 키의 10배가 넘는 버드나무 5그루가 비상 줄기에 뒤엉켜 힘들게 앓고 있었고, 그 밑 장독대엔 버선을 그린 갱지가 거꾸로 붙어 실바람에도 흔들리고 있었다. 또한, 집 주위로 냇가가 오른쪽에 두 개, 왼쪽에 두 개가 흐르던 아주 외딴 호롱불을 쓰는 집이었고, 다른 동네와는 너무 떨어져 있어 아래, 위, 동, 서로 십 리 이상은 가야지 사람을 볼 수 있는 곳이었다. 겨울에는 종일 썰매를 타도 지겹지 않게 냇가가 얼어 주었고, 봄에

는 아련한 동화가 있었으며, 여름에는 몸을 담그면 시간 가는 줄 모르는 아주 긴 냇가가 있었고, 가을에는 곱게도 멍든 단풍이 속앓이하며 다가

오는 외롭고도 평화로운 마을이었다. 길손이 우리 집 사랑채에서 밤을 지새우고 가는 일도 많았다. 혹, 한 번씩 들르는 스님이 이런저런 소식을 전해주는 그러한 동네에 4가구가 살았다. 참으로 엄마는 몸을 쥐어 짜는 삶을 살았던 것으로 생각한다.

그러다 1969년 9월 27일 엄마는 한 번 더 주저앉을 수밖에 없는 일이 일어난다. 이때 형언할 수 없는 태풍과 폭풍이 들이쳐서 4개의 냇가가 모두 터져 생의 기반을 완전히 잃었다. 그보다 가슴 미어지는 일은 엄마가 그렇게 아끼며 좋아했던 소, 염소, 돼지가 다 가버렸다. 엄마는 아슬아슬한 순간에도 조금만 시간적 여유가 있었다면, 그렇게 물을 싫어하는 염소의 줄을 풀어 놓고만 왔어도 어디엔가 살 수 있었을 것이고, 소도 마찬가지였을 거라고 생각하며 목 놓아 통곡했다. 이런 일들이 더욱 엄마의 마음을 줄로 다져 메었던 것으로 생각한다.

어쩌면 이렇게 모질게 못을 박고 살아야 하는가 하는 한이 몸서리쳐졌을 것이다. 나락을 탈곡할 때의 탈곡기를 밟을 때 키가 작아 탈곡기에 휩쓸려 들어가고, 자기 키의 2배나 넘는 도리깨질로 보리타작을 하고, 손에 맺히는 피멍은 가슴까지 도달했으리라. 콩 타작, 참깨 타작, 들깨 타작, 고추 수확, 배추, 도라지 수확, 이것들을 사람이 해낸다기보다는 모진, 너무도 모진 한이 해내었을 것이다. 나에게는 중학교에 다니면서도 엄마에 대한 아무런 대책이 없었다. 그저 말하지 않는 그것이 엄마에게 도움이 될 수 있을 것으로 생각했고, 무조건 참았다. 비록 이것이 매를 버는 한이 있더라도.

인생사 새옹지마라고 한번은 떵떵거리며 살지 않겠냐는 생각을 울 엄마도 했을 것이다. 그러면 나아져야 했는데 그렇지 못했던 것으로 생각한다. 50을 넘었어도 손에 쥔 한을 놓을 수가 없었나 보다. 나 보고는 약대에 가서 돈 많이 벌어 집안을 좀 세우라고 했다. 그때 당시의 약사는 무척 돈을 잘 벌었고, 그의 땅을 밟지 않고는 다닐 수 없었던 그 정도의 부자였다. 나도 그렇게 하겠노라고 약대에 갔다. 그리고 군필하고 약국을 1년 남짓했을까, 엄마는 정말로 내가 번 돈으로 식사 한 끼 받지 못하고 돌아가셨다. 누구나 믿기지 않는 일로, 추석 다음 쉬는 날 엄마에게 갔더니, 왜 이제 오냐시며 떡국을 차려 주셨다.

그리고 부산으로 온 새벽에 연락이 왔다. 엄마가 가셨다고. 할머니도 아니고. 끝까지 이놈의 얼굴 보고 가려고 기다렸나. 아니, 그래도 약사인데 약도 한번 들게 하지 못하고, 그렇게 가셨다. 억울하지만 그렇게 말 못 할 큰 병도 아니었고, 갑자기 가셨다. 아주 자그마한 사람이 온 가족을 가슴에 움켜쥐고 갔다. 내가 돈이라도 좀 벌면 쪼그라든 상처가 매워질 수 있었을까. 그래서 더 통곡하며, 오히려 돈 버는 것을 포기했다. 그러나 이것은 엄마를 위한 길은 아니라고 생각한다. 그렇지만 그렇게도 움켜쥔 가슴을 억지라도 펴 드리기 위해, 그렇게 움켜쥔 한의 덩어리가 꼭 물질만은 아닐 것이라고, 비겁한 위로라도 해 드리고 싶어서, 그렇게 짓눌렀던 다 풀지 못한 한을 조금이라도 들어드리고 싶어서, 부자가 되기보다는 엄마의 응어리가 조금이라도 풀어질 수 있도록, 엄마의 바람이라고 생각하는 국립대 교수가 되었다.

지금, 힘들었던 끝없는 그리움으로 심장에 새겨두기 위해 쇳소리 나는 악기로 내 심장을 두드리고, 곤두세워 대나무 가지 회초리의 넋을 기억하곤 한다.

할 말 없는 짙은 구름만

출근길에 세월호가 뒤집혀가고 있고, 단원고 학생들이 타고 있다고 전해 들은 지 5년이 지났다. 진실은 숨어들어 낯을 내밀지 않고, 한은 커져서 하늘을 덮어 구름이 되었다.

벚꽃도 마음을 잃고 바람에 휘날리며 갈 길을 못 찾고 흩날리고, 먼 산에는 지금이 맞을까 하는 정도로 연초록으로 눈을 내밀고 있었다.

아마 이리도 길이 먼 것은, 와보지 못한 마음보다는 하늘에 매달려 있는 저 수많은 별이 구름 뒤에 박혀 주체할 수 없었던 그 날을 끌어가고 있었기 때문이리라.

말이 없는 벌판, 말이 있어도 할 수 없는 벌판엔 반기는 새 한 마리 없이 애타게 마음만 무거워 온다.

기념일이라, 그때를 생각하는 날이겠지. 얼마나 많은 사람이 기억하고 있을까, 기억하고자 할까? 구름 낀 하늘을 배경으로 길게 연결된 꼬리연이 햇빛 새어 나오는 곳으로 흘러 영혼들이 블랙홀로 빨려 들어가고 있었다.

기다림은 그 자체로서도 용서를 대신한다

팽목의 방파제에는 5년 전에 부착해 놓았었던 리본들이 애처롭게 자신의 몫을 다하기 위해 영혼으로 매달려 있고, 세월에 살갗을 찢겨나간 리본들도 쳐다보는 사람의 눈에 파르르 떨며 그 애환 소리를 내고 있었다.

[재수사 기원(팽목), 2019]

방파제엔 애틋한 사연들이 타일로 자리 잡고 있어, 발걸음을 옮기는데 핏물 같은 아려옴이 더했다. "안전한 나라", "무서워, 살고 싶어, 어두워, 도와줘, 사랑해", "금요일엔 돌아오렴", "내 손을 잡으렴", "기억할게", "꽃이 되렴" 구절 하나하나에 온몸이 저려 왔다.

빛이 바랜 리본의 뒤에는 "책임자 처벌", "세월호 특수단 설치", "전면 재수사" 등의 노랑 깃발들이 힘을 잃어가는 리본의 뒤를 받치고 있었다. 생각보다는 그리 많지 않은 사람들이 마음을 추스르고 리본과 대화하고 있을 뿐, 그렇게 기억을 해주는 이들도 없었다.

빨간 등대 앞에는 영산재를 준비하고 있었고, 그 울림이 저 꼬리연을 따라 하늘에 도달할 수 있었으면 하는 마음이었다.

그냥 빈자리에는 애잔한 갈매기 소리, 간혹 흐느끼는 파도 소리, 둥둥 울리는 북소리, 아직도 아이들은 아파서 울고 있는데, 저만치 세월호가 가라앉은 자리에는 할 말 없는 짙은 구름만 드리워져 있다.

왜 아이들이 죄인이 되어 저렇게 흐느끼고 있는지, 바람에 따라 꼬리연은 태양 빛을 찾아 따라 흐르고 있는데, 그 아무도 대답조차 하지 못한다. 리본에 매달린 꼬막 같은 종소리 뒤로 "별이 되소서"의 리본이 힘들게 흔들리고 있었다.

이런 일이 다시는 일어나서는 안 되겠다는 생각보다는, 같은 일이 일어나면 얼마나 적극적으로 대처할 수 있겠냐는 생각이 앞서는 것은, 어느 사람이 진정으로 잘 못을 빌 때, 블랙홀로 빨려 들어간 어린 영혼들도 새로 자리 잡은 하늘에서 더욱 밝게 반짝일 수 있을 것으로 생각이 들기 때문이다.

솟대에 리본을 달며 먼바다를 쳐다보는 같은 또래 학생의 손길에서 그 애잔함이 아이들의 바람으로 이루어지길 간절히 빌어 본다.

기다림은 그 자체로서도 용서를 대신한다

2부

삶의 가운데에는

[정월 대보름 달집(낙안), 2024]

엄마, 오셨습니까?

봄이 오는 시기에는 목련꽃을 기다립니다. 봄이 오면 들판으로 시내로 목련꽃을 찾아 헤맵니다. 혹시, 거기에 울 엄마의 얼굴이 보일까 봐 찾고 또 찾습니다. 몇 년간은 밖으로 목련 꽃을 찾아다니다가 엄마의 영혼이 여기저기 찾아드는 것보다는 나의 곁에 찾아 들었으면 하는 생각으로 3년 전 11월, 새집으로 이사할 때 테라스에 목련 나무를 심었습니다. 다음 해에는 목련꽃이 피지 않아 밖으로 나돌며 찾아 예쁘게 핀 목련꽃을 카메라에 담기도 했습니다.

울 엄마는 하얀 목련꽃처럼 항상 바람에 가냘프게 흔들리며 사셨습니다. 흔들리는 꽃잎이, 하얀 치마저고리를 입고, 새참을 머리에 이고 나르시는 엄마의 모습이 그렇게 애잔하게 다가옵니다. 내가 봄을 기다리는 이유이고, 목련 꽃잎은 우리 엄마 치마저고리입니다. 그러다 치마에 흙이 묻으면 자주색의 자목련으로 환생합니다. 어쩌면 그냥 흙이라기보다 땀 속에 스며든 흙이라 더욱 가슴이 미어집니다. 자목련은 백목련보다 한 달 뒤쯤 피어, 울 엄마 고생하시던 모습이 그렇게도 목련을 닮았습니다.

백목련은 항상 양지바른 곳에서 피는 꽃이라는 느낌과 자목련은 햇빛이 들지 않는 음지에서 피던 생각이 머릿속에 박혀 자목련의 삶은 더욱더 애절해 보입니다. 그래서 슬픔은 음지에서 피어나나 봅니다. 이래서 우리의 마음이 밝지 못하면 마음이 우울해지고 멍해지기도 하나 봅니다. 음지에서 피는 꽃이 다 슬픔을 가진 것은 아니라는 생각이 들지만, 저 자목련은 왠지 슬픔을 안고 사는 사람과 닮아있어 더욱 안쓰럽게 다가옵니다.

며칠 전에 "The mother"라는 영화를 보았습니다. FBI 출신의 엄마가 임무 수행 중에 생긴 무기 밀매를 인지한 관계로 두 폭력집단의 추적을 받는 상황에서 체포되어, 취조받는 중에 폭력집단의 공격을 받아 만삭의 상태에서 폭력집단에 아기를 가진 배에 칼을 맞습니다. 병원에서 아이를 낳고 아기의 안전을 위하여 친권 포기를 강요받고, 자기의 동료(포스터)에게 아기를 돌보아 줄 것을 당부합니다. 첫째, 좋은 양부모를 찾아 달라, 둘째 아이의 안전을 생일 때마다 알려주고, 셋째 문제가 생기면 즉시 알려 주라는 것이었습니다.

12년이 지난 후 아기(죠이)가 초등학교 다닐 때 납치가 됩니다. 엄마는 지난날의 경력과 실력으로 죠이를 구하여 아주 한적한 숲속 안가로 이동하는데, 이때 죠이는 친엄마라고 직감하지만, 엄마는 대답하지 않습니다. 산채에 자리를 잡고 12살인 아이가 폭력집단을 대상으로 살아남을 수 있는 법을 가르칩니다. 하얀 눈이 덮인 산골에서 눈길을 달리며 육체적 강화 운동, 사격 훈련, 차 운전하는 법 등을 실제로 폭력집단의 공격을 받았을 때 살아남을 수 있는 법을 가르칩니다. 한 날 아침에 엄마가 눈을 떴을 때 죠이는 보이지 않습니다. 엄마가 허겁지겁 아이를 찾는 상황이, 눈앞에 아무것도 보이지 않고 죠이를 찾는, 온 산이 울리고 폭발적인 부르짖음은 아이에 대한 엄마의 간절한 마음, 누구라도 엄마이면 그럴 수밖에 없는 상황에서, 엄마의 굳건한 눈동자에서 엄마일 수밖에 없는 엄마를 보았습니다.

아이를 찾았을 때 야생 늑대의 새끼들과 놀고 있는 것을 보고는 직감으로 느꼈겠지만, 죠이는 새끼에게 물려 시골 병원에 가게 되고, 급히 아이의 이름이 컴퓨터에 입력이 되어 위치가 탄로 나게 되고 도망갈 시간도 없이 폭력집단이 들이닥쳐, 죠이는 차를 몰고 눈길을 도망치고 엄마는 폭력집단과 싸움을 벌이다 위기에 봉착되었을 때, 죠이는 총을 쏘아 엄마를 구해 냅니다.

부모는 자식을 지키는 것이 우리에겐 어쩌면 의무와 같은 느낌으로 살고 있을 겁니다. 어쩌면 잘되게 키울 수 있을까, 좋은 대학을 거쳐 좋은 직장을 구할 수 있을까 하는 생각으로 말입니다. 이 영화는 자식에 대한 사랑을 말 대신에 행동으로 실제 필요한 일을 가르쳐 위기에서 탈 출 할 수 있도록 훈련을 시킵니다. 살아가면 생각하지도 못한 숱한 일들이 일어납니다. 이 일들을 스스로 극복할 수 있는 나이가 되어 이겨 나가야만 그다음의 장으로 나아갈 수 있는데 우리는 아이들에게 무엇을, 무엇을 위해 뒷바라지하고 있는지 생각을 좀 해봐야 할 것 같기도 합니다. 누구라도 자신을 바쳐 아이가 잘 될 수 있다면, 아니 바로 설 수 있다면 무엇이든 아끼지 않을 것입니다. 아이가 홀로 설 수 있을 때 뒷바라지하는 것이라면 좀 고리타분할 수 있겠으나, 누구나 부모가 되면 그냥 뒷손 끼고 쳐다만 보기는 어려울 것입니다.

실제로 우리는 민들레를 봅니다. 자신의 품에서 자식을 키우지 않습니다. 어느 시간이 되면 홀씨로 날려, 아주 멀리, 그것도 어디가 될지 모르는 곳으로 날려 보내어 부모와는 독립된 개체로 살아가면서 모진 극한 상황을 이겨내고 꽃을 피우고, 또 같은 방법으로 독립시키며 살아갑니다. 민들레는 포장된 시멘트 도로나, 척박한 자갈땅이나, 길 가운데 사람의 발에 무참히 밟히고 밟혀도 또 일어납니다. 우리의 아이들도 그렇게 자랐으면 하는 생각이 있습니다.

[엄마, 오셨습니까? (테라스), 2023]

올해는 나의 테라스에 목련꽃이 피었습니다. 얼마나 반갑고 보고 싶은지 모릅니다. 얼굴엔 주름이 더 생긴 것 같기도 하고, 꽃잎이 한쪽으로 쏠린 것을 보니 옛날 보리타작 할 때 도리깨에 힘이 부쳐 다치셨던 모습도 떠오릅니다. 약한 바람에 지금도 흔들리는 것을 보면 그렇게 자식을 위해 무거운 걱정은 하지 않아도 될 것 같은데 아직도 마음이 무거우십니까?

기다림은 그 자체로서도 용서를 대신한다

저 산허리에 걸친 고구마밭에 물을 이고 가시다가 넘어지실 때도 옆에 같이 가는 저의 손을 먼저 잡아주시던 어머니. 태풍, 물바다에 집과 가축들을 다 잃어버리고도 벌근 눈으로 나를 안아주시던 어머니.

대나무 가지 회초리로 나를 바로 세우기 위해 무척 애를 쓰시던 내 어머니.

올해는 얼마나 보고 싶으셨으면 창가에서 나를 살며시 쳐다보고 계시나요.

고운 바람에 목련 꽃잎 떨어지면 또다시 일 년을 기다려야 하는데, 한 번씩 꿈속에라도 나타나시어 어떻게 사시는지 알려주기라도 하시옵소서.

나에게도 가을이 오면

가을이 오면 내가 정성을 들이지 못하고, 다 못한 일들에 대하여 서러움이 다가온다. 눈에 보이는 것도 그리움의 대상이 되나 보다. 말없이 쳐다보고 나의 삶에 깊숙이 관여하고 있는 저 달님, 나로 인하여 달님의 얼굴이 창백해지는 것 같아 더욱 안쓰럽다. 어쩌면 저 초승달이 그리움을 잉태하게 하고, 그믐달이 애잔한 기다림을 가져다주기 때문이다. 나는 저 달님에게 해 준 일이 없는데, 저 달님은 꼭 내 마음의 크기에 따라 얼굴을 변화시키며 나를 지켜온 것 같다.

나에게 기쁜 일이 생기면 은근한 미소로 쳐다보기도 하고, 슬픈 일이 생기면 그믐달처럼 애처로이 쳐다보고 있다. 이런 일들은 가을이 되면 달님에게 물어보고 싶은 생각이 많이 든다. 저 위에서 보고 있어 나의 걸음걸이가 왜 비틀거리는지를 아는지, 어제 쓴 글이 달님의 마음을 우울하게 만들지는 않는지, 파란 강물에서 목욕하고 난 뒤의 기분은 어떤지, 달을 쳐다보고 짖고 있는 저 강아지의 울음소리가 애처롭게 들리지는 않는지, 옛날 지붕 위에 하얗게 열린 저 박 덩이가 달님에게 전하는 마음을 듣고나 있는지, 강 따라 길게 피어 있는 코스모스가 흔들리는 것이 달님을 부르는 손짓으로 보이는지, 가을이 깊어감에 따라 옷을 갈아입는 저 단풍의 옷값은 얼마나 되는지, 어깨 위에 달빛이 쏟아질 때 실제로 그 무게를 느끼는 건지, 아니면 소곤소곤 이야기하는 말들이 들리기나 하는지, 한밤에 귀가하는 스님의 저토록 고독스러운 뒷모습이 달님과 닮아 있지는 않은지 참으로 물어볼 것도 많다.

그리고 가을이 되면 같은 하늘에 지내고 계시는 우리 엄마가 달님 덕분에 잘 지내고 계시는지도 알고 싶고, 보고 싶기도 하다. 꿈에서도 잘 뵐 수 없는 엄마의 얼굴을 달님의 주선으로 한번 뵙기라도 하면 좋겠다. 울 엄마도 틀림없이 저 별이 되어 계실 것인데, 아마도 달님의 귓속말을 잘 듣고 계실 것 같다. 별, 그 소리만 들어도 준비도 되지 않은 눈물이 난다. 별빛이 아름다워 나는 눈물도 되겠지만, 울컥 울 엄마가 아스라이 보이는 같기도 하고, 나를 부르는 것 같기도 하고, 안아 주는 것 같기도 하다. 그래서 별빛은 계절을 가리지 않고 따스해야 한다. 별빛이 차가우면 울 엄마도 차가운 곳에서 지내실 것 같아 더욱 마음이 저려온다.

옛날 엄마 손잡고 산허리에 걸쳐있는 고구마밭에 물을 주던 생각도 나고, 커다란 홍수로 이루었던 전 재산을 물에 다 흘려보내고도 벌근 눈으로 감싸주던 울 엄마, 언젠가 처마 밑에 왼쪽 날개를 절며 나타난 흰 나비가 보리타작 할 때 다친 엄마의 왼팔이 아닐까 하여 눈물짓던 때도 있었다. 왜 그리 엄마만 생각하면 눈물이 날까. 다하지 못한 나의 정성이 눈물을 불러오는 것 같아 섧기도 하다. 가을이 섧은 이유는 엄마에게 다하지 못한 정 때문일 것이다.

사람은 원래 바보로 태어나는 것 같다. 모두 잃어보고, 당해 봐야 눈을 뜨는, 참으로 어리석게 태어나는 것 같다.

[가을 - 그 아픔(뱀사골), 2023]

고향이 없어진 사람에게도 가을이 또한 쓸쓸할 것 같다. 고향은 살면서 마지막으로 들러 보고 싶은 곳이다. 잘 된 사람은 잘 되게 해주어서 감사하다는 뜻으로, 뜻을 이루지 못한 사람에게는 다시 땅을 짚고 일어설 수 있는 마음을 세울 수 있는 곳이다.

살면서 언젠가는 가고 싶은 곳이고, 그때 그 시절이 동화처럼 머리에 흘러갈 때 그 정경은 한 사람의 눈물을 받아 내기엔 충분한 곳이 또한 고향이다. 나는 어쩌면, 사회, 국가의 발전에 따른 개발로 고향이 없어진 사람이다. 푸른 초원에 방울을 단, 젖 짜는 아가 염소가 들판을 뛰어놀고, 품에 안고 뽀뽀를 하던 그 어린 때의 고향이 사라졌다.

[가을엔 고향으로 가자(철새 도래지), 2023]

　그리고 홍수로 온 마을이 다 잠긴 적이 있지만, 키 큰 버드나무, 느티나무, 뭉게구름, 고추잠자리 등은 남아있었는데, 지금은 그 흔적도 찾기 힘들다. 삶이 힘겨울 때 고향의 공기를 크게 들이키면 요동치는 마음을 가라앉힐 수 있었는데, 이제는 그 냄새조차 맡을 수가 없다. 다만 개 짖는 소리가 하늘을 가를 때 달을 쳐다보는 애닮은 마음만 남아있다.

　사람들은 이 가을에 많은 아쉬움을 가지고 사는 것 같기도 하다. 그렇다고 겨울에 아쉬움을 이야기하기에는 마음이 너무 얼어붙을 것 같고, 그래도 한 계절이 남고 무언가 해결할 수 있는 마음이 조금이나마 남아 있는 곳이 이 가을인 것 같다. 옛날 허수아비는 참새를 다 좇아내지 못한 아쉬움에 이빨이 두세 개 빠져 있고, 웃는 것인지 우는 것인지 알 수 없는 표정을 하고 있기도 했다. 지금의 허수아비는 아예 AI를 탑재하여 참새들이 미치지 못하는 생각에 맞추어져 있을 것 같다. 누구에게든 아쉬움은 많을 것이다. 아마도 사람은 아쉬움을 메꾸기 위하여 사는 생명이 아닐까 하는 생각을 갖게 한다.

[가을-이글거림(뱀사골), 2023]

또한, 가을은 기다림의 계절이기도 하다. 사람이 사람을 기다리든, 계절을 기다리든, 멀리 떠나간 사람을 기다리든, 이런 기다림은 그리움을 낳는다. 그리움은 기다림 없이 결코 눈물 맺지 않는다는 말처럼, 그 그리움도 어쩌면 살을 에는 아픔일 줄도 모른다. 기다림은 대상이 없을수록 더욱더 애절하다. 어떤 사고로든지 앞서간 아이들, 세월호가 그렇고, 이태원 사고가 그렇고, 군대 간 아이가 그립고 아프다. 사랑은 바보이어야 기다림이 가치가 있을 것 같은 이유도 여기에 있다. 그 바보는 안 올 줄, 못 올 줄 뻔히 알면서도 기다림에 지치지 않고 익숙하게 되는 이유가 될 수 있다. 그래서 우리가 기다림을 배울 필요가 여기에 있다.

기다림은 그 자체로서도 용서를 대신한다

이런 아픔들은 다르게 이야기하지 않아도 내일의 일로 이어져 간다. 아쉬움을 막아야 하고, 다하지 못한 마음을 살려야 하고, 아픈 상처들을 삭여야 하고, 이루지 못한 것들을 새겨야 하고, 기다림에 익숙해야 하고, 그리움을 승화시키기 위하여 많은 노력이 필요한 일들이다.

[가을-그 기쁨(뱀사골), 2023]

그래도 우리가 살아갈 수 있는 것은 잊으려는 망각이 아니라 단풍이 소리 없이 가만가만 다가서서 우리의 마음을 녹이듯이 가을은 모든 일을 포용할 수 있는 마음을 갖게 하는 것이다. 가을은 그냥 계절의 순환에 따라 오는 것이 아니라, 사람들의 기다림에, 그리움에, 아쉬움에 대답하기 위하여 조심스레 다가오는 것이라고 생각한다.

나에게 가을이 오면, 그 뜨거운 여름이 있어서 가을이 오고, 풍족함이 따라온 것으로 마음을 잡는다. 그리하여 가을에는 풍족하다는 마음보다 내가 일군 것만큼 받아들여 행복을 찾고자 한다. 가을은 누구에게나 소중하다. 특히 인생에 있어 가을은 먼 산 위의 억새가 피어 울고, 황홀하지는 않더라도 고운 석양이 일고, 더 이상은 부족한 것도 없는 그런 가을이 되었으면 한다. 꼭, 단풍이 말을 하지 않고 조용히 스며들어 단풍을 만들 듯이, 나의 마음에도 들뜨지 않는 조용한 가을이 찾아 들기를 바란다. 나의 힘으로 어찌할 수 없는 일이 있었을지라도 살아 있음에 일어난 일이라고 생각하겠다.

그리고 한해의 노력에 대한 어떠한 어려운 말도 하지 않을 것이며, 나에게 와 준 가을에 대해서 한없는 고마움과 스며든 단풍처럼 마음도 곱게 물들이고, 주변의 모든 생명에 감사함을 표현하고 싶다.

숨소리

삶과 죽음의 경계는 숨이다. 숨을 쉰다는 것은 대사가 일어나고 있고, 그 결과로써 에너지를 얻으며 움직이는 원천이 된다. 그리고 이 상황을 되풀이하기 위하여 숨을 쉬고 또 그 상태를 자연스럽게 연장하여 생명을 유지하는 것이다. 이를 우리는 생물이라고 말한다. 반대의 말로 무생물이란 생명이 없는 것이며, 생명을 유지할 수 있는 밑거름이 되고, 생명은 이를 바탕으로 생명 유지의 원료로 사용한다.

동물은 태어나자마자 가장 중요한 일이 숨을 쉬는 일이다. 숨을 쉬면 숨소리가 난다. 이 숨소리는 탄생을 의미하며, 또한 평화를 의미한다. 아가의 코에 귀를 대어보면 그 자체가 평화롭고 자유로우며 살며시 다가오는 사랑의 소리이다. 이 사랑이 담긴 모습을 느끼지 못한다면 아마도 그것은 무생물일 것이다. 이렇게 숨소리는 사랑을 실어 나르는 반달을 닮은 조각배이다.

어미 소가 송아지의 얼굴을 핥고, 큰 눈을 지그시 감으며 사랑을 쏟을 때도 고운 숨소리를 속 깊이 빨아들이는 소리를 볼 수 있고, 들을 수 있다.

새하얀 박이 달빛을 받아 빛나는 밤엔 아가의 숨소리는 온 세상을 포근한 구름 이불을 덮게 한다. 숨은 개체의 성장에 따라 그 소리도 효능도 달라진다는 것을 안다. 또한, 상태에 따라서 숨소리도 달라진다는 것도 안다. 심장이 쿵쾅거릴 때의 숨소리도, 슬픔에 젖은 숨소리도, 웃으며 나는 숨소리도 그렇게 정다울 수가 없다. 숨이 멎는다는 것은 심장이 멎는 소리이고, 이 세상의 불이 꺼지는 소리이다. 그래서 숨소리는 세상을 구한다. 숨소리 없는 세상을 단 1초라도 생각해 보라, 얼마나 갑갑하고 답답하고 멍이 들겠는가.

그래서 살아 있다면, 살려면, 억지라도 숨을 쉬어야 한다. 절망의 상태에서도, 땅이 꺼지는 상황에서도, 내가 믿을 수 없는 일이 일어나 나 자신을 죽이고 싶을 때도 숨을 쉬어야 하며 숨소리를 들어야 살 수 있다. 사랑에 실패했다고, 전 재산을 잃었다 해도, 소중한 사람이 세상을 떠나고, 마지막 나의 옆 사람이 떠나가도 숨을 쉬어야 하는 이유가 된다.

생물이 아닌 무생물로 세상에 남겨진다고 생각해 보면 그 얼마나 무서운 일이 되겠는가. 이는 죽음 뒤에 나타나는 일이라 알 수 없는 일이라 할지라도 슬픈 일임에는 틀림없을 것이다.

때에 따라서는 숨을 쉬고 있는 데에도 너무도 조용히 숨을 쉬어 그 소리가 들리지 않을 때도 있다. 더 가까이 귀를 귀 기울이면, 뭔가 기쁜 웅성거림을 들을 수 있다. 지금쯤 눈을 떠도 될까, 아니면 좀 더 있다가 얼굴을 내밀까 하는 땅속의 속삭임이다. 양지 바른쪽에서 새싹들이 큰 숨을 쉬고 터지고 싶은데 아직은 때가 아닌 것 같아 아쉬움을 토로하고 있는 것처럼 보인다. 하데스의 세계에서도 빨리 세상에 내보내고 싶어도 데메테르가 허락하지 않은데 얼굴을 내밀었다가 숨도 한번 못 쉬고 모두 말라버릴까 봐 아주 신중하게 움직이는 모습이 보인다. 이즈음에 페르세포네도 엄마를 만나러 갈 채비를 하고 있을 것이고, 조금만 있으면 대지 위의 숨소리가 합창으로 들려오지 않을까 한다. 우리가 한동안 잊고 지냈던 새싹들의 숨소리가 살아 있는 생명에게도 큰 힘을 불러일으킬 것이다.

그렇게도 긴 기간 동안 숨소리를 기다리며 숨을 이어 왔는데, 이젠 외로움 없이 같은 박자로 숨을 쉴 수 있다니 얼마나 행복할 것인가, 이런 것이 달리 행복일 것인가. 어쩜 행복이란 바구니에 숨소리를 주워 담는 게 아닐까 하는 생각도 든다. 며칠 전까지만 해도 웅성거리는 소리가 들리는 듯했는데, 그사이 날이 차가워져 얼마나 놀랐을까 하는 미안한 마음이 들고, 하늘엔 날개 달린 생명이 숨 쉬는 소리가 하늘을 밝게 하고 있다.

세월이 갈수록 숨소리가 거칠어지는 생명, 먼 산 8부 능선에 하얗게 피어 있는 억새도 나름의 숨소리로 지금을 맞고 있을 텐데, 유독 우리 인간들만 숨소리가 고르지 못한 것은 지난 일에 대한 애착과 미련, 다가올 아픈 숨소리, 자신을 믿지 못하는 불규칙 적인 숨소리가 더욱 가슴에 맺혀 올 것이다. 이러한 것들을 전반적인 생명과 비교해 보면, 고등동물이라 그만큼 복잡한 생각을 하기 때문에 거친 숨을 몰아쉬어야 하는 것 아닐까 한다.

[숨소리]

    생명은 모두 생각을 소유하고 살며, 무소유라고 하면 보통 물질적인 것으로부터의 무소유를 말하는 것 같은데, 사람과 같은 고등 생명은 이제라도 생각으로부터의 무소유에도 마음을 두어야 하지 않을까, 사람이 복잡하다는 것은 생각이 복잡한 것이고, 그 생각이 해결되지 못함으로써 더 깊은 고뇌와 싸우는 것은 아닐까. 가끔, 숨이 거칠어지고 가빠질 때, 아기의 숨소리를 들으며 마음을 바로잡아보는 것도 고등 생명이 추구해야 하는 일이 아닐까 하여.

기다림은 그 자체로서도 용서를 대신한다

새벽 바다

누구나 물속에서 태어난다. 식물을 제외한 모든 생물은 물에서 태어나 물을 고향으로 삼고 있다. 바다에서 태어난 생물은 그 넓은 곳에서 태어났기 때문에 별 욕심이 없이 살아가고 있는 것 같다. 그러나 사람의 경우 아주 적고도 작은 엄마의 바다에서 태어나기 때문에 욕심을 가지고 태어나는 것 같다.

나는 물속에서 태어나서 물을 곁에 두고 자라났고, 성장할 때도 물이 있는 곳에서 살았다. 국민학교 전후에는 우리 집을 중심으로 오른쪽에 두 개, 왼쪽에 두 개의 시냇물이 흐르고 있었고, 중고등학교 시절에는 마산의 합포 바다를 지나치며 다녔고, 대학은 부산의 바다를 보고, 직장은 아름다운 물 여수에 있는 대학에 발령받아 지내다가, 후에는 일본의 카스미가우라 호수를 끼고 있는 츠쿠바에서 연구를 하였고, 그다음엔 대서양을 끼고 있는 미국의 보스턴에서 사바티칼 연구를 하였다.

그래서 나의 고향은 물이라고 해도 그렇게 틀리지는 않는 것 같다. 좀 기분이 틀어지고, 스트레스가 쌓이면 물가로 가는 것이 성격이라기보다는 눈에 물이 보여야 잠잠해지는 물의 특성이 마음속에 자리 잡아 버렸나 하는 생각이다.

물은 생명의 보고이며, 생명을 살리는 데 큰 역할을 한다. 그리고 물은 사람이 살아가는 길을 가르치고 있다. 노자는 인간 수양을 물이 가진 일곱 가지 덕목에서 찾아야 한다고 했다. 즉, 낮은 곳을 찾아 흐르는 겸손(謙遜), 막히면 돌아갈 줄 아는 지혜(智慧), 구정물도 받아주는 포용력(包容力), 어떤 그릇에나 담기는 융통성(融通性), 바위도 뚫는 끈기와 인내(忍耐), 장엄한 폭포처럼 투신하는 용기(勇氣), 유유히 흘러 바다를 이루는 대의(大義)를 가져야 하며, 최고의 선은 물과 같다는 상선약수(上善若水)를 주장했다.

나의 필호를 "물길"인 이유도 이와 다르지 않다. 그렇다고 물이 화를 내지 않는 것은 아니며, 그 화는 한 인생을 바꾸는데도 큰 일익을 담당한다. 어릴 때는 물이 나를 이끌어 갈 줄은 몰랐다. 국민학고 6학년 가을, 어마어마한 폭풍우에 네 개의 시내가 범람하여 조그마한 우리집을 홀라당 삼켜버렸다. 집뿐만 아니라, 내가 예뻐하던 목에 방울이 달린 젖 짜는 염소, 엄마의 한을 안은 소, 돼지, 닭 등 모두를 쓸어 갔다. 그렇게 겁이 나던 물이 나와 한평생을 같이 하고 있다. 나의 연구 생활도 물이 없으면 단 한 가지의 실험도 할 수 없다. 오히려 물이 나를 보살피고 있어, 이것은 필연(必然)이라고 해야 할 수밖에 없을 것 같다. 누구나 목이 타면 물을 마시지만, 나에게는 나의 삶을 붙잡고 있는 삶의 전부가 되었다.

그리고, 늦가을의 바다는 사람을 생각에 젖게 한다. 높은 등대에서 바라보이는 파란 바다는 자연이 만들어 내는 최고의 색깔이 아닐까 하는 생각은, 바라다보아도 그냥 내가 그 속에 풍덩 뛰어들고 싶고, 가느다랗게 불어오는 갈바람은 가슴속 곳곳을 후벼 파고, 멀리 화물선의 굴뚝에는 도망가지 못한 가을이 걸려있다. 물길인지, 잔잔한 파도인지 상선의 가슴을 간질이고 있고 큰 배도 간지럼을 타고 갸우뚱거리는 것이 더없이 정답다.

　최근 몇 개월 동안은 새벽 5시에 기상하여 새벽 운동을 해오고 있다. 가을엔 몰랐는데 겨울이 되어 갈수록 같은 시간인데도 더 어두워져 간다. 집에서 십분 남짓 걸으면 이순신 공원에 도달하고, 첫 번째 한 바퀴는 봉화대가 있는 전망대로 계단을 숨차게 올라가고, 두 번째 바퀴는 편평한 길로 걸으면 5,000보 정도가 되며, 집까지 돌아오면 6,000보, 4Km가 된다.

[새벽 바다(여수), 2023]

컴컴한 계단을 109번 오르면 전망대에 도달하고, 남쪽으로 보면, 아직도 잠이 들깬 바다가 이불을 끌어당기고 있고, 불빛을 가득 실은 무역선도 잠이 오는지 이불 끌어당기기에 동참하고 있다. 잠시 시간이 지나면, 에오스의 손짓으로 바다가 붉게 타오르고, 잠을 깬 바다에는 조그마한 배들이 이불을 박차고 나오고, 그 위에는 철새 가족들이 해를 쪼으러 가고 있다.

새벽 바다를 보고 있으면 아무런 생각이 없어진다. 그렇게 머리를 조이던 번뇌도 사라지고, 내 마음에 저 넓은 바다가 안착한다. 그 속에 무엇이 들어 있어도 괜찮으리. 여태껏 볕뉘조차도 들어 올 수 없었던 밴댕이 소갈딱지 속에, 저렇게 큰 텃밭이 생기다니, 다시 새롭게 경작해볼 일이다. 항상 포근히 감싸주는 저 바다가 잠을 깰 때 투정하는 모습이란 참으로 바다 냄새라기보다는 사람 냄새가 물씬 난다. 저 마음으로 살아야 하는데 반평생이 지난 지금에도 살아가는 방향조차도 잡을 수 없는데, 40에 불혹을 느낀 공자의 사람됨이 저 바다와 같을지니.

무욕(無慾)이란 누구라도 말할 수 있지만 행동하기는 쉽지 않은 철학이다. 또 그 누구도 여기에 대하여 자신있게, 소신있게 가르쳐 줄 석학도 많지 않다. 저 바다로부터, 심해로부터, 그 푸른 의미를 담아 볼 일이다.

생의 정점에서 어떻게 여기까지 왔는지도, 또한 어디로 갈 것인지도 밝아오는 새벽 바다에서 그 의미를 추슬러 볼 일이다.

퇴임 여행

살아가는 자체가 여행이다. 어떨 때는 쉬지도 못하고 열심히 떠돌아다녀야 하고, 어떤 때는 마음을 정리하여 조금은 쉬었다 가기도 한다. 나의 여행의 첫 번째 목표는 교수가 되는 것이었다. 돈을 벌어 집안을 세우라는 지상 최대의 목표를 위해 내가 좋아하던 전자공학을 포기하고 약대로 갔다. 대학 시절은 독재의 환경이라 현실을 완전히 무시하기도 힘들어 학보사 신문기자로 들어가서 세상의, 아니, 학생들의 눈이 되고 마음이 되고자 하였다. 그에 앞서 무엇이 되면 이 난감한 세상을 바꿀 수 있을까를 생각해 보았다. 너무 크게 잡아서 내가 할 수 있는 것 이상이 되면 나의 힘으로는 아무것도 할 수 없음을 알았다. 그래서 대학생들과 함께하며 할 수 있는 일이 참 많을 것 같았다. 교수가 되면 학생의 지도와 고민, 나아갈 방향을 이끌어 줄 수 있을거라고 생각했다. TV만 켜면 교수들이 나와서, 정치나 사회 진단, 건강 해결 등의 길을 제시하는 것이 그렇게 부러울 수가 없었다. 그래, 교수가 되자고 생각한다. 그 뒤로 15년 만에 교수가 되었다.

교수가 되니, 내가 생각했던 것과는 다른 곳으로 달려가게 되었다. 물론 강의와 연구, 학생 지도들을 했지만, "교수가 연구비가 없으면 교수가 아니다"라는 정의를 스스로 만들어 그 길을 가게 되었다.

전국의 교수들과 경쟁하여 따내어야 하는 것이라서 쉬운 일은 아니었다. 그래서 발령을 받은 이후부터 정년 퇴임까지 연구비를 받아 근무한 것이 나의 최대의 목적을 수행한 것이 너무 자랑스럽고, 자신에게도 고마움을 표한다.

그리고, 누구나 그러하듯이 세월 위에 쏘아진 화살은 멈추지를 않았다. 학교생활에 말할 수 없을 정도의 스트레스가 다가올 때 글을 썼다. 시인이 되고, 또 수필가가 되었다. 더 바빠졌다. 주위를 돌아보거나 챙길 시간은 한참 줄어들었다. 심장이 울렁거리고 잠을 잘 수 없을 때 색소폰을 시작했다. 어쩐지 색소폰의 진동수가 심장이 뛰는 주파수가 같았는지 많은 정신적 도움을 받았다. 한 번씩은 요양원에 색소폰 봉사를 하는 것이 이제는 즐거움으로 다가섰다.

재직 중에 딸을 미국 유학을 보내고, 결혼은 시킨 일이 있는데, 내가 어떻게 살아왔는지에 대한 이정표가 되었다. 주위를 살뜰히 챙기지 못하여 나의 대사에 누가 올까 하는 큰 고민이 생겼다. 그래도 생각보다는 많은 전국의 교수, 선후배, 지역 사람들이 참석해 주셔서 체면을 살린 적이 있었다.

이번엔 정년 퇴임이 다가왔다. 23년 2월 28일이 퇴임인데, 형식은 차리지 않기로 하고, 제자들에게는 연락하지 않았다. 조금은 이래도 되나 하는 생각과, '떠날 때는 말 없이'라는 생각이 골고루 들어 여태까지의 발간된 논문, 학회 발표, 특허, 프로젝트 등을 정리하여 단행본을 만들까 하는 생각이 들었으나, 그냥 아무런 일 없듯이 퇴직하기로 하였다.

근데, 나와 같은 과는 아니지만, 동료 교수 여러 명이 나의 퇴직 환영 해외여행을 기획했다고 했다. 1월에는 성수기라 비행기를 잡을 수 없다고 해서 그냥 넘어가는 줄 알았는데, 해외는 어려워도 국내 여행을 추진한다고 했고, 그곳은 강릉이라 했다. 학회가 강릉에서 개최되었을 때 여수에서 8시간 정도로 운전을 해서 가던 곳이었는데, 이제는 여수-양양 비행기가 있단다.

2월 24, 25, 26으로 2박 3일로 정해졌다고 했다. 너무 반가운 일이고 가슴 따스한 일이었다. 당일은 허균, 허난설헌의 고택에 갔다. 나는 50이 넘어서 글을 쓰기 시작했으나, 위인들은 아주 어릴 때부터 자연과 사람을 노래하고 있었다. 2일째는 눈이 온다고 예보되어 있었다. 나는 어디에 가더라도 항상 사진을 찍기 때문에 새벽에 바닷가에 갔으나, 동쪽은 시커멓게 멍들어 있어 해를 보지 못하고 들어 왔다. 들어오자마자 눈이 엄청나게 오는 것이었다. 계획은 금강산 보러 고성의 전망대에 갈 예정이었으나, 눈이 너무 많이 와서 포기하고 정동진으로 갔다. 산 위에 배가 눌러앉은 형상의 호텔이었는데 눈과 아울려 좋은 경치를 만들어 주었다.

다음으로 오죽헌에 갔다. 40년 만에 경포 호수를 보았다. 그때 젊을 때 학교 신문에 일출 사진을 싣겠다고 무작정 강릉 경포 호수에 갔었다. 그때는 기중기가 있었고 철새들이 많이 있었는데 지금은 고요한 호수만 옛날의 정경을 물속에 숨겨두고 있었다.

오죽헌의 앞에는 첫 번째 모자가 한국 화폐의 모델이 되었다고 영광스러운 표식이 서 있었다.

강원도에 신사임당이 있으면, 여수에는 나라를 구한 이순신 장군의 어머니가 계셨는데 왜 우리는 이 일들을 역사에 남기지 못하고 흘려보내는가 하는 아쉬움이 컸다.

다음날 새벽에 또 일출 사진을 찍으러 갔다. 어제는 눈이 와서 일출을 보지 못하였는데 오늘 아침은 벌겋게 타오르는 해무 앞으로 아주 맑은 햇님이 반겨 주는 게 아닌가. 거친 파도 저 끝으로 너무도 아름다운 햇님이 미소 지으며 올라오는 것이었다. 어디에 가든지 마음에 드는 사진 한 컷만 얻으면 그 여행은 나에게 아주 특별한 여행이었는데, 오늘은 여러 컷의 예쁜 사진을 찍어 더없이 기쁜 여행이 되었다.

[강릉 일출, 20230226]

여행에서 돌아온 다음 날은 부산에 사는 고교 동창들이 자리를 마련해 주어 그 고마움에 마음을 표했다. 그다음 28일 날, 학교에서 주최하는 퇴임식에 참여하고, 저녁엔 대학 동창 교수들이 퇴임을 축하해주어

나의 마지막 일을 기분 좋게 디자인해 주었다.

또 하나, 나는 퇴임을 하면 무엇을 할까 하고 생각했다. 내가 가지고 있는 특허 등으로 회사를 차릴까, 아니면 약사 면허증으로 약국을 개설할까, 또 아니면 병원에 약사로 취업할까 등이었다. 2월달에 여러 곳에 이력서를 내었다. 나 딴에는 오랫동안 생체에 대하여 연구를 해왔고 논문과 특허도 많이 있어 어렵게 생각하지 않았다. 그런데 세상은 그렇게 호락호락하지 않았고, 되돌아오는 답은 우리가 찾는 경우가 아니라는 것이다. 다시 말해보면, 지금 한창 젊은 약사들이 대학을 졸업할 시기이고 말도 잘 들을 것인데, 대학의 정년 퇴임한 명예교수는 어렵다는 것이다. 엄청나게 자존심을 상하고, 그래도 내가 하고 싶은 일을 하고 싶어 또 서류를 내었으나, 같은 분위기였다. 타개할 방법이 없었다. 스스로는 할 만큼 한 사람이라 생각하지만, 사용자의 눈에는 그저 노인이었다.

대학 생활 중에 가정교사 아르바이트를 지원을 했었는 데 지원자가 너무 많아서 언제 자리가 될 수 있는지 모른다고 한 적 있었는데, 그때 나는 입학식 때 입은 양복을 차려입고 내가 자취하는 집 주위를, 건물이 멋진 집을 찾아 초인종을 누르고 사람이 나오면, "저 부산 약대 학생인데 자제분이 있으면 잘 가르쳐 보겠습니다"하고 인사를 하고 연락처를 주었다. 일주일 이상을 돌아다녔을 때, 한 집으로부터 연락을 받아 아르바이트 가정교사를 한 적이 있었다.

이번에도 비슷한 방법을 썼다. 광고에 난 구인처의 많은 곳에 이력서를 내었다. 다른 사람을 구했다는 연락을 받았으나, 한 곳의 광고는 계속해서 나오고 있었다. 그곳에 다시 이력서를 넣고, 현재 상황을 더불어 메일 보냈다.

1. 계속 광고가 나고 있어 아직 약사를 구하지 않는 것으로 판단 됩니다.
2. 저는 학사 장교 1기 출신으로 성실함을 담보합니다.
3. 저가 연구한 부분이 항암, 항비만, 항산화 분야이어서 어떻게든 도움을 줄 수 있습니다.
4. 저의 연구, 특허, 프로젝트, 저서 리스트를 동봉합니다.
5. 저는 시인이고, 수필가이어서 귀사의 이미지 실추되는 일은 절대 하지 않을 것입니다.

처음엔 안 된다고 했던 곳에서 면접을 보자고 연락이 왔다. 여러 가지를 묻는 것 중에 하나가 '일을 해낼 수 있겠습니까?' 하는 것이었다. 다른 말로는 너무 나이가 많아 해낼 수 있겠습니까로 해석했다. 저는 컴퓨터를 가르치는 사람이고 실물인터넷에 기반을 둔 기계는 모두 잘 다룰수 있다고 힘주어 말했다. 그러면서 다음 주에 연락을 주겠다고 했다. 사람을 잡는구나. 그래서 담당자에게 연락을 했다. 3월이면 학생들에게 필수 과목(미생물학 I)을 강의해야 하는데 너무 늦으면, 직장도 강의도 둘 다 놓치게 된다고 빨리 답을 달라고 했다.

27일 날 "4월 1일부터 근무하십시오. 계약서를 씁시다"라는 연락이 왔다. 지금은 내가 하고 싶은 일을 하게 되어, 퇴임 후 한 달 뒤부터 종합병원에 약제과장으로 근무하게 되어 가슴 설렌다.

정년퇴직은 누구에게나 너무도 영광스러운 일이라 생각한다. 그리고 65세라는 나이를 생각하면 적지 않은 나이이지만, 그 한계를 벗어나 새롭게 태어나고 싶은 마음 또한 누구에게나 간절한 것일 것이다.

이데아

    살아감에 단 일 초라도 아무런 생각 없이 지낼 수는 없다. 생각한다는 것에는 분명히 정신적인 역동성도 가지고 있어서, 멍하니 시간이 지나간다고 해서 아무런 생각이 없는 것은 아니며, 생각은 정신적인 중추를 통하여 더 깊이 파고들게 되기도 하는데, 자신의 바람과는 달리 자신의 의지와 다른 어떤 주제에 대하여 몰입될 때가 있다. 문득 떠오르는 것이 더 문제이다. 아무런 생각 없이 길을 가다가 곡명도 모르는 노래가 입가에서 흘러나오고, 또 겹쳐서 지나간 사람들이 나의 의지와는 다르게 떠올라 눈앞에 와 있는 일들이 일어난다.

    생각이라는 것은 뚜렷한 정신의 개입으로 어떠한 문제에 대하여 풀어보고 싶다는 것으로 그 문제에 대하여 생각을 집중하게 되고, 더욱 실리와 관계되면 화가 나기도 하고 그 대상이 있으면 아주 완벽하게 깨물어주고 싶을 정도로 발전하기도 한다. 사람에게는 또한 편도체가 있어서 자신의 영역을 정신적으로 물질적으로 지키려 엄청나게 노력 많이 하는 것을 자신만 모르지 편도체는 항상 판단에 참여하고 있다. 정신적으로 물질적으로 손해를 보지 않게 보초 서고 있는 것이 편도체인데 이는 뇌의 명령을 받지 않고, 이성의 지배를 받기 때문에 우리의 생각과는 또 다르게 흘러가게 한다. 피해를 본 데이터를 쌓아두고 있는 곳이 이 편도체라, 손해를 본 것에 대해서는 절대로 잊지 않고 있다가 비슷한 경우에는 이성을 앞서간다. 같은 물건을 사는데 다른 가게에서 더 비싸게 샀을 때는 편도체는 억울해 잠을 못 잔다. 어떻게 해서든지 그 가게에 가게하고, 따지고, 악담하고 결국은 되돌려 받든가 반품을 하게 만든다. 이를 지배하는 것이 이성이다. 우리의 생각은 이성으로부터 풀려있어 지나고 나면 후회하게 되는 일들이 많다.

다양한 생각들도 이성과 함께하여 생각하게 되면 실수하는 일들이 줄어들 것은 자명하나, 이성은 그다지 많은 에너지를 지니고 있지 않아서 오랫동안 버티지는 못한다. 길라잡이처럼 길만 안내해 주고 스르륵 빠져나가게 되는데, 우리는 그것은 잘 인지하지 못한다. 그래서 생각이라는 말보다도 한 단계 위에 있을 것쯤으로 말하여지는 관념이라는 말을 쓴다. 이 말은 생각이라는 말보다도 엄청나게 강한 것으로 다가와, 해야만 될 것 같은 압박을 주기도 한다. 생각은 시간의 흐름에 따라 지워지는 것이 대부분인데, 관념은 생각 속에 유리 파편처럼 꽂혀있어 잘 잊히지 않는다.

이러한 일련의 말을 통합할 수 있는 단어가 idea*인데 이 단어도 우리가 어떻게 받아들이는가에 따라 그 의미가 아주 달라진다. 이데아라고 읽고 받아들이면 이것은 앞에서 말한 관념에 해당하여 우리의 활동 반경에 많은 영향을 미치게 된다. 현실을 지탱할 수 있는 것은 생각이라기보다는 이데아에 가깝고, 이데아는 또 비현실적인 사실과 공존하게 되어 무엇이 앞서가는지, 뒤에 오는 것인지 잘 이해가 되지 않는 경우도 생긴다. 즉, 우리가 사차원에서 왔나 또는 사차원에서 사는 사람인 것 같다고 하면 이는 실제와 비 실제(비현실)가 공존하는 상태임을 지나가는 생각으로 경험하게 된다. 어쩌면 이치에 잘 맞지 않는 현실을 우리가 각인시킬 때 쓰는 말이기도 하다. 여기까지 읽으면서 좀 답답하다는 느낌이 바로 관념에 사로잡혀 있다고 생각해도 될 것이다. 좀 더 발전하면 아주 무서운 고정관념이 차고앉을 수 있다. 생각은 각자가 자유인데 그 의미가 자신을 억압할 수 있다는 것이다.

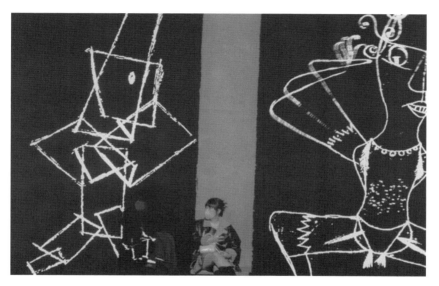

[이데아(제주), 2021]

Idea를 아이디어로 읽으면 한층 편안함을 느낄 수 있다. 말 그대로 어떤 일에 대한 구상. 착상. 고안. 착안 등으로 가까워질 수 있다. 뛰어난 생각 정도를 아이디어라고 말할 수 있는 것처럼, 아이디어는 우리의 일상 속에 들어온 지 꽤나 오래되어 생각이라는 단어에 조금 우월적인 요소가 들어 있는 것이 아이디어 아닐까 하는 생각을 하게 된다.

이데아이건 아이디어이건 모두 자신의 발전기에 의하여 떠오른다. 어떤 것으로 흘러갈까를 생각하는 것은 본인의 의지이다. 문제는 나의 일을 이데아로 접근할 것인가 아이디어로 접근할 것인가 하는 것이 시작이 될 것이다.

또 생각에 가미되는 다른 요소 한 가지는 정신이라고 하는 개체이다. 이 개체는 길이 정해진 그 길 위를 잘 갈 수 있도록 지켜보는 역할을 한다. 이데아로 가든, 아이디어로 가든 정해진 길에 대하여 윤리적인 판단까지를 담당하면서 이끌어 가는 것으로, 관념이나 생각이 치우침 없이 가게 하는 것이다. 따라서 판단은 에너지가 약한 이성을 바탕으로 할 때, 정신은 끊임없는 에너지를 공급하는 일을 맡게 된다.

우리가 어떤 일을 수행할 때 가장 중요한 요소라면 무엇보다도 정신적인 요소를 생각해야 한다. 축구로 독일을 이길 수 있다는 것은 관념에 가까운 일인지도 모르는 것이었으나, 정신적인 요소는 그 일을 가능하게 했다고 본다. 어떤 일에 앞서 우리는 이성의 바탕 위에 생각(이데아[1] 또는 아이디어)하고 정신적인 요소(spirit)가 필수적으로 따라야 한다는 것을 알아야 한다. 왜냐하면, 이성은 그다지 오랫동안 버텨 주지 못하기 때문에 많은 일을 그르칠 수 있기 때문이다.

---

1) 이데아* (Idea): 생각, 관념, 심상(心像), 개념, 어떤 일에 대한 구상. 착상. 고안. 착안.

기다림은 그 자체로서도 용서를 대신 한다

　지구가 태어난 후 생명이 도래하기까지는 억만 겁의 기다림이 스쳐 지나갔다. 이로부터 모든 생명은 기다림에 익숙하게 진화하여 왔기에 생명체 내에는 기다림의 유전자가 박혀 들어간 것 같다. 그럼에도 우리는 기다림에 참 인색한 경우가 많아 자신을 괴롭히고 미래가 없는 마냥 자신을 물어뜯고 지내오곤 한다.

　생명의 탄생은 기다림으로부터 온다. 씨앗이 땅에 떨어지면, 싹을 터야 하고, 뿌리를 내려야 하며, 영양분을 흡수해야 하고, 주위 환경에 적응해야 하며, 물이 있는 곳으로 뿌리를 뻗어 자신의 존재감을 알리기 시작한다. 이는 기다림 없이는 이루어질 수 있는 것이 아닐뿐더러 시간을 아주 단축한다면 생명은 숨이 막혀 죽어버릴 것이다. 생명의 성장은 시간을 요구하고 이 시간은 생명이 차분히 땅의 냄새를 맡을 수 있게 기다려 주는 미덕을 발휘해야 한다.

　특히, 생명의 탄생은 우리 주위의 모든 생명이 기다려 줌으로써 축복받으며 일어난다. 태양이 영양을 공급해 주고, 달의 힘으로 생명을 움직이게 하며, 별의 따스한 눈빛으로 미래를 쳐다보게 한다. 참으로 얻기 어려운 생명, 예부터 새 생명을 얻기 위한 어미의 노력은 그 무엇보다

[기다림의 미학(제주), 2018]

도 자연의 마음을 움직여 왔다. 새 생명을 얻기 위하여 정화수의 기도는 거의 필수적이었으며, 백일, 천일기도는 당연히 올려야 새 생명이 집으로 들어오는 것으로, 어미가 그만큼의 노력으로 기다려 왔음을 안다. 사회의 발달로 기다림도 원초적인 것이 아니라 필요에 따라 기다림을 단축하려는 인간들의 노력이 지성과 애틋함으로부터 필수의 생존 도구로 발달하고, 인간성은 점점 기계에 밀려 회복하기 어려운 시대로 달려가고 있다. 동물들은 인간이 개입하지 않는 한 자신의 모유로 아기들을 키운다. 아마도 인간은 그것을 정이라고 표현할 것이다.

심지어는 아기 송아지가 태어나면, 돈벌이의 목적으로 성장할 기회조차 기다려 주지 못하고 어미로부터 젖을 빼앗아 간다. 기다림이 자의에서 타의로 억압되어가고, 순수한 생명은 그 고귀함 자체를 잃어버려 생명이 아예 돈벌이 수단으로 전락한 지 오래다.

기다림은 씨앗을 익게 한다. 꽃이 피고, 씨앗이 새로운 탄생을 위해 기나긴 시간을 접어 에너지를 축적하려고 할 때 기다려 주지 않으면, 씨앗은 온전하게 미래를 기대할 수 없을 것이다. 아이들의 기다림도 벌써 혼을 잃어버린 지 오래되었다. 아이들은 클 때 온정을 바탕으로 모든 것에 우선하여 참된 정을 받고, 이루고 성장해야 한다. 그러나 현실은 왜 아이들을 그렇게나 기다림 없이 밖으로 돌려야 하는지는 참으로 안타까운 일이 되고 있다. 영글지 못한 씨앗이 그 발아에 고통을 느끼듯이 아이들은 기다림 속에 천천히 알차게 영글어야 함은 누구도 인정하는 것이다. 어른들에게 기다림의 여유가 사라진 만큼, 아이들은 단축된 기다림 속에 자신을 채워가기에는 너무도 힘들 것이다.

기다림은 그 자체로써도 생명에 무한한 에너지를 줄 수 있다. 태양이 우리를 기다려 주지 않은 적이 있는가, 저 달이, 저 별이. 또한, 우리를 찾아온 계절도 우리를 잊고 그냥 지나간 적이 있는가. 나비가, 꽃이 우리의 기다림을 배반하고 가로질러 간 적이 있는가. 계절이 우리에게 필요한 열매들을 제공하지 않고 흩어진 적이 있는가. 사람은 참 편리하고, 자기중심의 삶을 사는 동물이라 필요하지 않으면 기다림은 눈곱만큼도 없다. 새들은 지저귀며 인사하는데, 인간은 필요하면 인사를 한다. 그냥 지나치는 것이 일반적인 원칙으로 세워져 가고 있는 마당에, 사람은 영리하기도 해서, 세월이 자신을 기다려 주지는 않는다는 것을 삶의 목표처럼 정해 놓고 이에 맞추어 살려고 발버둥 치고 있는 것을 다른 생명이 보면 참 가관이 아닐 수 없을 것 같다. 참으로 이기적인 동물이 인간이다. 세월이, 시간이, 기다려 준 것만큼은 전혀 보은하지 않으려 하고, 가는 시간에 질질 끌려다니면서도 그게 맞다고 생각하는 사람들이다.

기다림의 미덕은 참으로 공평하다는 것에 있다. 그 누구에게도 주어진 것이 기다림이고, 그 기다림 속에 어떠한 인격체로 태어날 것인가 하는 것도 기다림은 애써 판단하려고 하지 않는다. 기다림은 그 자체로서도 용서를 대신한다. 보고 싶어도 볼 수 없고, 잊으려 해도 잊을 수 없어 눈이 퉁퉁 부어 올 때도 기다림은 가만히 쓰다듬어 주는 아름다움을 발휘한다. 어쩌면 기다림이 기다림인지도 모르게 지나갈 때에도 가슴 깊이 고마워하지 못하고 애써 그 고마움을 부정하는 데는 인색하지 않다.

　기다리지 않는다는 것은 당연히 일어난다는 말로 그 고마움을 챙기지도 않으면서 불평하는 경우도 많다. 태양은 당연히 솟아야 하고, 바람도 당연히 불어야 하며, 이런 것들은 나의 존재에 필요하기 때문에 있어야 한다는 것으로만 생각한다. 이것을 기다림의 결과라는 것으로는 생각하지 않는 것이, 우리는 참으로 이기적이라고밖에 할 수 없을 것 같다.

　많은 경우 기다림은 결코 비켜나가지 않는다는 진실을 우리는 참 필요에 따라 해석함으로써 자신을 정당화하려는 경향이 많다. 내가 기다리면 당연히 이루어져야 하고 다른 사람의 기다림은 비켜 갔으면 하는 생각은 하고 있지는 않을는지. 그렇다. 기다림도 익어 터져야 만남이 이루어질 수 있다는 것을 모든 생명은 가슴에 차고 있어야 할 것으로 생각한다.

　그냥 무의미한 기다림, 혼이 없는 기다림은 시간 죽이기에 다를 바 없다. 원한다면 그 기다림에 혼을 바쳐야 할 것이다.

다시 피는 꽃

　지금 나의 테라스에는 처녀꽃, 사계국화, 레넌큘러스, 양귀비, 란타나, 아네모네, 토단풍, 데이지꽃, 마가렛, 루피너스, 가자니아, 향동백 등과 아직 이름을 모르는 예쁜 꽃들이 한창 피고 있다. 이에 앞서 천리향은 벌써 향을 지우고 집 밖으로 나갈 준비를 하고 있다. 좀 감각이 더딘 체리나무, 샤인머스켓, 감나무, 사과나무, 블루에로우는 이제사 귀엽게도 눈을 뜨고 젖 달라는 애기처럼 보채고 있다. 그리고, 오죽은 언제 저렇게 죽순을 내었는지 엄마 키에 도달하고 있다. 그리고 테라스의 울타리 역을 맡고 있는 덩굴장미는 시간, 분, 초가 다르게 왕성하게 자라고 있다. 5월에 피어야 할 꽃이 벌써 봉오리를 만들어 내고 있어, 이런 게 봄인가 하는 것을 눈으로 마음으로 새기고 있다.

　사람들은 3월을 봄이라고 말하기도 한다. 나의 테라스에서는 3월은 겨울의 막바지가 되나 보다. 어떤 아이는 너무 추워 동상을 입고, 어떤 애는 눈을 떴다가 다시 감고, 애처로워 못 볼 지경이었다. 4월이 되니 누군가는 잔인한 달이라 했지만, 나의 정원에는 비로소 봄이 온 것 같다. 말 그대로 만물이 소생하고 어영차 하며 일어나고 있다. 특히 란타나는 추위를 아주 싫어하여 이파리가 동상에 걸려 시커멓게 타들어 가 지켜보는 나의 마음 역시, 시커멓게 탔다. 4월의 둘째 날인 지금 너무도 많은 꽃을 아주 싱싱하게 피워 지나가는 바람에 흔들리는 모습은 나의 새로운 직장처럼 마음이 흔들리는 모습을 하고 있다.

교수직을 정년 퇴임하고 주위를 둘러보니 나 자신이 그렇게 나이를 많이 먹었는가 하는 회의와 아직도 힘차게 일을 할 수 있고 했으면 하는데, 사용자 측에서는 그렇게 달갑게 생각하지 않는 것 같아서 자존심이 꽤나 상했다. 마치 자신들은 늙지도 않고 살 수 있는 사람처럼 느껴지기도 했다.

4월 1일부터 출근하기로 한 곳이 너무 멀고 근무가 일이 끝난 뒤에는 다시 많은 시간을 투자하여 귀가해야 하므로, 이 시간이 너무 아깝기도 해서 양해를 구하고, 집에서 가까운 병원에 다시 지원하여 어려운 고개를 넘기고 3월 27일부터 출근하였다.

세상은 교수직보다 분명히 차갑고 어려울 것이라 각오하고, 새로운 삶에 도전하기로 굳게 마음을 먹었다. 학교에서는 사람의 생명 연장을 위하여 어떤 물질을 개발하고, 작용기전을 분자 레벨에서 규명하여 안전하고, 효과가 좋다는 것을 천연물로부터 성분을 추출하여 제품으로 완성하는 일을 하였었다.

새로운 직장인 종합병원에서는 약사인 내가 약의 취급 및 관리를 하면 되는 것이었다. 아주 옛날 교수가 되기 전에 약국을 경영한 일이 있었는데, 세월이 많이 흘러, 그때의 약들은 많이 진화하고 종류가 너무도 다양해서, 그 많은 약의 종류, 성분, 형태, 작용 부위, 효능, 제조회사 등을 모두 기억해야 환자들에게 복용 설명을 할 수 있었다. 물론 스스로 위안을 했다. 세상의 그 어느 누구가 이 많은 일을 단숨에 다 기억할 수 있으랴 하고.

되도록 빨리 익히려고 노력하고 있다. 벌써 일주일이 지나갔는데, 한 가지만 깊게 파는 연구직에서, 아주 다양한 것을 많이 알아야 하는 것으로 환경이 변화되어, 숱한 노력을 하고 있다. 또 다른 한 가지는 마약, 향정신 의약품을 불출하고 정리하는 것이다. 수술실, 응급실, 내시경실, 병동 등에서 요구하는 마약 및 향정신의약품을 취급해야 한다는 것이 무척 부담스럽기는 하다. 특히 군대에서 보급관을 할 때 마약 처리에 고심한 적이 있었고, 요즈음은 특히 사회적으로 마약이 많은 문제를 일으키고 있어 부담감이 크다. 단 하나의 알약과 주사제가 맞지 않으면 엄청난 뒷 풍이 폭풍처럼 일어난다. 잘못으로 떨어뜨려 깨지기라도 하면 해결하는데 많은 노력과 정신적인 스트레스를 받게 되어 겁이 나기도 한다. 이에서 해방되려면 적어도 한 달 정도는 걸려야 하지 않을까 하는 생각이 든다.

학교생활은 어느 정도 자유가 있었다면, 병원은 9-17시까지 정신없이 돌아간다는 것이다. 다른 생각을 할 수 있는 틈이 없다. 조제된 약의 성상, 품목, 약의 수가 처방에 맞는가를 신속히 검사하여야 하는데 대부분이 30일, 60일분이라 숙달되지 않은 나에게는 열심히 할 수밖에 없는 일이다.

좀 숙달되면, 내가 좋아하는 색소폰 연주와 시, 사진 촬영, 양로원 봉사 등을 할 수 있을 것 같은데 지금은 그림의 떡인 셈이다.

요즈음은 새벽 5:20분에 일어나 6:00에 개장하는 단지 내의 헬스클럽에 가서 한 시간 동안 운동하고 출근한 다음, 일과가 끝나는 저녁에는 근처의 이순신공원에 한 시간 동안 6,000보 정도를 걷는다. 학교생활

때는 5:00에 일어나 걷기 운동 6,000보를 먼저하고, 돌아오는 길에 헬스장에 들러 한 시간 운동하고 학교에 갔었는데, 이렇게 하면 저녁에는 색소폰을 할 수 있고, 주말에는 사진 촬영이 가능하지만, 병원 생활은 토요일까지 근무하기 때문에 지금은 생각할 틈이 없이 지나간다.

[ID-CARD]

작년에 나의 정원에서 봄에 핀 꽃을 관리를 잘 했더니, 가을에 다시 꽃을 피우는 것을 경험으로 알았다. 그것이 비단 꽃에만 적용되지 않을 것이라는 것도 생각했다. 봄 30년을 연구에 종사하고 꽃을 피웠다면, 이제 가을 30년도 새로운 꽃을 피울 수 있지 않을까 생각하는 것이다.

물론, 자연의 법칙을 따라야 하는 생물이라 여러 가지 조건을 따를 수 있으나, 그 조건 역시 스스로의 노력으로 극복할 수 있지 않을까 하는 생각도 한다.

지금 피는 꽃들이 나를 엄청 감시하고 있을 것이다. 당신도 우리처럼 두 번의 꽃을 피울 수 있을까에 대한 엄청난 기대와 용기를 한층 더 불러일으킬 수 있도록 응원을 할 것이라고!

청춘-바람 부는 날 둥지 트는 새

성숙해간다는 것도 가랑비에 옷 젖듯이, 스스로가 인지하지 못하며, 어느덧 성장한 것을 알고는 이것이 나인가 하는 것이다. 어떤 의미에서 성장과 성숙은 다를 수 있을 것 같다. 식물이 자라는 것을 보면 며칠 못 본 사이에 아주 많이 자란 것을 볼 수 있다. 이를 성장했다고 할 수 있을 것 같다. 그러나 성숙은 그 의미를 달리하는 것 같다. 성장은 외적인 부분으로 인지한다면 성숙은 어느 정도 내적인 성장, 마음이 정할 수 있는 양이 아닐까 한다. 그래서 아픈 만큼 성숙해진다는 말은 할 수 있으나, 아픈 만큼 성장한다는 말은 잘 쓰지 않는다. 성장과 성숙의 공통점은 나름대로 극점(peak time)을 갖는다는 것이다. 어느 정도 성장한 후에 더 성장하지 않는 것은 누구에게나, 식물이나 동물이나 그 성장의 한계가 있음을 말한다.

성숙함은 어느 정도 성숙했다는 것을 알 수 있는 지표가 있으면 좋으련만, 그저 나이가 들어가면서 마음이 시키는 대로 움직일 때와 지금과 같이 그렇게 되지 못한 것에서 성숙의 한계를 느낄 수 있다. 성숙의 한계란, 성숙은 고무풍선에 바람을 불어 넣는 것과 같이 마음은 쓸수록 그렇게 향상되어 진다는 것이다. 마음을 쓴다는 것은 어떤 목표에 대하여 심적으로 모을 수 있는 마음의 양을 말한다. 마음은 갈바람과 같아서 한

쪽으로만 불지 않는다. 동서남북 어디로든지 흐름의 방향이 바뀔 수 있고, 그 바람에 마음을 실어 보내면 어딘가에서 받아들이는 곳이 있을 것이고, 그 마음은 사람을 성숙하게 한다. 화를 자주 내는 마음을 바람에 실어 보내면 어디서엔가는 그 마음을 받아들이는 곳이 있을 것이다. 나에게 커다란 화를 불러오는 일들이 누구에게는 마음을 정화할 수 있는 바람이 될 수도 있다.

벌써 새로운 해가 넘어 선지도, 언젠가는 가지 말라고 애타게 잡기도, 기다리기도 했던 세월이, 태양이 잔잔한 파도 위로 걸어와 지난해에는 무엇을 했냐고 묻기도 한다. 그래서 지난해보다 성숙해졌다고 말할 수 있음 좋겠다. 누구에게나 주어진 태양의 품속에서 다들 이루어진 바가 다를 수 있고 못 미칠 경우도 있을 것이다. 그래서 새해가 오면, 나는 무엇을 할 것인가 하는 것보다도 일 년 동안 태양과 교감하면서 마음을 열어볼 일이다.

내가 사랑하는 사람을 위해서 무엇을 할 수 있었던가, 해가 바뀌면 이전에 못했던 일들을 챙겨서 미안하다고 말할 수 있을까.

한 해를 보낸다는 것은 1년 동안의 자신이 수행한 평점을 챙겨 보며 아쉬웠던 일, 할 수 있었는데 하지 못한 일, 조금만 더 했으면 훨씬 더 성숙했을 것 같은 일들이 많은 것은, 그래도 잘 살았다 하는 마음으로 정리할 수 있을 것 같다.

태양의 발을 밟으며 아팠던 것에 대해서도 옹알이를 해보고, 나에겐 정말 능력이 없는 걸까에 대해서도 맞장을 떠볼 수 있는 일이다.

지난해 텅 빈 테라스에 새싹이 아주 귀엽게 얼굴을 내밀더니, 차츰 푸름으로 더해가는 식물을 보아왔고, 봄의 절정인 5월에는 덩굴장미가 피기 시작하더니 너무도 많은 수의 장미가 내 머리 위로 쏟아져 저게 장미꽃인가, 태양의 조각인가, 역광으로 보이는 꽃잎들이 모두 자신감에 넘쳐 있어 청춘이라는 것을 증명해 보였다. 접시꽃도 자신이 이 테라스에서 왕이 된 것처럼 강한 자신감을 보이고, 그 키도 덩굴장미와 얼추 가까이 가면서 작은 접시꽃을 만들어 내니 누가 자신의 청춘을 빼앗을까 겁내는 모습이다. 웅크리고 있던 란타나 또한 자신이 난세의 여왕으로 빼어난 자태를 드러내고 있었다. 그렇다. 태어나면 한 번쯤은 자신이 꽃이 되어 세상을 빛내어보리라는 생각을 하는 것은 지극히 당연하다. 사람은 한 번에 꽃을 피우지 못할지라도 그 원인을 자신이 파악할 줄 안다. 그래서 올해에 어려우면 다음 해를 기약할 수 있다. 어쩌면 아프다는 것은 육체적으로 괴로운 일이 틀림없으나, 지나고 보면 내가 너무 자신을 몰랐다는 생각도 하고, 좀 더 면역 증강을 위하여 스스로 프로그램을 짜기도 한다.

특히, 국화는 겨울 앞에서 짧은 시간에 자신을 두드러지게 나타내어야 함에 바쁘기도 하지만, 그만큼 오랫동안 자신을 달굴 수 있다는 것이 청춘의 멋이 아닐까 한다. 이제 정원도 낙엽송은 옷을 벗었다. 부끄럽기도 하겠지만 누군들 가진 뼈대가 없겠는가. 무성했던 잎들이 생명을 위해 윤회에 들어가고 곰곰이 지나온 1년을 쳐다본다. 특히 올해의 정원에는 멀리서 구해다 심은 오죽 10그루가 서로 경쟁하듯 꽃을 피웠다. 옛날 할아버지, 할머니의 말씀에 따르면 대나무 꽃이 피면 좋지 않은 일이 일어난다고 몹시 걱정하기도 하였다. 새삼 대나무 꽃은 보리나 벼이삭 꽃과 비슷하고 향은 없다. 그리고 일생에 한 번 꽃을 피우는데, 꽃이 피고 나면 대나무 자체는 말라서 죽는단다. 그러니까 50-120년에 한 번 피는 꽃이 될 것이다. 우리 집에 온 지는 2년 정도밖에 되지 않는데 꽃을 피우고, 죽을 것이 애처로워, 꽃이 피는 가지는 모두 잘라버렸다. 이 일이 오히려 역효과 인지는 지금도 모른다. 실제로 원래의 대나무는 더는 꽃을 피우지 않고 시들었고, 새로운 아주 가는 댓잎이 제주조릿대처럼 자라나고 있었다. 아마도 주인의 잘못도 아주 클 듯하다. 대나무를 심고 봄이 되니 죽순이 쉼 없이 올라와 금방 큰 개체가 되고 밀도가 엄청 높아지더니 꽃을 피우기 시작했다. 일생에 한 번만 꽃을 피우다니 참으로 대쪽 같은 선비 같기도 하다. 그도 그렇게 후손을 남기며 갔다. 자연이 하는 일에 어찌 인간이 무슨 말로 대답하리오. 그저 그렇게 1년을 마감하는 삶들이 참으로 다양한데 그래도 사람은 사람답게 몇 번이라도 꽃을 피울 수 있으니 이 얼마나 감사한 일이런가.

　누구에게나 청춘은 오는데 청춘일 줄 알면서도 남의 청춘같이 생각하거나 좀 더 머무를 수 있는 청춘을 기대하기도 할 것이다.

　청춘, 그 자체는 어느 곳, 누구와도 비교할 바 아니다. 자신의 보석이다. 내놓고 도둑맞는 일은 하지 않아야 할 것이다. 내가 가지고 있는 보석은 남이 가지고 있는 보석보다 관리가 어렵다. 나에게 있는 것 같기도 하고, 다른 사람이 가지고 있는 것 같기도 하여, 내가 잡으려면 핫바지 품으로 방귀 새듯 사라진다. 그래서 청춘은 아쉬운 것이고, 머물지 않는 특성이 있다. 청춘이 간다는 것은 대나무의 꽃과 같다.

청춘은 그 누구도 피해가길 원하지 않는다. 밀물이 산같이 밀려 왔다가 사그라지는 이치와 같이 밀려온 산을 넘지 않고는 인생을 이야기하기 어렵다. 모든 생명은 삶의 정점을 찍은 후 내려가기 때문이다. 꼭 생각해야 할 것은, 그 정점에 그다지 오래 머물 수 없다는 것이다. 그래서 누구나 그 정점에 서보기를 기대하지만, 너무 짧은 정점은 누구에게나 실망을 줄 수밖에 없다.

살다 보면 여러 개의 정점을 거치는 느낌이 들기도 하지만 어떤 고비를 넘긴 것 같다는 생각이 들면, 또 다른 고비가 찾아들고, 이 정점이 앞에서 겪은 정점보다 높은지 낮은지는 본인만이 알 수 있다. 살면서 여러 고비의 정점을 찍을 수 있지만 아마도 가장 높은 효율이 청춘이 아닐까 한다. 청춘은 나의 삶을 치고 나가면서 아주 젊은 에너지로 좋은 정점을 찍을 수 있다. 같은 의미로 최고의 정점에 도달하였을 때는 내려가는 것을 준비해야 하고, 최하의 정점을 찍었을 때는 세상이 마지막인 것 같지만, 더 내려갈 곳이 없다는 긍정적인 마음으로 치고 올라갈 수 있다.

이것이 청춘의 묘미이고 삶의 의미가 될 수 있다. 최악의 경우에서 살아날 수 있다는 것은 더 나빠질 것이 없다는 자신의 마지막 자존심으로부터 일어날 수 있다. 최악의 상태에서 생을 포기한다는 것은 청춘이 할 일이 아니다. 나무가 폭서에, 폭풍에 잎이 찢어지고 넘어져도 청춘의 뿌리는 살아 있음을, 새로운 살이 돋아나듯 새 삶을 일으킬 수 있는 충분한 명분이 된다. 그래서 청춘은 아름다운 것이고, 그 무엇이랑 바꿀 수 없는 삶의 최고의 재산이 된다.

산다는 것은 움직이는 것이다. "Life is always moving", 육체가 움직이든, 마음이 움직이든, 생각이 움직이든, 움직이면 그것의 결과가 삶의 맛을 돋군다. 고마움의 표시도, 은혜의 표시도 모두 움직이지 않고는 할 수 없는 일들이다. 마음만으로 움직일 수는 없다. 마음이 아니라 실제로 움직이면서 모든 일을 해결해야 한다. 청춘은 사람을 끊임없이 움직이게 하는, 에너지 보존의 법칙, 열량보존의 법칙을 벗어나는 강력한 엔진이다. 또한, 청춘은 생성된 에너지를 마음껏 불출하며 하고자 하는 일에 쏟을 수 있다는 장점이 있다.

청춘은 머뭇거리고 있을 여유가 있는 자리가 아니다. 식물들도 더욱 태양을 바라보면서 푸르러지기를 노력하고, 이 시기에는 하루하루가 성숙하는 것을 눈으로 느낄 수 있을 정도이다. 열심히 구동하는 엔진에 맞추어 스스로 성숙하는 길을 찾는 것이다.

살아 있는 생물은 모두 청춘을 누린다. 청춘은 성공이냐 실패냐를 가리는 기간이 아니다. 누구든지 자신의 명령에 따라 이에 복종하며 환경에 적응하는 시기이다. 생각대로 잘되지 않을 수는 있으나, 청춘에서는 이를 경험이라 새기며, 같은 어려움을 다시 겪지 않는 지혜로 사용한다. 무슨 일에 실패해도 아름다운 것이 청춘이다. 무엇이 겁이 나서 움직이지 못하는 시기가 아니다. 바람이 불고 폭풍이 몰아칠 때도 둥지를 트는 새가 있다. 조금 지어 놓으면 폭풍이 휘감아가고, 또 같은 일을 되풀이해도, 그 새는 바람 부는 날 둥지를 지을 수밖에 없는 일임을 인지한다. 바람이 불지 않고 아주 맑은 날은 더 높은 곳으로 날아갈 채비를 해야 하기 때문이다. 사람도 꼭 이 새와 같은 일을 할 수밖에 없을 것이다. 이는 청춘이고 피가 끓고 있어 가능한 일이다.

[바람 부는 날 둥지 트는 새(철새도래지), 2018]

청춘은 인생에서 해가 지지 않는 계절이다. 이 시기에는 잠을 자지 않아도 좋고, 며칠을 뛰고 놀아도 피곤한 줄 모를 뿐이다. 폭풍우 속에서도 배의 길을 지키기 위하여 잠을 자지 않고 항해를 지키는 일과 같다. 청춘은 앞뒤 생각 않고 자기의 생각을 밀어붙일 수 있는 최선의 기회이다. 폭풍 속의 배를 지키려면 어떠한 충고도 필요 없고 자신의 판단대로 배를 이끌어야 한다. 이것이 청춘에서 할 수 있는 일이다. 청춘은 그 결과로 탓할 필요가 없다. 자신은 자신이 지킬 수 있는 능력을 발휘함으로써 더더욱 자신을 키울 수 있어야 한다.

그리고 청춘은 누구에게도 찾아가지는 않는다. 밀물처럼 밀려들었다가 썰물처럼 빠져나간다. 이 짧기도 한 인생 시간에 오랫동안 머물지는 않음을 청춘은 우리에게 항상 말하고 있다.

기다림은 그 자체로서도 용서를 대신한다

3부
삶을 찾는다는 것은

[삶을 지키는 등대[제주(비양도), 2024]

삶의 포화 곡선

산다는 것은 어쩌면 어떤 조건들을 필요한 것이 아닐까 하는 생각을 한다. 물론 개인으로 따지면 그 조건들이 수없이 많을 수가 있으나, 그 조건을 만드는 것에 따라 삶이 달라질 수 있을 것이다. 살아가는 데는 단연코 돈이 필요하다. 그러나 돈을 먼저 내세우면 그다음에는 내세울 것이 별로 없다. 또한, 돈에 관해서는 누구라도 돈을 벌기 위해서 자신의 노력을 다 해왔을 것이다. 그런데도 실은 행복하지 못한 사람들이 많다.

아주 먼 옛날, 사람들이 두 발로 걸을 수 있을 때는 가족을 먹여 살리기 위해 눈코 뜰 새 없이 노력을 해왔을 것이다. 차츰 농사의 방법이 개발되고, 불을 이용하게 되면서 사람은 엉뚱한 생각을 하게 된다. 그때에는 일한 만큼 보람으로 살 수 있었을 것이다. 머리가 커지고 생각을 많이 할 수 있었을 때, 사람은 아주 영특하게도 노력을 하지 않고도 잘 사는 방법을 생각하게 되는데 놀면서 잘 사는 방법을 생각하게 된다. 더 열심히 개척하고 작물을 심어 노력의 대가로 정신적인 성장을 할 수 있었음에도, 고생하지 않고 잘 사는 방법으로 농기구를 만드는 일보다 공격할 수 있는 무기를 개발하게 되고, 다른 사람이 농사지어 둔 것을 힘으로 빼앗거나 훔치는 일에 맛을 들여간다.

그래서 사람들을 선량한 사람과, 악한 사람으로 나누어지면서 서로의 길을 가면서 평화는 흔들리게 된다. 이때에도 적자생존이 적용되어 살아남기 위한 공동체를 만들고 자신들을 지키는 일에 착수하게 된다.

지금도 그렇지만, 잘 사는 방법은 서로 달랐으나, 도덕적인 양심을 바탕으로 하는 그룹들이 생겨나고, 목숨을 바쳐가면서 평화와 자유를 찾으려 하는 일들이 일어나고, 이때부터 사람들은 평화와 자유를 위해서는 피를 흘려야 한다는 생각이 굳어져 간다. 그래서 자신들을 지키기 위한 이데올로기가 싹이 트고, 지면 죽는다는 공동의 목표가 생겨난다.

결국, 잘살아 보겠다는 생각이 사람들을 더욱 해치는 일로 발전해 나갔다. 돈을 번다는 일이 생명을 담보로 하는 일로 자리 잡아 가고, 심지어는 돈이 생명 위에 존재하게 되는 일들이 일어난다. 부모 형제도 돈 앞에서는 한계선을 넘어 선지 오래다.

왜, 사람들은 돈을 그토록 찾아 헤매어야 하는가, 돈이 사회적으로 계급이 되어버렸고, 그 계급이 사람을 지배하게 되었기 때문일 것이다. 앞으로 세월이 흐를수록 더욱 강한 지배계급이 생기고 왕국 설립하기에 혈안이 될 것이다.

그래서 삶을 이야기할 때에는 돈 이야기는 접어두는 것이 상호 간의 예의가 되어야 한다. 돈으로 맺어지지 않아도, 돈 이야기를 굳이 하지 않아도 돌아가는 세상이면 더욱 좋다. 돈이 많은 사람은 그대로 잘 살 수 있을 것 같은가. 생물에는 포화 곡선이 적용되기 때문에 한계효용체감의 법칙도 따라서 적용된다. 예를 들면 초원에 토끼들이 엄청난 수량으로 초원을 채울 것 같지만, 시간이 흘러도 그 수는 포화 되어 더 증가 하지 않는다. 사랑 또한, 눈이 멀어 가는 시기에는 못 보면 죽을 것 같지만 시간이 흐르면 그 용량도 포화 되어 말다툼이 일어나고 심지어는 돌아서기도 한다. 돈이 많은 사람은 평생 돈이 많을 것 같아도 이 역시 포화 곡선에 도달되어 자신의 욕망보다 더 커질 수는 없다. 삶이란 야속한 것이어서 그냥 내버려 두지 않는다. 다른 문제들이 생겨나고, 여러 가지 고통으로 마음 비우기가 어려워진다.

그래서 사람들과 이야기 할 때는 마음을 먼저 풀어야 하는 조건이 필요하다. 사람에 따라 모두 다를 수 있어도 공감할 수 있는 용량이 늘어나고, 이들이 모여 정으로 변해 간다. 돌은 외부 압력을 가하면 깨어진다. 그러나 정이란 것은 어떤 압력을 가할 때 콘크리트처럼 더 강해져 간다. 이것을 믿음이라 부른다. 이 믿음에는 계급이 있을 수 없다. 그래서 사람답게 살 수 있다. 사람답다는 말은 사람의 향기가 나는 것을 말한다. 꽃이 피면 그 향기를 맡기 위해 한 걸음 더 다가선다. 사람도 그냥 쳐다만 보아도 향기가 나는 사람들이 우리 주변에 많다. 저런 사람을 닮고 싶고, 그 인격을 굳이 까보지 않아도 은은히 다가오는 향기가 정겹다. 돈 냄새 보다는 사람의 향기가 더욱 매력에 빠지게 한다.

또 희망을 가져다주는 사람이면 또한 좋은 사람일 것이다. '당신은 어떻게 이렇게 살았어?'라기 보다는 진정한 삶을 사는 사람에게 더 나아 갈 수 있게 용기를 실어 주는 사람이 더 좋다. 누구라도 안 아파본 사람은 없다. 정신적으로, 물질적으로, 대인관계로, 사랑으로, 헤어짐으로.... 그래서 지금쯤은 건강한 아픔을 준비해야 할 때이다. 어떤 상황에 부딪히더라도 슬기롭게 너무 아프지 않게 마음의 한 부분을 경작해

둘 일이다. 그래서 살아가는 조건에 한 가지를 더 붙이면 아마도 기다림이 아닐까. 무슨 일에도, 사회적인 어려움도, 특히 건강에도, 숨이 끊어질 듯한 절박한 일들도, 그 기다림을 위하여 진정한 눈물을 바칠 수 있는 깨끗하고도 수긍할 수 있는 기다림, 그것이 나를 끝까지 지켜주는 일이 될 것이다.

[꼿꼿하게 살기(테라스), 2023]

　요즈음, 자신을 올바르게 지키지 못해서 가슴앓이하는 사람들이 너무도 많다. 40대부터 90대까지, 복잡한 세상을 이겨내기 위한 몸부림이 너무도 애처롭다. 많은 사람이 우울증에 시달리고 있다. 그 누구도 나는 정신적으로 육체적으로 건강하게 살 수 있다는 말을 할 수 있을까? 옛날에는 병원의 정신과에 다닌다는 말을 가히 할 수 없었던 시기가 있었다. 그러나 지금은 마음의 아픔을 먼저 이야기할 수 있어야 한다. 우울증의 원인은 나의 주변의 일에서 일어난다. 한창 일을 하며 보람을 느끼고, 사회

구성원으로서 굳건히 자리를 지켜야 할 사람들이 마음이 건강하지 못하여 더욱 애달프다. 아마 많은 부분이 돈으로부터 시작될 것이고, 사회적으로 배반당한 일, 잊을 수 없는 아픔, 자식들의 일, 내 가족의 일, 약물이 아니면 더 움직일 수도 없는 슬픈 일들이 너무도 많다.

그래서 이제는 자신을 지키며 사는 방법을 생각해 보아야 할 일이다. 가장 좋은 것은 운동하는 것이다. 24시간 중 자신을 위하여 한, 두 시간을 투자하지 못하는 사람은 결코 행복하지 못할 것이며, 자신의 정신을 놓아버릴 수 있다. 걷기운동도 참 좋은 운동인데 하루에 6,000보(약 4Km)를 걸어 보는 것이다. 만병통치약이 있다면 걷기운동이 아닐까 한다. 평탄한 길보다는 오르막과 내리막이 있는 길로 숨이 약간 찰 정도로 큰 폭의 걸음이면, 많은 도움이 될 것이다. 요즈음 항산화제, 활성산소 이야기가 TV만 틀면 나온다. 활성산소는 모든 병의 원인이 되고 이를 제거하기 위하여 항산화제를 먹는다. 그보다는 미국의 플로리다 대학에서 운동 후의 혈액에서 항산화효소(SOD)가 현저히 상승했다는 논문을 발표한 적이 있다. 건강하기는 어렵다. 그러나 건강하게 사는 방법은 많다. 마음 열기, 믿음 쌓기, 용기 있게 살기, 사람 냄새 나게 살기, 넉넉한 기다림, 운동하기, 또 한 가지 덧붙이면, 꽃 키우기 등, 어렵지 않은 방법으로 우리는 자신을 지킬 수 있고 또, 지켜야 한다.

여행

　여행, 듣기만 해도 마음 설레는 말이다. 젊을 때는 마음은 있어도 살기 바빠서 희망으로 만 가지고 살았다. 또한, 가고 싶지 않아도, 일정상, 일의 수행을 위해서 반강제적으로 여행을 하곤 했다. 여행은 마음의 여유가 있어야 더 깊어지고, 생각도 한층 신중해지는데, 어쩔 수 없이 일어나는 여행은 일 위주로 움직이기 때문에 여행이라기보다는 목적의 수행에 더 많은 무게가 실리고, 어쩌면 살기 위해서 지구의 몇 바퀴를 돌아야 하는 경우도 생긴다. 우리가 여행이라는 말하기 시작한 지는 얼마 되지 않은 것 같다. 우리의 부모 세대에서는 생각하지도 못할 일이었을지도 모르는데, 지금의 우리는 아주 당연하게, 다른 일을 희생해서라도 여행을 떠나야 하는 시대가 되었다.

　우리는 "여행(일이나 유람을 목적으로 다른 고장이나 외국에 가는 일)"의 동의어로 별다른 말이 생각나지 않는다. 그만큼 이 말을 쓰기 어려웠다고 생각된다. 영어는 tour, trip, journey, travel 등의 단어가 사용되고 있는 것을 보면 개방되고, 개척의 시대를 거치고, 다른 나라보다 일찍 자유라는 말을 사용한 나라이기 때문에 다양한 뜻의 여행이라는 말을 가지고 있다고 생각한다. 이에 따른 여행의 의미도 다른 것으로도 느껴져 여행이 생활의 한 부분이었음을 생각게 한다. 비교적 짧고

[여행은 생각을 낳는 알이다(싱가포르), (2020)]

간단한 여행으로는 city tour와 같이 tour를, 짧고 특정한 목적을 위한 trip, 멀리 가는 여행을 journey, 특히, 장거리 여행, 외국 여행, 출장을 travel로 말하기도 한다. 우리는 여행 간다고 하면, 제일 먼저 '어디로', '국내야, 외국이야?' 그다음은 '얼마 동안 가는데?' 하는 말을 한다. 단어가 많으면 어느 정도는 이해가 갈 수 있는 단어를 쓸 수 있을 것 같다.

나의 여행에 대한 생각은 목적이 있어야 하고, 목적을 수행하는 과정에서 얻어지는 경험이나 지식이라고 말하고 싶다. 직접 몸으로 부딪치며 얻어지는 경험이 여행의 뜻에 부합하는 것 같다. 책 또는 들은 경험으로서의 여행은 말하는 자의 주장이 강하게 들어가기 때문에 나의 판단력을 흐리게 할 수 있다. 그리고 목적은 계획이 있어야 한다. 그냥 떠나고 보자고 하는 일은 그만큼 시간 및 경비의 낭비를 가져올 수 있다.

여행은 세계의 역사를 바탕으로 나의 역사를 만드는 것이다. 꼭 문화가 발달한 나라가 아니더라도 그쪽에 가면 그 나라 나름의 역사가 있고, 그 역사가 그 시대 사람의 삶과 고행 극복을 통하여 만들어낸 역사가 나의 마음에 자리하고 감정을 움직여 감동에 이르게 한다. 나는 거기서 꼭 무엇을 배운다는 생각보다는 그 상황이 자연스럽게 나의 마음에 채곡채곡 쌓이고 싸여 나를 세우는 주춧돌이 되어 간다. 어디에 가든 내 마음부터 열어야 한다. 특히, 박물관 관람에서 더욱 그렇다. 고대의 사람들이 살아온 과정이 꼭 나의 과정 같기도 하고 돌이킬 수 없는 역사지만, 이렇게 저렇게 했었다면 어땠을까 하는 생각을 하게 된다. 이런 사고(思考)로부터 역사는 반복된다는 말을 하고 있지 않나 하는 생각이 들기도 한다. 지금의 문화에 도달하기 전의 고대 문화에서도 찡한 감동이 오는 것은 감정의 교류가 일어나기 때문으로 생각된다.

또한, 가고자 하는 나라와 장소에 대해서 배경을 좀 공부하고 가야 한다. 그림이나, 조각, 도자기, 동양화, 서양화는 그 시대에 따른 작품이므로 그 시대의 배경을 알면 더 깊은 감명을 받을 수 있다. 특히나 루부르 박물관이나 바티칸 박물관은 시대적 배경에 대하여 꼭 공부해 갈 필요가 있다.

그리고, 아무런 결과도 알 수 없는 여행도 있다. 아무리 준비를 잘하고, 계획을 세워도 한 가지도 맞지 않는 경우가 우리 삶에 대한 여행이다. 출발은 그렇게 어렵지 않은 것이, 나의 뜻 보다 부모님의 뜻으로 세상에 뛰어들어 여행을 시작하는 것이다. 이때는 부모님의 그늘에서 별다른 계획 없이 초등학교에 다니게 되고, 생각의 씨앗이 발아하여 무언가 보일 듯 말 듯 한 시기가 된다. 여기부터는 "선택"이라는 것이 삶의 방향타 역할을 시작한다. 그 누구도 알 수 없는 여행에서 삶에 대한 눈물을 저장하는 시기가 되는 것 같다. 여행이 계속되는 것만큼 미래에 대한 어둠길은 나를 붙잡고 놓아 주질 않아 그렇지 않아도 힘든 길에 모진 풍랑이 몰아쳐 그 작은 배까지도 침몰하게 만든다. 눈을 뜨면 또 그 자리인데, 더 나아가면 모질게 버텨온 배마저도 잃어버리는 것에 목 놓아 통곡하고 있는 나를 발견할 수 있다.

이윽고 조금 햇살이 나는가 했으나, 햇살은 너무 뜨겁게 내리쬐어 탈진하게 만들어 이것이 삶인가 하고 느낄 즈음에 세월은 하염없는 눈물의 바다 위에 낙엽 하나 떠 있는 것과 다를 게 없다. 깨어 있는 아픔으로 자신을 닦달하며 일어선 후엔 어느덧 가족이 생겼고, 나 혼자 밀고 나가는 여행보다 아내, 자식들과 함께하는 여행이 되고, 서로 밀고 당기며 세월에 대항하려 했으나, 아이들은 자신의 길을 찾아 다른 여행을 떠났다. 민들레 홀씨처럼 아이들을 멀리 보내고 여행을 계속해도 내 마음, 내 뜻대로 되는 것 하나 없는 여행길이 되었다. 언젠가부터 여행이 언제쯤 끝날 것인가를 생각하게 되고, 고통 속의 여행에서 탈출하고 싶은 생각이 들기도 한다.

그래서 여행은 자신과의 고독한 싸움이 틀림없는 것 같다. 외롭고 고독한 여행에서 이긴다는 것보다는 극복하는 것이 여행인 것 같다. 그리고 그 무게를 극복하지 못하면 스스로가 더 큰 위험을 만들어 낼 수 있기에 어떻게든 다가오는, 다가서는 파도를 몸으로 막을 수밖에 없다. 한 번쯤은 뒤돌아보고 싶지만, 어쩌면 겁이 나서, 어쩌면 자신의 현재 상황을 인정하기 싫은 것 때문에 뒤돌아보고 싶지는 않을 것이다. 뒤돌아보면 시커멓고, 앞을 보면 깜깜한 것을 왜 쳐다보고 싶을 것인가.

그간 여행에서 이제 그만해도 되겠다는 생각이 들어 마음을 챙겨보면, 어느덧 석양이 되어있다. 황홀한 석양도 좋고, 구름 낀 넓게 퍼진 석양도 좋다. 그 여행의 결과에 대해서는 그렇게 크게 논하고 싶지는 않다. 눈물 속에서도 아름다운 꽃들을 보았으면 되었지, 또 무슨 결과를 탓할 것인가.

그리고 여행은 지겹지 않아야 한다. 외롭고 고독해도 웃을 수 있고 판단할 수 있는 여행이면 좋다. 여행은 혼자 가는 길보다는 같이 가는 것도 즐거움을 배가할 수도 있다. 어쩜 나의 무게를 나누어 짊어지기도, 바르게 가고 있는지도 의논할 수 있는 길도 나쁘지 않다. 같은 목적을 가지고 여행하는 것은 서로를 더 키울 수 있는 길이 될 수 있다.

삶의 여행에서와는 달리 외롭지 않고, 고독하지 않아서 좋을 수 있다. 외롭지 않다는 것은 그 목적이 삶을 좌우할 만큼 무겁지 않다는 뜻이고, 고독하지 않다는 것은 자신을 너무 깊게 파지 않아도 되며, 신중한 결과에 매달리지 않아도 된다는 것이다. 마음 편하게 삶의 한 부분을 구경할 수 있어 좋다. 나의 고집을 풀 수 있고, 다른 의견을 받아들일 수 있어, 자신의 거울로도 볼 수 있다. 삶의 경쟁자로도 보지 않아도 되고, 함께 함으로써 나의 머리에 없던 것을 채울 수 있는 것이 함께하는 여행일 것이다.

여행이란 나를 찾고, 친구를 찾고, 동반자를 찾을 수 있고, 나의 모자람을 채울 수 있다. 어느 나라로 가건 그 문화에 젖을 필요가 있고, 자신의 인격을 발휘하는 것도 중요한 일이다.

여행은 외롭고 고독한 것이 원칙일 수 있다. 여행은 자신의 길을 찾아 나서는 것이기에 그럴 수밖에 없다. 저기 수평선에서 해가 뜨면 내가 살아 있음과 그렇게 내가 해나가야 할 일들이 머릿속에서 바라는 순서로 프로그램되고, 아름다운 석양과 더불어 해가 질 때면 오늘 하루도 잘 살았구나 하는 안도감과 더불어 저 태양은 지고 나서 무슨 일을 할까 하는 생각이 들기도 한다. 아침에 찬란하게 떠오르려면 무슨 준비를 할까?

아마도 아주 맑고 상쾌한 모습을 보여주기 위해서 노력할 것이다. 분명 사람들이 태양의 얼굴을 보고 차분하게, 즐겁게 하루를 시작할 때 기분 좋게 해주기 위해서 노력하지 않을까.

또한, 자신의 안전한 여행을 위해서도 마음을 쓸 것이다. 아침엔 해가 뜨기 전에 잠시 더 어두워진다는(48분정도: BMNT) 것과 해가 지고 난 후에도 잠시 더 어두워지는 것(EENT)의 그 의미를 사람들에게 알려주고도 싶을 것이다. 우리의 여행도 이와 다를 것이 없다. 자신 일이 고난스럽다고 생각하는 것은, 내가 더 발전하기 전에 잠시 힘들 수 있다는 사실과 그리고 고난이 부딪칠 때도 잠시 어려워진다는 사실도 알려주고 싶을 것이다.

우리의 여행에도 인생 함수를 이루는 한 부분이 되겠지만, 인생 함수를 수학적으로 헤쳐보아도 삶에는 어려움이 첨가되어있어 누구라도 이 고비를 넘겨야 하게 되어있다. 삶은 7차 함수[1]로 되어있고 6개의 꼭짓점을 갖는데, 3개의 꼭짓점은 아래에, 3개의 꼭짓점은 그래프의 위에 존재하며, 이는 우리의 삶에 3번 정도의 어려움과 3번 정도의 뜻을 이

---

1) 저자가 인생과 시간의 관계를 함수로 해석한 것, '인생함수'로 명명 함.

룰 수 있다는 것을 나타내고 있고, 또한, 꼭짓점의 위치도 자신의 노력에 따라 변화될 수 있다는 것을 의미한다.

그래서 삶의 여행이란 어느 정도의 목표를 정하고 난 뒤, 자신의 능력이나 노력에 따라 그 시기가 조정될 수 있다는 의미가 된다. 우리는 여행에서 쉬고 싶으면 잠시 배가 닿을 곳을 찾고 싶을 것이다. 누구 할 것 없이 이 삶의 여행에서 숨을 들이쉬고 내뱉을 시간은 갖지는 못할 것이다. 어느 기점에 도달하여 뒤돌아보면 왜 이렇게나 정신없이 달려왔을까 하는 생각을 하게 될 것인데, 아마도 힘껏 달려온 것에 대한 숨 고르기라고 할 수 있지 않을까. 하지만 무슨 여행에서라도 좀 쉬었다 갈까 하는 생각은 있으나, 무언지 모르게 자신의 모자람을 느끼게 되어 쉴 틈 없이 또 여행을 계속하게 될 것이다. 혹 가다가 자신의 여행에서 꽃이 피는 것을 보고 '아! 좀 더 달려 볼까' 하는 에너지로 사용해 왔을 것이다. 말 그대로 눈물 속에 피는 꽃(Limensita)을 실감하게 되는 것이다.

삶의 여행에 있어 가장 중요한 일은 사람을 만나는 것이다. 어떤 사람과 동행하는가에 따라 자신의 가치와 능력, 행동, 인생관이 결정된다. 삶에 있어 어떤 사람을 만나야 한다는 것이 중요하지만, 실제로는 인연에 따라 만나게 되는 것이다. 어쩜 여행에 있어서 사람을 만나다는 것보다는 통나무를 만나는 것이다. 아무런 모양도, 속내도, 감정도 모르는 통나무를 만나 자신의 조각칼로 조각을 하게 되는 일일 것이다. 나의 의미를 어떻게 조각할까 하지만, 또한 그 통나무도 생명을 가지고 있어 나의 마음대로 조각할 수는 없다. 그래서 조각칼보다는 둥그스름한, 날카롭지 않은 칼, 즉, 정(情)으로 다루어야 한다. 정은 드러나지 않는 칼과 같아서 내가 베일 수도 있다는 것도 삶의 한길일 수 있다. 나의 정(情)은 칼집에 들어 있으나, 상대방은 칼집이 없는 칼을 가지고 있기도 할 것이기 때문이다. 그래서 스며드는 정이 최고의 인연인데, 그 인연에 피를 흘리는 사람들도 많다.

삶에 있어 사람이 재산인 것은 누구도 부인하지 못할 것이나, 이 재산에 어떻게 다가갈 수 있을까. 나부터 무장 해제해야 하고 무장해제로 다치는 것은 사람을 얻는 대가로 생각해야 할 것 같다. 그 대가는 평생 지우지 못하는 상처가 될 수 있다는 것도 경험으로 알고 있을 것이다. 대부분은 그렇게 악하게 다가서지는 않을 것이다. 왜냐하면, 내가 베푸는 것만큼 상대가 녹아들기 때문일 것이다.

화학적인 개념으로 인연을 살펴보면, 나와 다른 사람이 만나면 다른 물질(참된 정(情))로 되고 난 후 원래대로 돌아갈 수 없는 것이 정(情)이다. 이런 정(情)이면 무엇이 되어도 아깝지 않고 위험하지 않을 것이다. 이렇게 같이 가는 사람이 되면 그 삶은 얼마나 행복하겠는가. 어쩌면 정이 의리를 낳게 되는 것이 아닐까 하는 생각이 든다. 의리란 내 목숨을 내어놓을 수 있는 관계를 말하는데 정(情)으로 쌓인 의리면 더욱 서로를 아낄 수 있고 여행의 동반자로서 훌륭한 상대가 될 수밖에 없다.

또, 여행은 내가 동반자를 위한 거름이 될 수 있어야 한다. 상대가 나 때문에 더 크게 성장할 수 있다면, 그것은 여행의 큰 목적이 될 수 있다. 좋은 땅, 좋은 거름에서 곱고 강한 새싹이 돋듯이 사람이 사랑으로 변할 수 있는 것은 내가 거름이 됨으로써 가능한 일이 된다.

그래서 만난 인연이 부부가 되고, 특히, 항해에서 거친 파도를 만나면 그간의 영양분으로 수월하게 넘어갈 수 있다. 그것이 사랑이 되고 돛대가 되며, 방향키로도 될 수 있다.

여행은 외롭고 고독한 것이며, 세계의 역사를 바탕으로 나의 역사를 만들고, 자신의 길을 창조하는 것이다.

[나의 여행]

1-2:미국 생활(나이아가라 폭포 및 로드 아일랜드), 3:루부르 박물관, 4:베르사이유 궁전, 5:모나리자, 6:이탈리아, 7:베니스, 8-9: 바티칸 및 박물관, 10: 뉴질랜드, 11: 산마리노, 12:싱가포르, 13: 산샤댐(중국), 14:자금성, 15:인도네시아, 16:리버풀(영국), 17:비틀즈 고향(영국), 18: 일본 생활, 19: 아소산(일본), 20: 사쿠라지마(일본) photo by author.

산다는 것은 그물을 짜는 것

산다는 것은 떠나지 않는 희망 때문입니다. 떠나지 않는 희망이라기보다는 버릴 수 없는 희망 때문이겠지요. 어떨 때는 바라는 희망 때문일 수도 있겠지만요.

내가 어릴 때는 희망이라는 것을 몰랐습니다. 기껏해야 위인전을 읽고, 나도 그렇게 되면 얼마나 좋을까 하는 생각이었습니다. 차츰 머리가 커지고 가정의 형편이 여의치 못하게 되었을 때 내가 무엇을 하면 우리 집이 좀 잘 살 수 있을까 하고 생각하게 된 겁니다. 이것도 별로 경험이 없는 상태에서 막연히 도움이 될 수 있으면 좋겠다고 생각했으나, 그 방편은 잘 생각나지 않았던 것 같습니다.

이윽고, 대학에 들어갈 무렵에, 5 일장을 다니시던 삼촌께서 시장에 가려면 그 동네의 약사님의 땅을 밟고 가야 하는데, 그 땅이 너무 넓어 엄청 부러웠나 봅니다. 나에게 '너도 약대에 가서 집안을 좀 일으켜 세워봐'라고 했습니다. 너무도 뜨끔한 말이 가슴 깊이 느꼈습니다. 그러기에는 나는 전자 쪽이 너무도 재미있고 내가 할 수 있는 모든 것이라 생각이 들고 난 후였습니다. 그때는 우리 집이 너무도 오지에서 라디오 구경을 할 수 없었을 때 광석 라디오를 조립하여 집 울타리였던 대나무에 높이 안테나를 세우고 리시버로 라디오를 듣곤 했습니다. 고등학교 때 기술 과목이 있었는데 진공관의 증폭회로를 외워 그릴 수 있었습니다. 이에 약대에 가라고 하니깐 엄청 섧기도 했으나, 원서를 전자공학과와 약대 두 곳에 썼습니다. 시험 치는 전날, 어린 마음에 얼마나 고민을 했던지 잠도 자지도 못하고 시험 치러 갔습니다. 몹시도 추운 겨울이었는데 고민하다 정신을 차리려고 물이 고여 있는 화분의 얼음을 손으로 깨어 손수건에 찬물을 묻혀 얼굴을 닦고 홀린 듯이 걸었습니다. 아차, 전자공학과는 정문에서 가까웠고, 약대는 아주 높은 곳에 있었습니다. 정신을 차려보니 전자공학과는 너무 멀어져 있었고 약대는 눈앞에 있어, 다시 내려간다면 아무런 시험도 치를 수 없었습니다.

나의 희망은 이렇게 나의 길로 정해져 버렸습니다. 개학하고 과목을 보니, 아뿔싸 모든 과목이 화학이었습니다. 삼촌께서는 약대에 가면 화학 안 해도 된다길래 자그마한 위안으로 약대에 시험을 쳐도 되겠다는 희망이 있었는데, 이제 이러지도 저러지도 못하게 되었습니다. 한 달 정도 지내보니 숨을 쉴 수가 없었습니다. 한 가지 더 괴로운 일은 30명 정원에 25명이 여학생이어서 괜히 부끄럽고 적응하기도 어려웠습니다. 그래서 등록금으로 광안리에-그때 당시는 넓은 백사장에 자그마한 노 젓는 배가 두어 척 있었고, 노인이 그물을 손보고 있었음. 바람이 심하여 모래가 날려 눈을 뜰 수 없었음- 땅이나 좀 사두고 군대에 갈 마음을 먹었습니다.

집으로 가 엄마에게 인사하고 군대에 갈 준비로 갔었는데, 울 엄마, 너무도 작고, 얼굴엔 주름살이 짙고, 손은 굳은살로 피 못이 박혀 있었습니다. 결국, 아무런 말도 못 하고, 엄마 얼굴만 떠올리며, 새롭게 만든 희망으로 공부를 하기 시작했습니다. 오늘 중간고사가 끝나면 다음 날 바로 공부를 시작했습니다. 그때 모나미 볼펜이 주된 필기구였는데, 심을 따로 살 수 있었습니다. 하루에 볼펜 심 하나씩을 다 썼습니다. 장난스럽게라도 볼펜 심 하나를 하루 동안 써 보신다면 얼마나 열심히 했는가를 추정할 수 있을 것입니다.

3학년 초에 상당한 자신감으로 무서운 것이 모두 없어졌습니다. 그러니 또 다른 희망이 다가설 수밖에요. 3학년 초에 학보사 사진기자로 들어갑니다. 이때는 같은 시대의 사람들만 알 수 있을 것으로 생각됩니다. 유신의 후폭풍으로 학교에 휴교령이 내려지고, 캠퍼스 운동장에는 군인들의 막사가 들어서고, 장갑차가 정문에 배치되고 학생들은 학교에 들어갈 수가 없었습니다. 학교신문은 검열되어 신문의 절반 정도가 삭제되어 보는 사람들의 가슴을 후벼 파곤 했습니다. 10월 25일 부산 시내의 부산극장 옆 골목에 학생들이 1줄로 길게 늘어서고, 맞은편에는 경찰들이 1줄로 길게 늘어서서 긴장이 최고조로 도달되고, 3시에 학생들의 자발적인 애국가가 울려 퍼지고, 애국가가 끝나자마자 경찰들은 학생들을 마구잡이로 낚아채 갔습니다. 주변의 상인이 합세하여 그 세력이 경찰들보다 세어져 학생들을 보살피고, 음식을 제공하고… 결국, 10월 26일 우리가 그토록 기다리던 희망인 자유가 우리에게 주어졌습니다.

4학년 말기에 이런 일이 일어나, 또 다른 희망을 구가하게 됩니다. 그간 하지 못한 공부를 더 하자고 말입니다. 그렇게 어려웠던 공부를 계속하는 희망에 잡혀, 대학원에 진학하게 되고, 먼 군대 이야기가 현실로 다가와 장교 시험을 치르고, 백골 부대(제3사단)에 근무하고 있을 때 형언하기 어려운 일들을 접하게 됩니다. 같이 장교 시험을 본 사람이 떨어졌는데, 이 사람들이 6개월 복무하는 육장(육개월 장교)이 생겨서 제대했다는 겁니다. 나는 36개월 근무해야 하는데, 6개월 만에, 그것도 장교로 제대했답니다. 육사 생도들은 다이아몬드 달려고 4년을 수련하는데도 말입니다. 여기서, '사람 위에 사람 있고, 사람 밑에 사람 있다'라는 교훈을 만들게 되고, 이것이 현재의 길로 안내하는 새로운 길이 됩니다.

희망은 이루기 위한 동적인 힘을 일으켜 줍니다. 제대 후에 박사과정을 들어가게 되고 일과 더불어 연구자의 길을 걷는다는 것이 쉬운 일은 아니었으나, 텔레비전만 켜면 박사들이 나오고, 교수들이 나와서 자신의 의견을 피력하곤 하는 희망이 나를 아주 끈질기게 만들었습니다. 어쩌면 희망의 노예로 살았는지 모릅니다. 이윽고 박사학위를 수여받고 TV에 나오는 교수들처럼 자리를 잡을 수 있겠구나 하는 희망은 완전히 절망으로 다가와 있었습니다. 다른 과의 박사들은 대학에 자리를 쉽게 쉽게 자리를 잡아 갔습니다만, 나는 밥을 먹는 것이 아니라 모래를 씹는 것과 같았습니다. 허망한 희망 때문에 얼굴이 검게 타가고, 체중은 말없이 빠지고, 끝없는 스트레스에 시달려야 했습니다. 사람이 먼저 살고 볼 일이라고 교수 되려다가 사람 먼저 잡겠네 하며 어머니는 한사코 말렸습니다. 나의 지주 엄마가 말리는데, 교수가 아니더라도 약사로 충분히 이루고 살 수 있지 않겠냐며 눈물을 보이곤 했습니다.

또한, 다른 희망을 잡기 위해, 일면도 없는 다른 대학교 교수님께 직접 찾아가서 이 연구실에서 실험과 연구를 하게 해달라고 애원했습니다. 일면식도 없는 사람이 나타나 연구를 하겠다 하니 누군들 쉽게 받아들일 수 있겠습니까? 보름이 되도록 아침 일찍 그 연구실에 출근하고 늦게 퇴근하면서 실험실 학생들을 돌보고 같이 실험하고 하니깐 그 교수님께서 허락을 해주셨습니다.

　그렇게 또 사람 위에 사람이 있다는 것을 체험하면서, 잃어버린 희망의 불꽃을 살렸습니다. 교수님께서는 나의 나아갈 길과 준비해야 할 것들을 아주 세심하게 살펴주셨고, 지금의 내가 존재할 수 있게 만들어 주신 분입니다. 희망은 많이 이루어지는 것이 아니라, 희소성(稀少性)의 가치를 충분히 깨달을 수 있도록 아주 드물게 이루어진다는 것도 희망(希望)의 성질이라는 것을 알았습니다.

　교수가 되고, 그렇게 어려웠던 희망이 나에게 도달했을 때, 이제는 희망이 아니라 무거운 책임으로 다가왔습니다. 그렇게 시작된 나의 교수 생활은 거의 수위와 다름없이 아침 일찍 출근하고 밤늦게 퇴근하며 나의 길을 찾아 헤매었습니다. 그러다 보니 세월은 쏜 화살처럼 너무도 빨리 달아나서 정년퇴직을 눈앞에 두고 있습니다. 이제는 나에게 주어지는 희망으로 돌아갈 것입니다.

　이제는 내가 담아야 할 그릇에 넣어야 할 것은 다름없이 건강입니다. 작년 한 해 수술을 세 번 했습니다. 아마도 나의 자만심 때문이었을 겁니다. 아침에 일어나면 헬스클럽에 가서 1시간여 동안 운동하고 사우나 하고 나면 날아갈 것 같은 기분으로 출근했습니다. 그것도 출장이 아니면 매일 운동하였습니다. 1998년 9월부터 시작했으니깐, 25년을 변함없이 운동하고, 틈나면 장거리 달리기를 하였기 때문에 나의 건강에 이상이 생긴다는 것은 전혀 생각지도 않았던 일입니다.

[삶, 희망을 둘러쌀 수 있는 그물을 만드는 것(여수), 2022]

　바보같이, '바보같이'가 아니라 바보이지요. 꼭 당해보고 나서야 알 수 있다니 바보가 아니고 무엇이겠습니까? 천재란 무엇을 잘하는 것보다 당하기 전에 대응하는 것일 겁니다. 이것은 나의 굳건하던 희망이 깃털 떨어진 새처럼 끝없이 추락하는 것입니다. 추락하는 새를 잡으려면 더 넓은 그물망을 펼쳐야 할 것입니다.

　이제는 다른 무슨 일보다도 그물망을 짜내는 희망에 전신을 실을까 합니다. 희망은 잘 이루어지지는 않지만 결국 이루어지는 것이라는 걸 체험한 대로 믿으려 합니다.

　삶, 희망을 둘러쌀 수 있는 그물을 만드는 것이 아닐까 하고 생각해 봅니다.

아주 조그마한 엄마의 바다

생명, 말 그 자체로서도 신비감을 느낀다. 태어난다는 것은 어떤 생물의 존재에서도 마찬가지가 되겠지만, 자신의 의지와는 무관하게 새로운 세상에 홀로 온다는 것이다. 그것도 물을 근원으로 하면서.

물은 고요함과 역동적인 힘, 절대로 거슬러 가지 않는 자연과의 친화, 장애물이 생기면 둘러가며 상대를 배려하는 여유, 목마른 생명에 대하여 삶의 단절을 막아주며, 갈라진 대지에 생명을 잉태하게 하지만 자신의 깊은 속은 절대 드러내지 않고 묵묵함을 지키는 무언의 힘을 가지고 있다.

모든 생명은 이 물에서부터 탄생한다. 눈에 보이지 않는 미생물도 물에서부터 태어나 물이 없으면 생명을 유지할 수 없는 상관관계를 가진다.

생명에 대해서 살펴본 적이 있는가. 그래도 지구 위에서는 사람이 아주 진화된 생물이고 지구를 지배하는 생명이다. 그런데도 엄마의 조그마한 태 속에서 아주 작은 물속에서 잉태되고 태어날 준비를 한다. 바다의 물에 비하여 엄마 뱃속의 물은 비교되지도 못할 정도로 적다. 사람이 바닷속에서 태어났다면, 그 많은 물속에서 태어났다면, 그 풍부한 물이 있어 그다지 욕심이라는 말은 생기지 않았을지도 모른다.

사람은 태어날 때 아주 조그마한 엄마의 바다에서 태어나기 때문에 모든 것이 부족한 상태로 세상과 맞이하게 된다. 배려보다는 자신이 갖고자 하는 것이 많게 되고, 다른 사람을 밟고 일어서야 하기도 하고, 자신이 먼저여야 하므로 다른 것은 잘 보이지 않을 것이다. 우리는 멀지 않은 곳에서 사람의 본마음을 많이 볼 수 있다. 자기 자신을 채우기 위하여 얼마나 많은 일이 일어나고 있는지를.

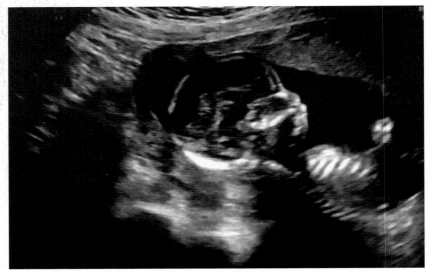

[엄마의 바다, 2018]

　그러나 우리가 태어나기 전까지 우리를 둘러싸고 있었던 물은 아주 고요했고, 엄마의 마음이 전해져 왔고, 엄마의 삶이 핏줄의 소리를 통하여 차곡차곡 채워져 가고 있었고, 때로는 엄마의 흐느낌이 눈물을 축적하게 했고, 따사한 엄마의 햇볕이 내 몸에 다다랐을 때 앞으로 살아갈 용기를 형성케 하여 주었고, 엄마의 나에 대한 애틋함은 바깥세상에서 다른 사람을 배려하고 용서하며 살 수 있기를 가르쳐 왔다.

　　기다림은 그 자체로서도 용서를 대신한다

그리고 이 세상에 와서 삶을 알 때쯤에는, 조각배처럼, 큰 바다의 횡포에 얼마나 오랜 기간에 짓눌리며 헤매어 왔던가. 원래 바다는 조용하게 지내려고 생겨난 것은 아닌 것 같다. 어떤 형태의 파도를 만들어도 살아 있는 생명에게는 큰 위험이 될 수밖에 없지 않은가.

그래서 우리는 자그마한 엄마의 바닷속에서 엄마에게 교육받은 대로 사는 것이 더욱 푸근한 생명의 도리인 것 같다. 무엇인가 많다는 것은 풍요를 말하기보다는 위험을 가리키는 신호라는 것도, 무언가 모자란다는 것은 채워 넣을 여유가 있다는 것도 엄마의 심장 소리로부터 전해 들은 것이리라.

그리고 태어난 생명은 정말로 모질게도 한세상을 지탱해 나간다. 아스팔트 위의 민들레처럼 수많은 크고, 작은 파도가 덮쳐와도, 또 몸을 추스르며 일어나는 것은 절대로 포기하지 않는 생명의 힘일 것이다. 이에 비해 인간은 참 이기적인 구석이 너무도 많다. 지구 위에서 유일하게 생명을 포기할 수 있는 집단이 인간이다. 큰 파도가 밀려올 때는 엄마 바다에서의 교육받은 고요함을 생각하고, 터질 것 같은 심장으로 엄마를 불러보아야 한다. 엄마는 맥박을 통하여 절대로 이기적인 것을 교육하지는 않았을 것이다. 인간이 얼어있는 심장, 붙어버린 머리, 순간적, 이기적인 판단력으로 움직이려는 것일 거다.

생명은 본인의 의지와 관계없이 받은 것이기 때문에, 본인의 의지나 이기적으로 처리할 대상이 아니다. 인간이 다른 생명을 무소불위로 빼앗는 것을 생각해 보면, 인간도 인간 위에 더 강한 집단이 생겨, 타의에 의하여 생명을 바치는 일이 일어나야 정신을 차릴 것은 아닌가 하는 생각도 스쳐 간다.

생명이란 있는 그 자체로서도 성스럽고, 고귀해야 하며, 힘을 바탕으로 빼앗을 수 있는 대상이 아니며, 항상 빛날 수 있도록, 엄마의 가르침대로, 우러러봐야 할 것이 틀림없다.

주객전도(主客顚倒)

흔히 객이 주인 행세를 하는 것을 비유하여 주객전도(主客顚倒)라고 한다. 하도 이 꼴들을 많이 보아서 이젠 '그렇거니' 하고 넘어가는 것이 다반사이다. 누가 주인이고 누가 객인지 구별하기도 어려워져 가기도 한다. 요즈음 전세 사기건을 보아도 누가 울어야 하는지 알 길이 막막하다. 나라는 왜 존재하는가에 대하여 생각할 필요가 있고 내가 살아갈 수 있는 최소한의 지위를 나라로부터 받아야 한다. 그래야 내가 왜 세금을 내는지, 억지로 빼앗기는 세금이 아니라, 등을 비빌 곳이 될 수 있는 곳이 되어야 한다. 서민이 보기에는 그렇게 중요하지 않은, 목숨을 걸지 않아도 되는 일에는 무슨 수를 써서도 해내면서, 어떻게 살아보려고 악을 쓰고 있는 가진 것 없는 자의 눈물을 빼내는 사기꾼들에게는 그 원인과 결과를 명쾌하게 하지 못하는지 참으로 안타깝다.

누구는 '이게 나라냐?'라고 했는데 지금의 처지는 서민들의 눈물을 닦아주지 못하고 핏물을 흘리게 하는지 너무도 안타깝다. 첩보도, 정보도 해당 기관에서 제일 빨리 접할 텐데, 꼭 일이 터지고 나서야 난리법석을 피면서 시원한 해결을 하지 못한다. 일본에서 연구할 때 만난 하버드 대학 출신의 한국의 과학자가 하는 말이 '한국은 내 조국이 아닙니다. 조국은 먹고 살게 하는 밥그릇이 있어야 합니다. 나를 먹여 살리는 곳은 미국입니다'라는 말을 들었다. 권력을 쥐고 있는 사람들은 주인답게 객의 밥그릇을 만들어 주어야 한다.

우리는 최근 4년간 "COVID-19"라는 바이러스에 모든 것을 많이 잃고, 생명조차도 거둘 길이 없고 숨이 멎어가는 부모님을 맞지도 못하고 통곡으로 한을 만들었다. 지금도 완전한 코비드-19를 잡는 데는 끝을 보지 못하고 있고, 차츰 환자 수가 증가하고 있는 것이 우려스럽다.

지구상에 인류가 처음으로 출현한 것은 지금부터 약 300만~350만 년 전으로 알려져 있고, 최초의 인류는 아프리카에서 화석이 발견된 오스트랄로피테쿠스였다.

그런데, 오래된 생명체 화석은 35억 년 전 원핵생물인 남세균(남조류)이 만든 화석이었다. 남세균은 맨눈으로 볼 수 없는 아주 작은 단세포생물로 혼자서는 화석을 남길 능력이 전혀 없지만, 군집 생활을 하면서 만들어진 화석으로 '남조류'라고도 불리는 시아노박테리아라는 세균이며, 이산화탄소를 흡수해 산소를 만드는 방식의 광합성을 하는 최초의 생명체였다.

바이러스는 다 알고 있듯이 스스로는 번식하지 못하고, 몸을 실을 수 있는 숙주(생명체)인 생명체가 만들어진 후에 등장했을 것이라는 학설이 설득력을 얻고 있다. 그래서 생명체가 진화하면서 DNA 및 RNA가 만들어지고 이로부터 세포 생물의 선조 격으로 나타난 것이 바이러스이다.

지구가 태양계의 일원으로서 탄생한 것은 지금으로부터 약 45억 년 전이라고 추정하고 있는데, 지구의 생성이 약 45억 년 전이고, 생명체가 나타난 시기가 35억 년 전이며, 사람이 나타난 시기는 350만 년 전이라고 추정해보면, 바이러스는 최소한도로 사람보다는 34억 년 전에 나타났다. 지구의 육지와 바다의 비율은 약 30(육지):70(바다)의 비율이다. 따라서 바이러스는 인간이 지구상에 나타나기 훨씬 이전에 대양에서 자리 잡고 왕 노릇을 재미있게 하고 있던 주인이었는데, 난데없이 듣지도 보지도 못한 인간이 출현하여 아주 빠른 속도로 바이러스를 괴롭히고 있는 것이었다.

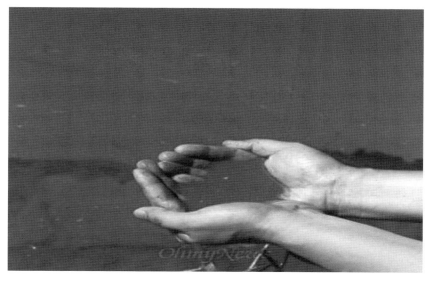

[최초의 생명체 시아노박테리아(녹조)의 블루밍]

　살아남기 위한 길의 한 방법으로 주인(主人)이 인간(客)을 쬐끔 괴롭혔더니(감기, 수두, 헤르페스부터 황열병, 간염 및 천연두 등), 아예 주인을 몰살시키려 드는데 어느 생물이 그냥 당하고 있을까, 그 화력으로

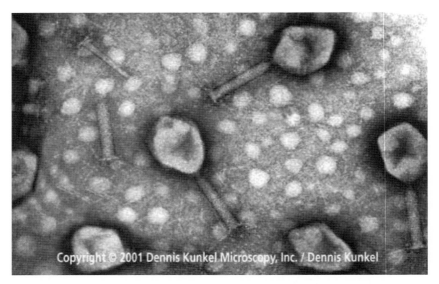

[바이러스의 한 종류인 박테리오파아지]

말할 것 같으면 바이러스는 해양을 지배하고, 육지를 꽤 오랫동안 지배해 왔다. 무슨 방법으로 바이러스를 멸망시키겠다고 하는지 도무지 이해가 안 간다.

거기에다가 유전자에 조작을 가하여 자연 상태의 바이러스와는 전혀 다른 종의 바이러스를 제조하여 차츰 인간이 손도 쓸 수 없는 상태로 만들어 가고 있다. 유전자 조작을 하는 과정에서 여러 가지 경로로 변경된 바이러스가 자연에 투입되고 자연 상태의 바이러스와 결합하여 인간의 생명을 노리고 있다.

홍콩대의 옌리멍 박사가 망명상태에서 covid-19의 유전자를 도해하고 만드는 방법을 제시 한 것(The Wuhan Laboratory Origin of SARS-CoV-2 and the Validity of the Yan Reports Are Further Proved by the Failure of Two Uninvited "Peer Reviews" Li-Meng Yan (MD,

PhD)1, Shu Kang (PhD)1, Shanchang Hu (PhD)1-(우한 바이러스연구소에서 covid-19를 제조한 것을 주장한 내용)은 언제 어디서나 바이러스를 조작하여 세계의 흐름을 바꿀 수 있고 적은 투자로 세계를 휘어잡을 기회를 노리는 추세로 가고 있다.

그리고 예전에는 바이러스도 자신의 영역이 있었는데, 요즈음에는 다양한 범위로 사는 방식을 넓히고 있다. 조류 바이러스는 조류에서만 살던 것이었지만, 요즈음은 가금류에 살기도 하고 이를 사람이 먹으면 생명이 위태로운 상태가 되어 가고 있다. 결국, 인간들의 작품인 셈이고, 인간들이 고통을 받아야 하는 일이 되고 있다.

과학자들은 인류의 평화에 이바지할 수 있는 학문을 해야 한다. 정치적으로 이용될 수 있고 생명을 노리는 일은 절대로 하지 말아야 한다. 말 못 하는 바이러스를 대상으로 서로 공존하는 방법을 연구해야 한다. 바이러스와의 전쟁으로 인간이 승리할 길은 전혀 없다. 한 종류의 질병이 지나갈 때쯤에는 또 다른 질병이 고개를 내밀 것이다. AIDS, SARS, MERS, COVID-19 등을 최근에 겪어 보아 기억을 할 수 있을 것이다. 가장 어리석은 생각은, 객은 주인 생각을 아예 하지 않는 것이며, 이로 인하여 혹시라도 '12-monkeys'라는 영화의 내용처럼 흘러갈 수도 있을 길을 막을 방법을 찾아야 한다. 사람은 100조 개 이상의 세포로 이루어져 있으나, 단 하나의 불완전한 세포로 되어있는 바이러스를 정복하지 못하고 온 사실을 좀 더 겸손한 방향에서 접근할 필요가 있다.

좀 웃기는 이야기를 하나 더 첨가해보고자 한다. 우리는 여름 초기가 되면 엄청난 녹조가 발생하여 우리나라 4대강을 썩게 하고 물속 생물들을 폐사시켜 사람이 마셔야 할 채수지를 오염시키고 있다. 정부에서는 이때만 되면 녹조를 없앨 방법을 논의하고 엄청난 투자를 한다. 사람을 어리석다고 해야 하나, 위기만 넘겨보려는 안일한 생각-사람들의 불편한 마음을 삭일 생각-을 하는 게 아닐까 심히 우려스럽다. 앞에서 언급한 대로 지구 최초의 생명체가 인간의 출현보다 35억 년이 앞선다, 이들이라고 35억 년 동안 가만히 있었을 것 같은가, 아무런 공해가 없어 생명을 태우고도 남을 뜨거운 환경과 자외선 속을 그냥 지나왔을까? 그들의 DNA도 적응하고 살아남기 위해 엄청난 노력과 진화를 해 왔다.

이 생물보다 34억 년이나 뒤에 나타난 객이 잡을 수 있다고 생각하는가. 환경이 어려워지면 물속의 진흙 속에 들어있다가 괴롭히는 약물이 흘러나가면, 또 붐을 일으키는 생명체인데도 근원은 생각치 않고 멸종을 시키겠다고? 주인은 단지 우스울 뿐일 것이다. 백번 양보하여 가두어진 물, 실험실적 크기에서는 죽일 수 있을 것이다. 영양분도 주지 않고, 약물을 투여하고, 긴 시간 동안 접촉하면 가능성은 높일 수는 있을 것이나, 우리는 현실을 생각해야 한다. 낙동강 물을 막아서 흘러가지 못하게 하고, 강 주변의 모든 유기물, 소, 돼지, 닭, 오리 등의 가금류 배설물, 가정의 폐기물들을 전혀 내보내지 않는 우수한 환경을 만들어 녹조나 적조(남조류)의 영양분인 질소나 인을 공급하지 않아야 한다.

그리고 적조를 막으려면 적조가 일어나지 않게 수온을 사람의 힘으로 낮추어야 하고, 질소나 인의 공급을 막기 위하여 양식 산업을 접어야 한다. 양식 사료를 양식 생물이 다 먹지 못하면 바다에 가라앉아 적조 생물의 영양분이 된다. 멸종시키려면 바다를 실험실 크기로 줄이든지, 오대양을 채울 수 있는 약물량이 있어야 한다. 어떻게 감당할 수 있을 것인가?

사람의 편의를 위하여 자연에 역행하면 더욱 큰 재해를 안을 뿐이다. 이제는 주객전도, 아니 적반하장(賊反荷杖)의 의미를 사람 쪽에서 생각할 때가 되었다. 많이 늦기는 했지만, 사람들의 욕심을 채우는데 너무 많은 세월과 투자를 해왔다. 지구에 오존층이 망가지고 있는데도 우주의 정복은 날로 심해지고, 온실가스에 따른 지구는 데워져, 고스란히 그 결과는 인간들에게 다가오게 되었다.

우리는 이렇게 살다 가지만, 우리의 후손들은 어떻게 이 지구를 감당할 수 있을 것인가?

우리가 쉽게 써왔던 주객전도의 의미를 상업적인 의미에서, 차츰 우리의 살갗에 닿는 뜨거운 의미로 고추(考推) 세워야 할 일이 아닌가 한다.

까치밥

　나의 어린 시절은 지구본 위에서도 찾을 수 없는, 아니 아주 작은 점 하나도 찍을 수 없는 아주 외딴 마을이었다. 겨우 네 집이 사는 동네였고, 그 이름도 너무 예쁜 새주막이었다. 어릴 때는 그 의미를 모르고 그냥 동네 이름으로 알았다. 편리한 것은 우리 집은 경남, 상남면에 속해 있었고, 지귀리, 서곡리, 두대리에 둘러 싸여 있었는데, 편지 봉투에는 상남면 "새주막"이란 말만 들어가면 우리 집에 배달이 되는 것이었다. 초등학교에 들어갈 무렵 새주막의 뜻을 찾아보니 주막은 술집으로, 새로운 주막의 뜻으로 알았다. 우리 동네는 아주 오지로 동서남북으로 몇십 리 떨어져 있어, 사람들이 술 마시러 올 만한 장소도 아니었다. 혹 가다가 스님이 지나가다 들러서 세상 얘기를 전해주곤 했다. 근대화가 되면서 증기 기관차가 십 리 밖에 다니고 있었는데, 사람들이 기차를 타려면 우리 집 앞 샛길로 지나가곤 했다. 그래도 우리 동네 네 가구는 술을 파는 곳은 없었다. 새주막은 술을 파는 곳이 아닌 아주 동화 같은 마을, 너무도 예쁜 동네 이름이었다.

　어디서 날아왔는지, 요즈음 같은 가을에는 온 길가에 코스모스가 피어 있었고, 코스모스 꽃의 이빨을 대각선으로 뽑아내어 공중으로 던지면 바람개비가 되어 하늘에서 빙빙 돌며 떨어지는 것이 너무도 아름다웠고, 고추잠자리가 바람개비를 잡으러 수직 강하하는 모습도 외딴집의 소년에게는 아주 멋있게 보여, 하루에도 몇십 번을 날리곤 했다. 이 외딴집에 우리 집으로부터 두 번째의 집 담장 안에 아주 큰 감나무가 있었는데 봄에는 감꽃을 주워 목걸이도 만들어 과자같이 따 먹고, 땡감이 떨어지면 주워 와서 소금물이든 장독에 넣고, 며칠 지나면 떫은맛은 없어지고 쫄깃하면서도 맛있는 감이 되었다.

까치밥!

나는 오늘까지도 까치밥은 감나무 맨 끝에 매달려 있는 홍시로, 배고픈 새들이 날아와 쪼아 먹어도 되는, 사람이 배고픈 짐승을 위하여 배려의 뜻으로 남겨둔 감으로 생각하고 있었다.

요즈음은 또 다른 뜻이 있을까 봐 "까치밥"을 찾아보니, 이 외의 답이 나와 있었다.

신라 24대 소지왕이 사냥을 나가 까치를 쏘았는데 떨어져서 죽지 않고 계속 산으로 도망을 가니까 하인을 시켜 잡아 오라고 했다. 까치를 따라 가보니 까치는 없고 흰 노인이 나타나 편지를 주고 사라졌다 한다. 그 편지를 왕에게 바치니 거기에는 "편지를 뜯어보면 둘이 죽고, 뜯어보지 않으면 하나가 죽는다"라고 적혀 있었다. 신하들과 의논해도 별 뾰족한 수가 없자 왕이 직접 뜯어보니 "관을 쏴라"고 적혀 있었다. 이 관은 임금이 사후에 쓰려고 준비해둔 것이었다. 관을 쏘니 임금을 죽이려는 역적 2명이 숨어 있었다. 왕은 역적 둘을 죽인 셈이고, 그냥 두었다면 역적에 의하여 왕이 한 명 죽게 되는 것이었다. 이에 왕은 까치를 국조로 받들고 날을 정하여 제사를 지내고 밥을 주었다고 전해지고(김광순, 한국구비문학 II) 있으며, 까치밥의 유래를 엿볼 수 있다.

이와 같은 예지몽과 비슷한 이야기는 알지 못했다. 은혜를 갚은 이야기이고, 뱀과 까치 이야기도 비슷한 부류로 생각된다. 보은하는 동물의 이야기는 들은 적이 있지만, 정치와도 관련된 이야기로 사람의 행동에 영향을 미치는 이야기이기도 하여, 동물과 사람의 정신적인 교류로 요즈음의 애완동물처럼 의리와 정겨움을 전달하려는 것 같기도 하다.

[내가 알던 까치밥(포항 보경사), 1998]

또, 외딴집에 살았던 머릿속에는 까치를 길조라고 생각하며 사람과 친밀하게 된 것은 "까치가 울면 손님이 온다"는 말이다. 까치는 아시아 전역, 호주, 북미 등과 다른 곳에도 분포하며, 높은 지능과 의사소통 기술, 적응력 등으로 아주 성공적으로 널리 분포하는 조류가 되었다. 까치는 세력권(텃세)이 아주 강한 동물로써 사람과 다른 동물과 구별할 수 있는 능력이 있어, 낯선 사람이 들어오면 경계를 위하여 소리를 짓는 것인데, 사람

기다림은 그 자체로서도 용서를 대신한다

들은 손님이 오는 것으로 생각했다는 것이다. 또한, 나무꾼을 구한 지혜가 민화에 담길 정도로 사람들과는 친밀하게 지내 왔다.

또한, 생각을 깊게 하는 것은 "까치밥"이라고 하면 새가 아니면 닿지 못하는 아주 높은 곳에 매달려 있는 홍시 한두 개를 말하는 것으로 세뇌되어 있는데, 그때는 민심이 지금같이 흉흉하지는 않았을 것 같은데, 왜 한두 개 정도를 까치밥이라 머리에 남아 있는지 모르겠다.

아주 오래전, 늦가을에 포항의 보경사에 간 적이 있는데 들어가는 마을 입구에서부터 나뭇가지가 찢어지도록 감이 엄청나게 많이 열려있었고, 잎은 모두 져버리고 없어 그렇게 멋진 광경을 본 적이 없다. 몇 년이 지나 안 일이지만 청도에는 씨 없는 감이라 그냥 먹어도, 홍시로 먹어도, 반시로 먹어도 아주 맛있다고 한다.

문명은 사람을 감사하게 만드는 것 같다. 30년 전에는 문명이 그렇게 발달하지 않았더라도 인간성은, 정은 사람들 살기엔 아주 좋았던 것 같다. 시골 장터에는 목소리는 높지만, 그래도 정은 살아 있어서 웃기도 하고, 속아 주기도 하고, 기분 좋게 막걸리도 한잔하면서 사람 냄새 나게 살았다.

송아지 팔러 가면, 어미 소도 같이 몰고 가는데, 송아지를 다른 사람에게 팔 때 어미 소의 눈에서 눈물이 나고, 울부짖는 고함도 나고, 주인을 어떻게 믿나 보다는 세상이 왜 이렇게 각박하지라고 했을 것 같기도 한데, 요즈음의 시장터는 아예 없어지거나, 가뭄으로 논 갈라지듯이 쩍쩍 갈라져, 정(情)도 같이 메말라 갔다.

그저 싸움소리 만 여기저기서 들릴 뿐, 까치밥을 남겨두던 그 시절의 사람 냄새 나던 정은 차가운 문명 속으로 숨어들어 갔다.

그래서 까치밥은 한두 개 남은 홍시가 아님을 이제야 알겠다.

까치도 한두 마리가 아닐 것인데 보경사의 감처럼 온통 그대로 그냥 두면 어떠랴 하는 마음이 다가온다.

비록, 까치뿐만 아니라 온갖 새들이 추운 겨울에 먹이가 없을 때 찾아 드는 그런 인심이 까치 밥의 의미가 아닐까 해 서.

현재는 누구도 까치밥 을 생각하는 사람은 없을 것 같다.

까치도, 새들도 발달한 문화 속에서 살아서 굳 이 까치밥을 찾으려고 하 지 않을 것 같기도 하지 만........

[모두 까치밥이었으면(국가정원), 2024]

기다림은 그 자체로서도 용서를 대신한다

폭풍의 씨앗

폭풍은 단순히 그냥 오지 않는다. 즉, 폭풍의 조건을 만족해야 만들어진다. 육지와 바다의 온도 차이가 있어야 하고, 수증기가 증발하여 구름을 만들어야 하며, 이 구름의 기압 차이가 나야 에너지가 생긴다. 산 위의 돌이 굴러 아래로 내려가듯이, 기압 차이가 나야 기압이 높은 곳에서 낮은 곳으로 흐를 수 있다.

폭풍이 만들어지는 조건을 만드는 데는 시간이 필요하다. 우리가 생각하는 대로 간단히 짧은 시간에는 형성되지 않는다는 말이 된다.

이를 사람을 대상으로 생각해 보면 사람이 갑자기 폭풍처럼 화가 난다거나, 폭력을 행사하는 것은 아닐 것이다. 폭풍이 형성되는 조건과 같이 사람의 마음에도 폭풍이 만들어지려면 여러 가지의 조건과 흘러온 역사가 필요하다. 어떤 사람을 미워하게 되면 벌써 하나의 조건이 성립하고, 씨앗이 만들어지는 것이다. 미워하는 정도가 차츰 깊어지게 되면 기압 차가 형성되고 온도 차가 나서 사람의 마음이 데워지기 시작한다.

씨앗이 돋아나려면 움직일 에너지가 필요하듯이, 사람의 감정도 씨앗을 틔우는 것과 같이 움직여 구름을 형성하기 시작한다. 그 구름이 커지기 위해서는 다른 구름 조각과 뭉쳐져야 하고, 바람이 일어 구름이 이동할 수 있도록 도움을 주어야 한다.

마음의 구름이 차츰 커져 폭풍을 일으킬 정도가 되려면 자극이 필요하다. 이 자극은 미워하는 사람의 현재 동태와 나와 좋지 않은 관계가 중첩되고, 또한 다른 환경의 도움으로 더 커질 수 있다. 그 사람에 대한 소식, 그 사람에 대한 움직임, 나를 자극하는 그 사람의 목소리 등으로 구름은 차츰차츰 커지기 시작한다.

번개가 치고 천둥이 인다는 것은 성질이 다른 공기 덩어리가 만났을 때 일어난다. 내가 다른 사람을 사랑하고자 하는 따스한 마음과 저 사람은 도저히 같이 병존할 수 없겠다는 부정적인 관념이 평형을 이룰 때는 폭발하지 않지만, 도저히 저 사람이 보기 싫고, 가까이 가기도 싫다는 부정적인 기다림이 외부 자극으로 인하여 강한 기단을 만들어, 스스로 제어하기 힘든 폭풍이 일어나게 되고 번개와 천둥을 동반하여 한바탕 소란을 피워야 잠잠해진다.

사람의 마음에 구름이 생기는 것은 감정의 흐름으로 만들어진다. 마음이라는 것은 마치 흰 조각구름 같아, 하나, 둘이 뭉쳐져 고운 가을 구름으로 되기도 하고, 먹구름으로 되기도 한다. 구름이 만들어지는 과정은 자연환경과 비슷하여 제어하기 어렵다. 어떤 대상을 생각한다는 것은 마음을 표출할 수 있는 것과 숨기고 싶은 것으로 나누어질 수 있다.

표현한다는 것에는 나의 직접적인 의사를 동반하여 변호사처럼 자신을 방어하는 기전까지도 함께 발달한다. 내가 생각하는 바를 나타내기 위해서는 많은 자료가 필요하다. 예를 들어 주어진 테마를 발표한다면 발표 후의 질문까지도 대비하게 되는 것이다. 숨기고 싶은 것은 아예 표현하려고 생각하지 않는 것으로, 누가 물어도 먼 산 쳐다보는 것으로 대체한다. 이런 경우는 고운 구름보다는 색깔이 있는 무거운 구름으로 변화될 것이다.

원래 폭풍은 인간에게 큰 피해를 주려는 목표로 생성되지 않는다는 것이다. 지구인들이 살아가는 형태 중의 하나하나가 폭풍을 만드는 조건을 만족하게 하는 것이지, 스스로가 피해를 목적으로는 생성되지 않는다. 여러 복잡한 과정을 통하여 형성되고, 결과적으로 피해를 주는 것이란 말이 된다. 어쩌면 인간이 태풍의 생성조건을 만들지 않으면 폭풍은 생성되지 않을 수도 있다. 결국은 사람들이 한 치 앞을 보지 못하고 만들어 내는 것이다. 어쩌면 자연을 지켜주지 못한 대가라고도 볼 수 있다.

[폭풍의 씨앗(한라산), 2024]

우리 맘속의 구름도 결국 자신이 만들어내는 것이지만, 그래도 인간에게는 마음을 제어할 수 있는 이성이 있어서 자연보다는 통제할 수 있는 점이 다를 수는 있다. 이 일은 감정이 이성의 지배를 받는 상황에서는 가능하지만, 실제로는 우리 몸에 편도체라는 놈이 있어 상대방과 타협을 하지 못하게 한다. 편도체는 자신이 위험 하거나 손해 보는 것에 대하여 절대로 가만히 있지 않기 때문이다.

구름이 응집되어 덩치가 커지면 함수하고 있는 물들을 토해 내어야 하는데, 연꽃잎처럼 자신이 감당할 수 없는 물이라면 잎을 기울여 밖으로 버리듯이, 구름도 많은 물을 함유하고 있으면 좌초되기 전에 쏟아버리는 것이 비가 되고 소나기가 된다. 사람의 마음에도 구름이 가득 차면 비워내어야 하는데 아마도 눈물이 될 것이고, 무언가 모르게 서럽게 느껴지는 설움을 뱉어내고 나면 카타르시스 되어 마음이 평화롭게 된다. 자연이건 사람이건 무언가 무거운 것이 생기면 뱉어내어야 시원함을 느끼는 것은 같은 배경이 될 것 같다.

그렇다고 자연이 인간사에 폭풍으로 막대한 해를 끼치는 것은 자연의 정화 작용이라고 말할 수 있을 건지는 답답하지만 뱉어내어야 원래대로 돌아가 편안해지는 것을 보면, 인간이 자연에 끼친 피해를 되돌려 받는 것이다고 생각해야 할 것 같다.

그 옛날 인간이 출현하기 이전에는 어떤 큰일들이 일어났는지 알 수 없으나, 그때는 지구가 형성된 후 자연에 해를 끼치는 집단이 없었기 때문에 누구에게도 피해는 없었을 것이다. 생명체가 태어나고 이들의 대사물질로부터 자연에 영향을 주기 시작했을 것이고, 그 후 인간이 출현한 초기에는 인간의 문화가 발달하지 않은 상태에서 그렇게 자연에 해를 끼치지 않고 자연을 섬기며 살았을 것이다. 차츰 인간들이 영역 싸움으로 전쟁을 일으키고 생명을 경시하게 되어, 상대방이 죽거나 멸망해야 끝이 나고, 이 과정에서 살상 무기가 대량으로 출현하여, 이 무리가 자연에 영향을 미치고, 전쟁을 위하여 화학 산업과 핵물질이 발달하여, 심한 매연과 이산화탄소로 인하여 오늘의 지구, 자연의 파괴에 이르게 되었다. 자연도 자신을 지키기 위하여 무장하게 된 것이 폭풍, 가뭄, 홍수 등의 기온 변화로 무장하지 않는지 모르겠다. 아마도 자연의 경고가 거듭됨에도 인간은 받아들이지 않으려 하고, 스스로 구름을 만드는 일에 집중하고 있다.

현재의 사람들도 자신의 속에든 구름을 제어하지 못하여 서럽고, 정신적인 혼란으로 세상에 적응하기 힘들어하고 있다. 젊은 층에서부터 장년, 노년까지 모두 건강한 마음, 정신을 갖고 있지 못하다. 이런 구름이 계속 증가 되고 쌓이게 되어, 현대인이 질병인 우울증으로 치료를 받는 경우가 너무도 많다. 나아가 사회가 불안해지고 자신을 믿지 못하는 경향으로 사회적 질환으로 바뀌고 있다.

구름이 자연 속에 순환하듯이, 마음의 구름은 작은 자연의 순환이 된다. 이런 순환이 원활하지 않으면 자연이나 사람 모두 병들게 되는 것이다. 사람들은 자연재해에 대하여 원망만 할 뿐, 그것에 당사자는 아니다는 생각을 아직도 가지고 있는 듯하다. '나는 아무런 잘못이 없는데 자연은 왜 나만 괴롭히는지'하는 생각을 하는 것 같다. 개인이 만들지 못하는 씨앗을 거대한 공장에서 한없이 만들어내니 자연의 품속에 씨앗이 생길 수밖에 없지 않을까.

자연이든 사람이든 그 마음에 구름의 씨앗을 만들지 않는 것이, 그리고 막히지 않고 순환되는 것이 건강의 비법이 틀림없다.

번개나 천둥은 구름 사이의 다른 성질에 기인 되어, 이의 결과로 많은 소나기를 내리게 하듯이, 우리의 마음에도 천둥, 번개가 치면 그 고통에서 벗어나기도 힘들고 치유를 위한 약을 써야만 한다. 약이 모든 부분에 치료제는 될 수 없다.

그래서 구름의 씨앗 보다는 꽃씨를 간직하는 것이 자연답게, 사람답게 사는 일이 아닐까 한다.

시간과 시계꽃

　재작년 늦가을에, 우리가 새집으로 이사하고 난 후, 한 달쯤 지났을 때, 내가 정원을 디자인하고, 덩굴장미 및 여러 가지의 나무를 심고 난 뒤에, 마나님께서 뿌리가 눈에 보일 듯 말 듯 한 조그마한 줄기 식물을 가져다주시며, '심어보세요. 시계꽃이랍니다'라고 하였다. 잎도, 눈도 없이 생명이 될 수 있을까 하는 의구심으로 크기는 일반 도로변에 꽃을 심는데 사용하는 1.2m x 0.45m x 0.5m 정도의 큰 화분에 심었다. 정원에는 이 크기의 화분을 13개 설치하였었다.

　거기에다 덩굴장미를 심은 터라 공간이 별로 없어 모퉁이에다 심었는데, 겨울이 닥치고, 생기도 하나 없이 바싹 말라 들어가는 것을 보면서 애를 태웠는데, 봄이 되었는데도 싹이 틀 생각이 전혀 없는 듯이 보였다. 그러다 4월, 5월이 될 때 새아기의 울음소리와 같은, 움찔하다가 눈을 살며시 떠보는 아가의 눈처럼, 조그마한 새잎이 돋더니 활발하지 못하고, 애간장을 태우는 것이었다. 벽에 걸린 시계는 하릴없이 돌아가는데 이 시계꽃은 나와 생면부지 한 것 같이 쳐다볼 할 생각이 없어 보였다. 새로운 땅에 숨을 쉬려고 하니 땅도 푸석푸석하고, 주인도 인간적인 면모도 없고, 여기 살다가는 시간이 아니라 시각도 버티지 못할 것 같은 생각을 했나 보다.

매일 아침 운동하고 돌아와 물주기를 하면서 여러 가지 대화를 해보는데 다른 놈들은 물맛이 좋다며 애교를 부리는데 저놈은 삐뚤어져 앉아 있다. 왜 저럴까를 곰곰이 생각해 봤다. 이름이 시계꽃이라 어떤 약속시간이 되면 움직일 것 같다는 생각이 든다. 조금 덥다 할 정도의 날씨가 되니 이놈이 슬슬 몸부림을 치며 움직이기 시작한다. 이제야 땅 냄새를 맡았나 보다. 그래, 내가 보지 못한 것도 있었을 것이다. 놈은 자라기 위해 모든 애를 쓰고 있었는데 내 눈에는 보이지 않을 뿐이었다. 조금 자라더니 덩굴을 뻗기 시작하고 6월의 초순 정도 되니까 1m 정도 줄기가 뻗어나고 봉오리가 맺혔다. 생전에 시계꽃이 어떻게 생겼는지를 전혀 몰랐기 때문에 호기심도 극에 도달했다. 아침 일찍 출근하고 밤늦게 돌아오니 시계꽃을 도저히 볼 수가 없었다. 그 뒤 일요일, 물을 주고 해가 깔끔하게 뜬 12시 정도 되어서 밖을 보니 정말로 시계 형태를 한 아주 예쁜 꽃이 피어있었다. 시간을 알려주는 계기판이 꽃밭침 형태로 되어있고, 시침과 분침이 엉거주춤한 내 마음을 가르키고 있었는데, 아마 그때 내 마음의 시각은 아마도 27시 50분쯤이었을 것 같다.

사람들도 경험을 통하여 새로운 일들을 추진하려고 계획하는데, 올해의 시계꽃은 작년에 비교하여 훨씬 일찍 계절에 적응하며 물을 주는 기대에 부응하며 잘 자랐다. 덩굴장미가 시계꽃보다 훨씬 웃자라 경쟁을 할 수 있을까 했는데, 장미가 세력을 잃어가는 시기에 맞추어 엄청난 덩굴을 뻗으며 울타리를 넘어 아랫집까지 훔칠 태세로 세력을 확장해 나갔다. 며칠 전부터 봉오리가 생기더니, 작년에는 한, 두, 세 개 정도였는데, 지금은 헤아리기 힘들 정도의 많은 봉오리가 생겨났다. 지금 피는 시계꽃을 시계와 비교해보았더니 역시 사람은 시간이 모자라게 살아왔음을 느끼게 한다. 아마도, 확실하지는 않지만, 시계꽃이 사람보다는 일찍 지구에 나타나지 않았을까 생각한다. 모든 생물은 진화하여 자연에 적응하기에 최선을 다한다.

시계꽃의 시간은 12시간이 아니라 10시간으로 되어있다. 아마도 그때 바빌로니아인들도 하루의 시간을 시계꽃처럼 10시간으로 하고자 했을 것이다. 10진법은 헤아리기 쉽고 사람의 손가락이 10개여서 10진법으로 하는 것이 편할 수 있다고 생각했을 것이다. 또, 그리했을지도 모른다. 그 후 사람은 농사를 지어야 하기에 그 시기를 12번 달이 뜨는 횟수에 맞추어 1년을 12달로, 하루를 12시간으로 했다고 한다. 프랑스 혁명 후에는 일시적으로 10진법의 달력, 1시간은 100분, 1분을 100초등으로 하였다가 폐기되기도 하였다. 나의 소견으로는 사람이 하루 10시간으로는 너무 짧아 편하게 12시간 제도로 진화했다고 생각한다. 또, 시계꽃은 5개의 시침과 3개의 분침을 가지고 있다. 10시간을 5개의 시침으로 나누어보면 2시간씩으로 나눌 수 있는데, 이는 하루를 2시간씩

[시계꽃(테라스), 2023]

나누어 집중할 수 있도록 꽃을 키우는 사람에게 넌지시 가르쳐주는 것은 아닐는지 모르겠다. 사람은 일하면서 그 대가로 삶을 이루어 간다. 그러다 보면 수많은 스트레스를 안고 매우 힘들게 살아가고 있다. 시계꽃의 의미대로 2시간 일하고 한숨 돌리고, 정신 차려 2시간 일하고 하는 리듬을 제시하는 것 같기도 하다.

3개의 분침을 가지고 있는데, 이는 시간을 사용할 때 여유를 가지고 임해라는 뜻으로도 읽힌다. 우리 시계의 분침은 하나인데 너무 빨리 돌아간다. 너무 사람을 다그치는, 일을 않으면 월급도 없다는 아주 매몰차게 몰아붙이는, 힘든 하루를 밀고 가게 한다. 시계꽃을 보라! 세상에 그 많은 시계의 디자인이 있지만, 시계꽃과 같은 아름다움을 가진, 아주 인간적인 시계를 본 적 있는가? 인간적이라는 말은 인간이 만들기 전에 자연으로부터 빌려 써야 한다.

지금 나의 테라스엔 시계꽃 덩굴이 이어져, 많은 봉오리를 맺고 있는 것을 보고 있다. 그리고 시계꽃은 낮에만 활짝 피어 사람에게 시간을 제시하고 해가 지면 꽃을 접는다. 이것이 자연의 이치이고, 우리는 해가 지면 일하는 것을 멈추어야 한다. 그 후엔 가족과 함께 하는 시간을 만들어야 한다. 밤에 꽃잎을 닫고 있는 저 시계를 강제로 가게 해 보라, 아마도 그 시간은 파괴되고 말 것이다. 사람도 자연의 한 부분이라, 자연을 거슬러 억지로 시간을 가게 한다면, 스스로 감당할 수 없는 일들이 일어날 것이다. 자연이 그러하듯이, 시계꽃이 그러하듯이 그 환경에 적응하여 많은 꽃을 피우려면, 기다림이 절대로 필요하다. 사람들은 기다림에 익숙하지 못하고 지겨워하며, 그 시간 사이에 사고를 낸다.

시간, 그것은 시계꽃을 보고 생각할 일이다.

새로운 벽

　새벽이란 새로운 벽을 말하는지도 모르겠다. 날이 바뀌어 새날이 되면 이 벽을 넘어야 새로운 하루가 시작되기에 새벽이라는 말을 쓰지는 않을까 하는 생각도 해본다.

　새로운 벽을 넘는다는 것은 어느 정도는 귀찮은 일임은 틀림없다. 한참 잠이 맛있을 때이고, 엎치락뒤치락하기 좋은 시간이며, 그렇다고 따스한 침대에서 벌떡 일어나기에는 아쉬움이 가득한 시간이다. 등이 딱 달라붙은 침대에서 등을 떼어 내기도 여간 힘든 일이 아니다.

　새벽 5:00에 여지없이 알람이 울고 더 누워있을까, 뛰쳐나갈까 하는 갈등 속에 그래도 일어나야지 하며 눈을 쓱 비비고 거실로 나가 찬 바닥에 누워 다리와 윗몸을 "V"자로 만들어 1분간 버티기를 여섯 번 정도 하고 나면 번민은 사라지고 투덜거림 없이 일어설 수 있다.

　요즈음은 코로나 때문에 헬스장에 갈 수 없어, 조깅으로 심신을 달래고 있다. 앞이 잘 보이지 않는 길을 기억이나, 아파트에서 새어 나오는 불빛에 의존하여 십여 분쯤 달리다 보면 길가의 가로수가 웃는 모습이 보이고, 숨이 차서 헉헉거리는 장단이 추위를 쓱쓱 밀어내고 있다.

[새로운 벽(여수), 2022]

　세상에는 새로운 벽을 깨고 나서는 사람이, 부지런한 사람들이, 자신과 싸움에서 지고 싶지 않은 사람들이 그래도 많다는 생각이 든다. 반대쪽에서 달려오는 사람들을 보고 꺼벅 인사를 하면서 지나가다 보면 나보다 더 앞서가는 사람들이 참 많다.

　6.5 Km 거리의 절반 정도 넘고 보면, 동쪽은 새침게도 발그스레한 신부의 얼굴처럼 다가오다가, 이윽고 달걀의 껍데기를 벗고 나오는 햇병아리처럼, 어제와 다른 밝은 얼굴이 반가이 미소 지으며 다가온다. 오늘은 또 다른 껍데기를 깨어야지 하는 생각으로 길을 다그쳐 본다.

　사람과 자연의 다른 것이 있다면, 사람은 조금이라도 자신의 핑계로 투덜거리거나, 다른 빗나가는 생각으로 조금은 자유스럽게 자신을 위로 할 수 있으나, 자연은 그러한 여유 없이 자신의 길을 가는 것이다. 자연에 허용된 자유는 얼마나 될까, 그 자유를 누리면 자연의 질서는 유지되어 갈 수 있을까, 자신을 지키는 그 노력으로 인간이 살아가는데도 인간은 그 고마움을 알기나 할까.

우리는 자유가 형벌이라는 것을 잘 모르고 산다. 그냥 자유는 자유롭다고만 생각할지 모른다. 자유는 간단하지 않다. 그 자유를 위해서는 목숨을 바쳐 지켜야 하며, 자신의 자유에 책임을 다하지 못하면 그 누구도 살아남기 힘들다. 그래서 자유는 겁이 나는 것이다.

찬바람을 가르며 피부에 와 닿는 것은 내가 어떻게 살아야 하는 것보다는 얼마나 많이 주위에 감사하며 살아야 하는가를 알게 해 준다. 이제 모든 사물은 태양의 빛 아래에서 자기 뜻대로 움직이고 있다. 나를 가두었던 어둠이 가시어지고, 태양이 솟아 나의 위치를 알려주며, 마스크 속의 뜨거운 공기가 폐부로 들어가 나를 더욱 가동하고 있다.

이제 저 오르막만 오르면 출발점에 다다를 수 있다. 태양의 힘이 뒤에서 나의 어깨를 밀어주고, 열을 받은 나의 엔진은 더욱 씩씩거리고 있으며, 설정해둔 스톱워치는 33분 20초를 가리키고 있다. 이것이 클라이맥스가 될 것이다. 더없이 숨차지만, 더없이 가벼워진다.

결승점까지의 엔진은 터져버릴 것 같기도 하다가, 도착 후엔 온몸에 카타르시스가 울려 퍼지고, 숨을 고르면서 이렇게 새로운 벽을 허물고 하루를 시작한다.

기다림은 그 자체로서도 용서를 대신한다

4부

삶의 구성 요건

[삶의 구성 색깔(고흥), 2024]

Limensita(눈물 속에 피는 꽃)

　사람을 포함하여 모든 생물은 시간에 맞추어, 계절에 맞추어 사는 것이 자연에 순응하며 아픔을 덜 겪으며 사는 일이 될 것이다. 계절을 잘못 만났다고 하는 말은 자신 뜻에 맞지 않게 세월이 가고 있다는 말이 될 수 있을 것이다. 우리도 하고자 하는 일에 대하여 준비를 잘 해두지 않으면, 아무리 잘 났다 해도 그 기회는 다른 사람에게로 갈 수밖에 없다. 때를 맞추어서 준비를 잘해야 한다는 말이 된다. 살아가는 데는 여러 가지의 길이 있다. 특히 요즘 우리의 세상에는 자신이 하고 싶은 일을 하고 살아가기는 어려운 세상이 되어 가고 있다. 세상에 태어나 자신이 하고 싶은 일을 하는 사람은 1%도 되지 않을 것이라는 추측이다.

　요즈음 청년들이 대기업에 들어가고 싶지만 같은 세대의 1% 정도만 들어간다는 보고도 있다. 나머지 99%는 진로를 변경하여 자신이 하고 싶은 일을 해야 한다. 그중에서도 자신의 희망대로 할 수 있는 일을 한다면 참으로 복 받은 경우라고 할 수 있다. 어느 사회의 구성에서도 20%, 60%, 20%로 범위가 정해진다고 한다. 상위 20%, 일반적인 그룹 60%, 그리고 하위 20%로 구성되어, 상위그룹에 속하려면 스스로가 가지고 있는 능력에다 더 많이 뼈를 깎아야 하고, 그 그룹에 들어가더라도 오랫동안 지위를 유지하기 어려울 뿐 아니라, 빨리 진급할수록 빨리 퇴임해야 하므로, 아이들이 대학에 들어가 열심히 노력해야 하는 시기에 퇴임해야 하므로 굳이 살을 깎아가며 상위 20%에 들어가고자 하는 사람들이 드문 상황이 된다. 그래서 자신을 지킬 수 있는 60%의 지위에서 세상 돌아가는 것도 눈으로 보면서, 조금은 여유를 가지면서, 가정도 지켜가며 살고자 하는 중간 그룹에 안착해 삶을 누리려고 할 것이다.

그러나 하위 20%는 참 고달플 수밖에 없는 지위에 속하여, 밤낮으로 일을 하고 최선을 다해도 자신의 지위를 유지하기 어려운 경우가 될 수 있다. 자신은 항상 최선을 다하지만 노력할수록 어려움에 빠져든다. 그래서 자신이 속해있는 그룹에서 아무리 노력해도 동서남북이 막혀있는 상황이라면 그 상황을 바꾸어 볼 필요가 있으며, 평생직장이 있을 수 없는 이유가 될 수 있다. 요즈음 청년들은 자신의 위치보다 항상 위를 쳐다보고 사는 것 같다. 물론 유명한 회사에 들어가는 것이 희망이 될 수 있다. 또 그렇게 되려면 보통사람들보다 더, 더 노력해야 한다. 요즈음 공무원이 철밥통이라고 이에 매달리며 공부하는 청년들도 많이 보인다. 실제로는 9급 공무원에 합격한다 하더라도 철밥통은 될 수 있을지 모르나, 생활하는 데는 지옥이 될 수밖에 없다. 9급의 월급으로는 결혼도, 아니 혼자 살기도 어려운 상황이 된다는 것도 새겨 봐야 한다. 어쩌면 현대의 청년들은 희망을 가질 수 없는 세대가 되어 가고 있다.

마치 겨울에 피는 꽃과 같다. 봄에 피어야 할 꽃이 겨울에 피려면 얼마나 힘이 들겠는가. 여기서부터 눈물을 배울 것이다. 모든 것이 자신의 능력 위에 있다고 느껴질 때 무슨 마음으로 살 수 있을 것인가에 통곡할 수도 있다. 그러나 그에 앞서, 스스로 자신의 개발에 얼마나 매진했는가 하는 것도 같이 생각해봐야 한다. 그리고 그 진심이 어디에 있는 것인가도 찾아보아야 한다. 어려울 때 누구나 눈물을 흘릴 수 있다. 그러나 그 눈물이 진정인가를 다시 살펴보고, 내가 준비하고 있는 것이 계절에 맞고, 환경에 맞고, 추세에 맞는가를 생각해 볼 필요가 있다.

[병꽃나무-20221211]

나는 테라스에 이 겨울에 꽃을 피우려고 봉오리를 맺은 꽃을 본다. 이 꽃은 시대 상황을 잘못 판단했거나, 아니면, 이 차가운 겨울에 꽃을 피워 보겠다는 당찬 의지로 판단한다. 사람도 살아가면서 다시 한번 꽃을 피우고, 겨울을 맞으려는 생각도 할 것이다.

참, 겨울에 꽃을 피운다는 것은 정말 어렵다는 것을 우리는 유추해 볼 수 있다. 다른 식물들을 모두 잎을 떨어뜨리고 자신을 지키려고 숨어 들어가는 때에, 다시 한번 꽃을 피우겠다는 그 의지를 한 눈으로 보면 참 애달프다는 생각보다 자신의 온갖 역경을 극복해가며 한 번 더 꽃을 피우겠다는 모습에 나는 찬사를 보내고 싶다.

이 꽃은 진정으로 참된 눈물의 의미를 알고 있다고 생각되기 때문이다. 우리도 살아가면서 눈물 속에 피는 꽃처럼 살아왔을 것이다. 그 눈물은 진실을 의미하며, 진실의 삶에서 꽃을 피운다는 것은 버려졌던 자아를 찾는 일이라고 생각한다.

그래서 이 겨울에 피는 꽃, 눈물 속에 피는 꽃이 사람을 이렇게나 감동하게 하는 것이다.

또한, 이렇게 눈물 속에 피는 꽃의 주인공이 되어 가는 것이다.

진실 속에 피면, 그 눈물이 얼음이 된다 하더라도 얼마나 깨끗하게 빛나겠는가.

정, 우정, 그리고 의리

우리가 살아가면서 가장 중요한 인자는 정(情)이라고 생각된다. 이 말은 그 의미가 우리나라에서만, 우리말로만 표현될 수 있는 고차원적인 말이다. 꼭 말을 통해서 생겨나는 것도 아니매, 내가 갖고 싶어도 상대가 응하지 않으면 생기지 못하는 것이다. 진정한 정은 말을 안 해도 시냅스처럼 연결되어 마음이 흐르는 통로가 되는 것이다. 그래서 안 보면 보고 싶어지고, 걱정되고, 무엇을 하고 있는지 물어봐야 하고, 이 일이 끝나면 무엇을 할 것인지가 궁금해지고, 하루에 한 번쯤은 통화가 되어야 마음이 안정되는 그러한 사이를 우리는 정이라고 부른다. 어쩌면 정신적으로 연결된 결합 방식 중의 하나일 것이다. 특히 부모님과 나 사이에는 어떤 장벽이 있을 수 있지만, 결국은 내 쪽에서 장벽을 파괴해야 하는 것이 정이다.

어머니 데메테르가 페르세포네가 없이는 살아갈 수 없는 상황이 되는 것처럼, 지하의 왕 하데스가 페르세포네를 납치한 후, 엄마는 딸을 찾아 온천지를 헤매는 것은 어미의 딸에 대한 정으로 표현할 수 있다. 또한, 어미는 딸을 되찾을 수 있게 제우스 신에게 청했다. 그는, 저승(하데스의 땅)에 있을 때 아무것도 먹지 않아야 되찾을 수 있다고 했다. 하데스는 은근히 페르세포네가 석류를 먹도록 권유했다. 아마 페르세포네도

[가족(情)(낙안), 2024]

이 상황에서 석류를 먹으면 이승으로 돌아오지 못한다는 것을 생각했을 것이다. 한 방향으로는 페르세포네가 엄마의 구속으로부터 벗어 날 수 단의 하나로 스스로 석류 하나쯤은 먹었을 것으로도 생각하기도 한다. 과잉의 사랑은 구속이 되어, 벗어나려고 하는 생각이 들었을 것으로도 보는 것이다. 엄마의 눈에는 예쁜 딸이 항상 위험한 위치에 있어 무한히 도 간섭을 많이 했을 것이다.

그래서 일단 사고를 치고 하데스에게 덮어씌울 방법도 엄마의 눈을 피해갈 방법으로 이용 가능했을 것이다. 그래서 페르세포네는 1/3은 봄 에 엄마와 함께 지내고, 2/3는 지하의 여왕으로 하데스와 같이 지내는 방법을 완성하게 된다. 엄마와도 같이 있을 수 있고, 자신의 행동도 자 유스럽게 할 수 있게 된다. 정이 과잉으로 둘러싸면 의존도가 더 깊어져 자신의 판단과 의지를 흐리게 할 수 있다는 것을 먼 옛날의 이야기로도 거부감 없이 다가온다.

　내가 어릴 때 아버지가 해준 이야기가 나의 평생 머리를 떠나지 않고 있다. 어떤 친구가 좋은 친구인가 들어 보라고 하셨다. 이야기는 아들이 "우리는 목숨을 같이 할 수 있는 친구들입니다. 서로 없으면 못 사는 사이입니다."라고 해서 아버지가 친구의 아들을 시험하기로 했다고 한다. "너 지금, 돼지우리에 있는 돼지를 한 마리 잡아서 덕석으로 둘러싸고 지게에 얹어라. 그리고 지금부터 너의 친구에게 가보자. 첫 번째 친구에게 가서 내가 오늘 사람을 한사람 죽였는데 어쩌면 좋을까 하고 물어봐라." 첫 번째 친구는 "나는 잘 모르겠다. 너 알아서 해라" 하면서 대문을 닫고 들어가 버렸다. 두 번째 친구는 "너가 사람을 죽였다고? 나한테 왔다는 이야기는 절대 하지 마라. 또 오면 신고해버리겠다"라며 들어가 버렸다. 세 번째 친구에게 갔더니, "그래, 피치 못할 일이 있었을 게다. 빨리 들어 와서 이야기해보자. 다른 사람들이 알기 전에 처리하고 보자." 하며 지게를 바꾸어 지고 산속으로 같이 갔다. 그러시면서 "너에게는 어떤 친구들이 있는지 생각해 봐라"고 하셨다.

　나는 머리가 크고 나서 이 문제의 답을 찾아보기로 했다. 대학 생활 중이었다. 그때는 사회적으로도 독재로 서로가 믿지 못하던 시대이고, 또 다른 사람을 고발하여 감옥에 보내기도 하던 시절이었다. 이때 비로소 우정과 의리는 다르다는 것을 스스로 파악하였다. 그 전에 특히 "삼청교육대"라는 것이 사회악을 제거한다는 명제에서 시작되었는데, 이 장이 자기 눈에 들지 않으면 명단에 추가하여 상대방을 거의 사회로부터 격리하기도 하였다. 아무런 죄도 없이 죽어 가기도 하고, 인간 이하의 취급을 받기도 했던 시절이 있었다. 이때 나는 우정은 피를 필요하지

[친구야! (순천 갈대 숲), 2022]

않으나, 의리는 피가 필요로 하다는 것으로 정의하였다. 우정에는 농담도 들어갈 수 있으나, 의리는 농담조차도 생명을 위태롭게 할 수 있다는 것을 파악하였다. 말과 소리도 구분하게 되었는데 말은 그 내용을 담고 있으나, 소리는 그 내용을 담지 않고 있다는 것, 그래서 흔히 "말도 안 되는 소리"라는 말을 쓰고 있었다.

　물론 우정은 말할 것 없이 중요한 것이다. 복잡한 사회이고, 어려운 사회가 될수록 친구는 나의 삶의 한 부분이 된다. 안부를 물어주고, 어려운 일들을 도와주고, 응어리진 마음도 소주를 함께 마시면서 같이 아파해 주는 것은 친구 외는 없다. 더구나 세월이 흐르고 황혼이 되어 가면 마음을 같이 할 수 있는 친구란 그 가치가 재산보다도 훨씬 위에 있다.

이러한 친구라는 범위보다 한 단계 위에 있는 단어는 없을까? 이 말이 있다면 맹목적인 우정이라는 뜻을 갖게 될 것인데 필요한 단어일까?

라피타인의 왕 페이리토스는 아테네의 영웅 테세우스와 직접 대결하기 위하여 마라톤 평원에 있던 테세우스의 소를 몰고 달아났다. 결국, 두 사람은 만나 결투를 하게 되었는데, 서로의 눈에 상대편이 그렇게 영웅일 수가 없었다. 서로 칼을 던지고 포옹함으로써 친구가 되고 영원히 친구이기를 다짐했다. 그중 테세우스가 재혼하는데 13살인 헬레네(제우스와 레다의 딸)를 페이리토스가 도와주어 납치하였고, 뒤에 페이리토스가 재혼을 할 때 테세우스의 힘이 필요하다고 했다. 테세우스는 '땅 끝까지 가더라도 돕겠다'라고 했다. 인간 페이리토스는 여신과 결혼을 원하며, 그중에서도 신과 결혼한 여신과 결혼 하겠다고 했다. 그 여신은 지하의 왕 하데스의 아내 페르세포네였다. 테세우스는 땅의 끝(하데스의 땅)까지 가더라도 돕겠다고 말을 했기 때문에 피할 수도 없었다. 돌이킬 수 없는 약속으로 두 사람은 지하의 나라에 페르세포네를 납치하러 갔다. 하데스가 이를 알고 돌의자에 앉아 있으면 페르세포네를 불러오겠다고 했다. 둘은 돌 의자에 앉았다. 다시 하데스가 왔을 때 둘의 몸은 돌의자에서 떨어지지 않았고, 잠시 들른 헤라클레스가 돌의자에서 두 사람을 떼어 내려고 했으나, 테세우스는 떨어졌는데, 페이리토스는 떨어지지 않아 그 자리에 두고, 테세우스는 아테네에 돌아왔으나, 자신이 없는 사이 나라는 망했다. 이것은 우정으로 맺어져서 그 한 단계 위에 있는, 알 수 없는 단어로도 표현하기 어려운 단계에서 모든 것을 잃어버리고 말았다.

[친구 한, 둘(국가 정원), 2022]

　우정보다 더 높은 단계는 서로의 생명으로 상대를 지키는 일이다. 서로의 생명을 지키기 위해서는 진정한 우정이 무엇인가를, 그 의미와 뜻을 새길 수 있을 때 쓸 수 있는 말이 아닐까 한다. 때로는 의리라는 뜻이 우정보다 강함을 느낄 수 있다. 때로는 말로는 하지 않는 의리 있는 친구 한, 둘이면 그 누구 부럽지 않은 한 세상을 잘살고 있는 영웅이 아닐까 한다.

가을 잔상

　누구나 살아가면서 올해가 최고 힘든 해였다고 생각하며 힘을 다해 하루를 버티고 살 것이다. 나 역시도 올해는 좋지 않은 건강으로 최고 힘든 한 해라고 생각하며 보내고 있다.

　그전, 2018년에 국제저널(Micro Cell factory, BMC, IF=6.35:The promising future of microalgae: current status, challenges, and optimization of a sustainable and renewable industry for biofuels, feed, and other products)에 실린 나의 논문이 3년간의 인용지수가 472번(157/년)으로 그 어느 연구자도 도달할 수 없는 실적을 올린 바 있고, 2024년 지금 현재에는 1,326번(https://microbialcellfactories. biomedcentral.com/articles/10.1186/s12934-018-0879-x)으로 되어있다. 1년에 100번 이상의 인용지수는 도달하기 매우 힘든 수치이며, 이를 기네스북에 등재 하고자 접촉했더니, 의외로 감당하기 어려운 답이 왔다. 처음 접수하는 데에는 수긍할 수 있는 비용이었으나, 실제 등재 하려고 하면 영업팀과 접촉하라는 답이 왔다. 이 비용은 상상을 초월하는 비용이었고, 학자가 생색내는 형태로 비추어질 수 있어 추진하는 것을 보류한 적이 있다.

이렇게 나는 올해의 가을을 맞았다. 봄이 코로나 속에서 아프게 다가오고, 여름은 공감할 수도 없게도 마음 저리게 보냈다. 여기에 연이은 가을맞이는 실감할 수도 없게 나의 머리 위를 지나고 있었다. 손을 머리 위로 올리면 잡힐 것 같던 가을이 내 손을 거부하며 고추잠자리처럼 멀리 날아가 버리곤 한다. 해마다 그렇게 기다리던 가을이 손에, 마음에 닿지 않는다.

누구로부터 다친 마음은 아닌데 그저 서럽고, 구름 한 점 없는 하늘을 쳐다보면 외롭고 마음이 저리다. 작년에는 강의에 앞서 나의 낭송 시를 스크린에 띄우고 학생들에게 의미와 가슴에 정서를 품을 수 있도록 했었다. 그때 행복했던 기억에 젖어, 이제는 학생들에게 출석부 순으로 돌아가며 자신이 좋아하거나 동료들에게 들려주고 싶은 팝송을 스크린에 띄우고 듣게 한다. 어정쩡한 나의 마음이 가시어지기도 하고 학생들에겐 따스한 마음을 가질 수 있도록 하는 데는 괜찮은 것 같다. 가사가 이쁘면 해석을 하여 젊은 청년들의 마음에 새길 수 있도록 한다. Near, far, wherever you are, my heart will go on (to you)처럼 사랑은 이렇게 하는 것이라고.

이번 가을에는, 내가 살고 싶어 발버둥을 쳤던 것과 같이, 우리집 테라스에 지금쯤은 사그라들고, 말라가야 하는 풀과 꽃들이, 새삼 새잎을 내고, 꽃봉오리를 맺고, 다시 한번 삶의 의지를 불태우고 있어, 비단 사람인 나뿐만 아니라 자연 소속의 생명도 겨울 앞에 도전이라도 하는 것 같아 더욱 마음 찡하다.

자신의 생명이 사람의 위해를 받아 의지에 따라 살 수 없는 슬픈 동물처럼 살고 싶지는 않은 의지를 보여주고 있다. 그중에서도 어릴 때 산속 무덤의 주위에서 고개 숙여 피어, 주인을 애닯게 지키는 할미꽃이 있었다.

오죽하면 할미꽃이란 이름을 가졌을까, 먼저 가신 할아버지를 애타게 그리고, 또 세월의 장난으로 자신보다 앞서간 가족들에 대한 가슴 저린 일들을 바로 보지도 못하고 고개 숙여 참회하듯 피어나는 꽃, 아마도 한이라기보다는 그리움을 자신의 키보다 훨씬 크게 안고 사랑을 피워내는 그 꽃, 봄에 피는 할미꽃.

[입동이 지난 후 다시 핀 할미꽃
(2022/11/22)]

그 할미꽃이 입동이 지나 완전히 시들어 가더니만, 다시 새싹을 틔우고, 그리움을 솟구치더니 큰 소리 한번 없이 고개 숙여 피었다, 이 늦은 가을에. 그러게, 그렇게 큰 그리움이 없었다면, 저렇게 애태우며 피어날 수 있었을까?

사람도 애타게 그리우면 눈물을 짓는다, 그래서 기다림을 꽁꽁 묶어 씨앗을 만들어 할미꽃의 마음으로 심는다.

그렇게 그리움은 지워지지 않고 잔잔한 싹으로 다시 태어난다.

내년에도 늦가을에 할미꽃이 다시 한번 더 피면, 올가을에 애잔하고도 기쁘게 맞아주지 못한 마음이 조금은 덜 안스러울 것 같기도 할 것이다.

통학 열차

우리의 한을 기적 소리로 달래 온 증기 증기 기관차는 나의 중, 고등학교 시절에 친구가 되었다. 진해선(진해-창원-마산)은 나를 용원역으로부터 마산역까지 무등을 태워 주는 의리 있는 친구였으며, 기적 소리는 조그만 시골을 흔들어 깨우는 정겨운 자명종이기도 하였다.

이때의 대부분 학생의 춘하복은 흰색이었고, 이 증기 기관차를 만나게 되면, 금방 새카매져서 매일 빨아 입지 않으면 창피할 정도였다. 특히나, 여학생들의 옷깃은 분가루를 먹여 빳빳이 다림질하여 증기 기관차를 만나기 전에는 그렇게 설렐 수가 없었다. 하얀 윗저고리에 까만 치마, 스타킹에 단발머리를 한 여학생들은 그냥 상냥했고 예뻤으며, 차 시간이 정해져 있었기 때문에 매일 만날 수밖에 없는 사이였다.

아침의 통학 열차는 비단 우리 역에서 타는 학생들뿐만 아니라 출발역에서 우리 역을 거쳐 종착역인 마산까지 가기 때문에 대부분 선후배는 잘 알 수밖에 없는 시스템이었다.

그래서 참 아름답고도 슬픈 이야기들이 많았다. 그 당시만 하더라도 일반인들과 같이 타고 다녔기 때문에 같은 역에서 타는 학생이 누구 집, 몇 째라는 것도 훤히 알 수 있는 일이라서, 서로 마음만 죄고 지났던 일이 많았다.

[통학 열차(물금), 1976]

한 여학생이 누구를 좋아하더라 하면 말이 떨어지게 무섭게 온 사람들이 다 알게 되어 부모님의 손아귀를 벗어나지 못하여 학교를 그만두게 되는 일도 허다했다. 어쩌면 말은 없어도 매일 같은 칸에 타는 것 보면 서로의 묵시적인 감정 교환이 있었거나, '거기에 가면 그 학생을 만날 것이다'라는 기대감 속에 그 칸에 타게 되는 것이다.

그때만 해도 교육의 평준화가 되지 않아서 그 지방에서 알아주는 중, 고등학교에 다니는 학생들은 적잖은 고통(?)이 이었을 것으로 추측된다. 기차에 타면 그 비좁은 사람들의 틈을 비집고 목적하는 바의 칸으로 옮겨 간다. 눈으로 훑어보고 그 사람이 거기에 있으면 그냥 마음이 편하고 먼저 내리면 아쉬워하면서도 표현을 잘하지 못했던 시기였다.

아침에 탄 학생들은 저녁에도 같이 탈 수밖에 없는 처지였기에 서로 좋아하는 마음이 생길 수밖에 없었으리라. 혹시라도 기차를 놓치면 그 야말로 큰일이 난다. 잘 곳도 없었을 뿐 아니라 전화기도 없던 시절이 라 친구의 입을 통하여 연락이 닿기 때문에 기차를 놓친다는 것은 꿈에 도 생각할 바가 아니었다. 그래서 좋아하는 학생이 보이지 않으면 벽걸 이의 시계를 쳐다보며 오도록 눈이 빠지게 기다리다가 차가 출발할라치 면 차장한테 달려가 조금만 기다려 달라고 하소연하기도 하여 같이 태 워 가는 일이 많았다.

서로 상부상조해야 살아남을 수 있는 것을 배우게 하는 부분이 되었 다. 어쩌다가, 고등학교 다니는 형이 편지를 주면서 저기 여학생에게 갖 다 주라는 부탁을 받기도 하여 얻어먹기도 하고, 소문도 내기도 하여 머 리통도 까이기도 하고 참으로 재미있는 일들이 많이 일어났다.

겨울에는 기차의 객실에 조개탄을 쓰는 난로를 피웠었는데, 앞선 역 에서 탄 친구가 다음에 탈 친구와 따스하게 가기 위해서 난로 근처의 자 리를 잡아주기도 하고, 가끔 누나들과 이야기도 하면서 마음에 드는 학 생이 있으면 얼굴을 붉히면서 은근히 부탁도 하곤 했었다. 난로에 옷을 태운 학생들도 있고 여학생일 경우는 누구 할 것 없이 도움을 주려고 나 서곤 했다.

나에게도 그러한 일이 일어났다. 같은 또래의 여학생이 출발역에서 내 앞에 앉았다. 대부분 남학생은 남학생끼리, 여학생은 여학생끼리 자 릴 잡고 가는데 이 여학생은 나와 마주 보고 앉았다. 가슴이 쿵 하고 말 을 걸어올까 봐 안절부절못하고 있는 데다, 다른 학생들은 쳐다보고 웃 고 있어 붉어지는 얼굴을 감당할 수 없었다. 한마디 말도 못 하고 다음

역이 되자 많은 학생이 타고 나의 옆 자석에도, 앞자리 여학생의 옆에도 다른 사람이 앉았다. 그리고 말없이 내가 먼저 내리고 그 학생은 다음 역을 향하여 갔다.

다음 날부터는 그 여학생이 보고 싶어졌다. 남학생은 명찰을 달고 다녔지만, 여학생은 달고 다니지 않아 이름도 보지 못했다. 하기야 이때는 이름을 알 필요가 없고, 그냥 기차간을 누비며 찾으면 되는 것이었다. 저어기 보였다. 다가가지도 못하고 눈도 마주치지 못하고 그렇게 시간이 지나갔다. 그 애도 나를 좋아했는지는 모르지만 내가 찾아가서 먼 거리에서 보이면 얼굴이 붉어지는 것을 보곤 하였다. 그렇게 시간은 흘러갔고, 고3 때는 대학 준비하느라 학교 가까운 곳에서 자취하여, 증기 기관차와는 멀어졌고, 그 예쁘던 학생도 흘러갔다. 아마도 나보다 나은 서울로 갔을 것이다. 참 바보 같았다. 대학을 간 후 같은 기차를 타고 다녔던 친구에게 물어보았지만 이름조차 몰라서, 내 눈에 최고였던 그 학생은 찾을 수 없었다. 그러하던 명청함은 지금도 벗어나지 못하고 꿈속에서 증기 기관차의 기적 소리만 찾고 있다.

자유는 생명의 대가

봄이 오는 길을 KTX를 타고 가로질러 갔다. 들판은 어릴 적 내 마음과 너무 닮아 있었고, 목에 방울이 달린 젖 짜는 염소와 새끼들이 파랗게 돋아나는 봄을 즐겁게 먹고 있었다. 갓 태어난 하얀 아기 염소가 방울을 달랑이며 들판을 헤집고 다니던 모습은 차창에 지나가는 영상 사이로 구름 속 같은 옛 추억을 만끽하게 만들어 주었다. 봄은 잊힌 얘기를 되새김하게 하는 이쁜 염소처럼 다가온다.

저 먼 쪽에서는 옛날에 소가 있을 자리를 트랙터가 움직이고 있고, 가녀린 개울가에는 버들강아지가 봄바람에 넋을 잃고 다가오는 봄을 맞고 있었다. 아주 빠른 속도로 봄 속으로 달려, 파랗게 자유스러이 춤을 추고 있는 춤꾼들 사이로 치고 들어간다. 누구도 이 벌판에 생명을 틔우라고 말하지 않았지만, 너무 자유스러워서 좋고, 누가 말리지 않아서 좋고, 나의 마음에도 저런 자유가 있었는가 하는 것을 느낄 수 있어서 참좋다.

빠른 영상 속에서도 가지런히 줄지어 있는 보리 이랑이 들어온다. 갓깨어난 아기 염소처럼 참 곱다. 저 고운 눈은 춤꾼처럼 자유스럽게, 당차게 춤을 추지 못하는데, 비단 체면 때문은 아닌 것 같다. 농부의 손에 의하여 직접 생명을 틔운 터라 숨결은 고르지만 활발하지는 못하다. 생명을 틔워 준 것에 보답도 해야 할 것이어서 쉽게 몸을 던지지 못하고 있는 것 같다.

차디찬 뻘밭 속에 처박혀 있던 세월호가 눈에 보인다. 힘을 다해 춤추는 들판의 춤꾼과 얽힌 영상이 지나간다. 갇힌 공간에서의 자유란 무엇이었을까. 비좁은 공간 속에서 자유라는 말을 갖다 붙일 수가 있을까. 감당할 수 없는 공포가 등 뒤에서 차갑게 부닥쳐 오는 것을 느낀 생명에게는 공포 뒤에 무엇이 있었을까.

[금요일엔 돌아오라(팽목), 2019]

아마도 엄마였을 것이다. 또한, 넘어가는 숨으로 엄마도 다 못 불렀을 것이다. 움직일 수 있고 자리를 옮길 수 있어야 할 자유가 이렇게 속박되는 것은, 자유에 대한 개념을 잊어버리고, 아예 잃고 사는 어른들 탓이다. 너무 많이 누려 통각조차 없어진 것에 참 할 말이 없다.

우리가 봄을 잃어버렸을 때도 같은 맥락이었을 것으로 지금 생각한다. 어쩌면 생명과 자유는 공존하지 못하는 것으로 가르쳐야 할까? 공존할 수 있다면 그때는 누가 보아도, 느껴도 행복한 세상임에 틀리지 않을 것이다. 꼭, 들을 뺏기고 나서 찾으려면 얼마나 더 많은 생명을 바쳐야 하겠는가. 차라리 자유는 생명의 대가라고, 자유를 위해서는 생명을 바쳐야 한다고 가르쳐야 하지는 않을까.

세상은 빠르게 돌아가고 편리해지고 오늘인지 어제인지 분간을 할 수 없이 돌아가는 틈새에서 작은 톱니바퀴를 하나 끼워서라도 조금 천천히 돌아갈 수 있는 세상을 만들 수는 없을까.

그 많은 영혼을 별에 재워 놓고도 별을 수치심 없이 바라볼 수 있는 우리는 과연 누구이며, 무엇이라고 정의할 수 있을 것인가.

우리의 가치는 무엇을 바탕으로 일구어져야 하는가. 어째서 저 캄캄한 곳에 피멍으로 얽힌 생명의 주인이 저토록 죄인이 되어야 하고, 우리를 향해 고생시켜 미안하다고 하는가. 인과응보가 새겨져야 할 세상에서 이를 힘의 논리로 가는 것이 타당한 일인가.

사람들은 눈을 보면서 서로의 진실을 인지한다. 꼭 미안하다고 말을 하지 않아도 고운 눈빛을 보면 더 이상의 말이 필요 없는 그러한 세상을 만들어야 한다. 꼭 아이가 집을 나설 때 큰 소리로 인사하지 않아도 그 속에 내가 있음을 알 수 있고, 아이의 고운 눈은 나의 눈물이 배어 있는 것을 볼 수 있는 예쁜 눈을 가질 수 있게 해야 한다.

꼭 두 손으로 용서를 빌지 않아도 고운 눈에 이슬이 맺히면 그 진정성을 따라 주어야 한다. 눈은 세상의 창이며, 우주의 창이다. 이런 창을 보고 받아들여 보다 맑은 세상을 만들 수 있을 것이다.

이 세월은 비스듬히 누워있는 저 세월호만큼이나 답답하다. KTX의 영상이 빠르게 바뀌는데도 세월호에 갇힌 저 자유의 영상은 그 자리에서 내내 맴돌고 있다.

세월을 따라 흐르는 우리의 기억은 치매에 얹힌 것만큼이나 잊혀 갈 것이다.

그래서 봄이 올 때는 봄답게 와야 하나 보다. 적어도 향기 나는 봄소식을 전하기 위해서는.

실수, 그리고 자존심

　자존심이란 자신의 생을 유지하기 위한 최소한의 정체성이다. 이것이 많이 훼손되면 사는 것 자체의 이유를 찾기 어렵다. 그래서 모든 물체는 물성을 가진다. 산은 산에 대한 물성을 지키기 위하여 산에 갈 때는 계절에 맞는 등산복, 장비, 신발을 갖추고 가야 자신을 지킬 수 있다. 이러한 산의 물성을 지키지 않는다면 사고가 나고 자신이 해를 입는다. 사람 사이도 마찬가지이다. 상대의 물성을 허물면, 물성을 지키지 않으면, 서로 해를 입는다. 우리에게는 자신을 절대로 상하지 않게 하는, 자신이 살 수 있도록 정체성을 지켜주는 기관이 편도체이다. 이는 물질적 정신적으로 절대 손해를 입지 않도록 자신을 지켜준다.

　대부분의 자존심은 실수로 인하여 많이 상한다. 실수란 아주 숙달된 일을 잘못한 것으로 그 피해가 상대방에게 지워지는 것이다. 이 경우 상대방의 마음과 정신에 심각한 타격을 입혀 상대방에게 알맞은 처신을 할 수 없게 하고, 생명에 위협이 되었을 때는 범죄가 될 수 있다. 이것을 실수라고 말할 수는 없을 것 같다. 실수를 한 사람은 자존심에 엄청난 손상을 입게 되고, 상대방은 엄청난 위협에 도달된다. 실수는 본인이 인지하지 못한 상태에서 생기는 일과, 알고는 있으나, 집중력이 떨어져 인지하지 못하고 수행하는 경우이다. 그 이유는 사람에 있어 뇌의 집중력을 발휘할 수 있는 시간은 10분 내외이다. 집중하고 있다가도 본인도 모르게 나사가 풀려 집중력을 잃고 있는 것을 볼 수 있다. 우리 몸의 장기 중에서 가장 게으른 곳이 뇌가 아닐까 한다. 게으르기도 하지만 집중력이 금방 사라져 사람의 행동을 당황케 한다.

대부분 이런 실수가 큰 결과를 낳는다. '아무리 정신 차리고 살아라'라고 해도 뇌는 그냥 지나가는 소리로 인지한다. 경험이 있더라도 일어나는 실수가 더 아프고 자존심을 상하게 한다. 잘 알고 있는 것을, 숙달된 일을 잘못했을 때 이를 실수라고 한다. 모르는 일을 잘못한 경우를 실수라고 하지 않으며, 이는 미숙한 것이다. 이는 실수라는 말이 그냥 농담처럼 쓰일 수 없다는 말이 된다.

축구를 하다가 자신의 골대에 골을 넣는 것은 실수가 될 수 있다. 그러나 아마추어인 내가 2 미터의 높이를 뛰어넘을 수 없는 것은 실수가 아니다, 즉 연습을 열심히 하지 않은 숙달되지 않은 미숙함 일인 것이다. 실수는 아주 큰 일을 만들 수 있다. 다음 단계로 넘어가는 아주 중요한 경기가 될 수 있고, 이로 인한 패배는 아주 가슴 쓰린, 평생 지워지지 않는 일이 될 수 있다. 또한, 실수는 누구나 할 수 있는 일이고, 이 실수를 자신의 힘으로는 막을 수 있지는 않을 것이다. 그 누구도 실수하고 싶어서 하는 실수는 없다. 그리고 꼭 실수는 하면 안 되는 곳에서 일어난다. 그래서 실수라 한다. 그래서 이 실수는 자존심을 엄청 갉아 먹는다.

우주선에 관련하는 사람은 모두가 이 일에 숙달된 사람들이다. 다른 것도 아니고, 길이를 나타내는 단위에는 인치(inch)와 국제단위인 MKS, 즉 미터가 있다. 한 과학자가 미터를 써야 할 자리에 인치로 계산한 수치를 적용하여 우주선이 폭발하였다면, 이것은 실수에 해당한다.

이로 인하여 우주비행사와 우주선이 폭발하여 엄청난 해를 입었다면, 그 과학자에게는 실수가 아니라 자신의 삶을 유지할 아무런 가치를 갖지 못할 것이다. 그냥 실수였다고 자신에게 둘러대기에는 양심이 인정하지 못할 것이다.

"왜, 그랬을까, 하필이면 이때"하는 생각이 육체와 정신을 지배할 것이다. 사람이니까 실수를 한다는 말은 신은 절대로 실수를 하지 않는다는 말이 될 수 있는데, 신도 실수를 하기 때문에 그 자리를 유지할 수 있을 것이다. 완벽이라는 말을 흔히 쓸 수 없는 이야기는 그 자체로서 울타리, 카테고리를 만들기 때문이다.

즉, 신의 영역을 만든다는 것은, 인간이 있기에 신이 있는 것이고, 인간이 없으면 신의 존재는 무의미하다. 사람이 아니면 그 어떤 생물이 신을 받들겠는가. 그래서 나는 생각한다. 신들도 실수하지만 내색하지 않을 뿐이라고.

신도 인간에 비교하여 완벽하다는 말이지, 신들 끼리 모여 있으면 어찌 그게 지낼만한 집단이겠는가. 한 번씩 인간이 실수하게 하고, 그것을 바탕으로 인간을 다스리는 명분을 만드는 것일 것이다.

사람이 실수하면, 어쩌면 돌이킬 수 없는 범죄가 될 수 있고, 신은 웃으며 잘한다고 손뼉을 치면서 재미있게 놀 것이다. 다르게 말하면, 신을 즐겁게 하기 위해서 인간은 실수를 해야 한다. 그리고 그 책임을 져야 한다. 그것이 자존심을 지키기 위함이고, 때로는 자존심을 잃어버리는 일이 될 것이다.

그래서, '실수하지 말라는 말'은 그 논리가 성립하지 않는다고 본다. 왜냐하면, 나의 의지로, 내가 하고 싶어서 하는 것이 아니라 불가항력적으로 일어나기 때문이다.

[자존심(여수), 2022]

어쩌면, 자존심을 지킨다는 말은 나의 의지대로 되기는 어려우나 최소한 나의 살길을 마련하는 것이라서 '나만 살면 된다'가 아니라, 삶의 방향을 지킬 수 있는 힘이 되어야 한다.

자존심을 구겨 내가 살 수 있다면, 다음의 기회를 만드는 의미로 생각할 수 있을 것 같다. 한신이 부랑자의 가랑이로 기어간 것은 그 자존심보다는 다음을 생각하는 대의에서 그렇게 했을 것이다. 즉, 불필요한 여건을 만들고 싶지 않아서, 자신이 성공하기 전까지는 다른 사람에게 자존심을 던져놓고 살아야 했다.

우리는 최소한의 나를 지키는 뿌리로 자신을 찬바람 앞에 서 있을 수 있도록 훈련을 해야 한다. 신의 놀이감이 되더라도 자신이 흔들리지 않는 감성을 쌓아야 할 것 같다. 자존심은 부끄러움과는 별개의 개념으로 삶을 토닥여야 한다.

기지개를 켜다

기지개는 몸을 쭉 펴고 팔다리를 뻗는 것을 말하는 명사이다. '기지개를 하다'고 하면 '피곤할 때에 몸을 쭉 펴고 팔다리를 뻗다'라는 동사를 말한다. 그런데 '기지개를 펴다'라고 하면 그 의미가 사뭇 달라짐을 느낄 수 있다. 그래서 동사의 중요성이 여기에 있나 보다.

기지개에 대한 내 생각은 웅크리고 있다가 힘을 채우면서 뻗어 내는 것으로 인지된다. 이것은 '기지개를 켜다'라고 해야 맞을 것 같다.

모든 사물은 출발하기에 앞서 그 준비 사항의 하나로 기지개를 켜고 시작할 것이다. 겨울 동안 에너지를 속으로 넣고 움직일 수 있는 때를 기다리다가 기지개를 켜면 봄이 올 때를 준비하는 것이다. 그 속에서 많은 생물은 기지개를 켜기 위해 숱한 어려움에도 에너지를 저장하고 있었을 것이다. 기지개를 켤 수 없는 상태로 겨울을 보냈다면, 에너지를 저장하지 못하였다면, 기지개도 켤 수 없게 될 것이다.

나는 기지개조차 켤 수 없는 우리의 청년들을 쳐다본다. 확실한 것은 기지개를 켜기 위해서는 에너지의 준비과정이 필요한데, 우리의 청년들은 기지개를 켤 준비보다는 다시금 겨울을 찾아 들어가 에너지 없는 찬 한파를 겪기로 작정한 듯하다.

기다림은 그 자체로서도 용서를 대신한다

[기지개(순천), 2019]

언젠가부터 X 세대라는 말이 생겨난 이후 청년들은 이 말에서 벗어나지 못하고 있다. X세대의 의미는 더글러스 쿠플랜드(Douglas Coupland)가 1991년 뉴욕에서 출간한 장편 소설인 <Generation X: X 세대>에서 시작되어 무관심, 무정형, 기존 질서 부정의 대상으로 여기는 세대를 견주어 말하는 것이었다.

우리에게는 2000년도 중반부터 생겨난 말로 그 의미가 다르게 다가왔다. 즉, 아무것도 할 수 없는 세대, 틀린 세대를 지칭해 왔다. 이 시기는 우리가 IMF 금융위기에서 가까스로 벗어난 시기여서 모든 것이 불안하던 때였다. 그야말로 우리 청년들에겐 희망이 없는 시기였고, 취업은 남의 나라 일처럼 들려 자신의 존재감은 정말로 없었던(X) 시기였다.

지금은 그로부터 20년이라는 세월이 흘렀다. 그런데도 우리 청년들은 왜 꼭 같은 X 세대를 겪고 있는 것인가. 기지개를 켜도 뻗어 나아갈 곳이 없는 청년들을 그냥 바라보고만 있어야 하는가? 20년이면 긴 세월이고 아가가 태어나서 청년이 되는 세월임에도 이 나라는 무엇을 추구하며 이들을 이끌어 왔는가. 그래서 겨우 요즈음처럼 전 세계의 미개발 국가에서도 볼 수 없는 작태를 보이고 있는가.

우리나라는 참 못 변하는 것 같다. 1996년 일본에서 우리나라 학생이 미국에서 박사학위를 받고 일본의 연구소에 와 있는 연구자에게서 들었던 말, "한국은 나의 조국이 아닙니다. 나의 조국은 미국입니다. 왜냐면, 조국은 일할 기회와 성장할 수 있는 여건을 만들어 주기 때문입니다". 이 연구자의 주장으로 보면, 우리나라는 말 그대로 동토의 겨울에서 기지개조차 할 수 없는, 펼 수 없는, 켤 필요가 없는 나라로 된 것이다. 청년들의 꿈은 그때나 지금이나 변한 것이 전혀 없다.

청년이 없는, 아니 모자라는 사회를 생각해 본 적이 있는가. 이것은 한마디로 미래가 없는, 국가를 지탱할 수 없는 형태로 되어 가는 것은 너무도 명백한 사실이다. 또한, 우리나라도 노인의 인구가 일본처럼 늘어나 함께 유지하려면 발생하는 비용은 누가 만들어 낼 것인가. 청년만이 해답이 될 수 있다. 아기의 수가 줄어들고 생산 층이 줄어들면 이민을 받으면 되지 않겠느냐고? 이것이 생각이나 될 만한 일인가.

그렇다고 우리의 청년은 전혀 문제가 없는가? 우리 청년들에게도 문제점은 있다. X 세대의 희망 없던 시절을 되풀이하려고 하는 생각은 버려야 한다. 일자리는 찾으면 있다. 중소기업에서는 직원을 구하지 못하

기다림은 그 자체로서도 용서를 대신한다

여 난리인데 우리 청년들은 자기가 쌓아온 스펙이 아까워 중소기업은 외국인에게 물려주고 자신의 길을 찾겠다는 생각은 재고하여야 한다. 대기업은 같은 세대의 청년의 1%만 들어간다. 99%의 청년은 무엇을 해야 하는가. 그래서 안전한 공무원이 되겠다고 40:1 이상의 경쟁률을 뚫겠다고 젊음을 바쳐야 할 것인가.

청년은 고유의 특징을 가지고 있다. 자신이 가장 잘하는, 할 수 있는 분야가 있다. 그것을 스스로 개발해야 한다. 우리의 청년들도 자신의 특성을 믿고 자신을 살릴 방법을 모색해야 한다. 우리 청년들은 끈기 있고, 끝까지 하는 한국 고유의 특성이 있음을 뒤돌아보아야 한다. 그래서 자신의 살길을 찾아야 한다.

우리 모두 인지하는 것이 있다. 요즈음 중국이 옛날의 중국이 아님을 실감하고 있다. 실제로 우리나라 기술보다도 뛰어난 첨단기술로 우리를 추월한 부분도 아주 많은 것을 우리는 직감하고 있다. 왜일까.

중국이 치솟아 오르는 이유 중의 하나는 국가의 정책에 있다. 중국은 우리나라처럼 젊은이들이 공무원이 되고자 노력하지 않는다. 자기의 길을 가고 있음을 주지해야 한다. 청년의 시기에 창업한다. 자신이 잘할 수 있고 같은 그룹을 만들어 창업에 도전하며, 그 일에 전념한다. 실패해도 젊으니까 시간은 있다. 우리의 청년들도 창업에 뛰어들어 자신의 포부를 성공시킬 수 있는 길을 찾아야 한다. 이것이 출발을 위한 기지개를 켜는 것이 될 것이다.
세계의 10대 기술 중에서 중국이 2개나 차지하고 있는 것은 청년들의 일에서 비롯되었다.

또한, 문제는 정부에 있다. 중국은 외국에서 훌륭한 아이디어 및 업적을 가지고 있는 청년을 국가에서 불러 돌아오는 중국을 만들고 있는데, 우리나라는 젊은 과학자들이 국내에 머무를 수 있는 환경을 제공하지 못한다. 많은 젊은 학자들이 외국에서 싼 인건비로 외국의 발전에 기여하는 것은 분명 잘못된 정책이다. 우리가 노벨상을 차지할 수 없는 것도 같은 이유로 볼 수 있다.

청년은 우리 다음을 책임지는 멋진 구성원이 되어야 한다. 청년을 살려야 한다. 국가의 정책은 청년을 중심으로 꾸려져야 한다. 등을 비빌 수 있는 언덕을 마련해 주어야 하고, 청년은 자신의 특징을 살려 준비된 세계를 이끌어 가야 한다.

그래서 기지개를 하는 것이 아니라, 펴는 것이 아니라, 켤 수 있도록 사회의 구성원들이 함께 이끌어 나가야 한다.

동백(冬柏)꽃

   삶을 항해하면서 맑은 날이 있어 아주 순조롭게 여행을 할 수 있는 날은 누구나 말은 하지 않을지라도 행복과 함께 있음을 감사하며, 또 오랫동안 지속할 수 있기를 바라는 마음 가득하다.

   우리의 바람과는 달리 맑은 날 출발하여 조금 항해하다 보면, 구름이 끼고, 세찬 바람이 불고 폭풍도 몰아쳐 온다. 그나마 봄, 여름, 가을 정도에는 그 파고가 높다 할지라도 견디며 피해가는 노력을 할 수 있다.

   그러나 겨울에 한파와 폭풍을 만나면 상황은 전혀 달라진다. 이때는 무엇을 해도, 어떻게 해도 살아남기 힘들다. 칼바람, 폭풍, 파도는 더 이상의 전진을 어렵게 할 것이다. 지극히 좋은 운을 타고난 사람이 아니면 그 삶은 그치게 된다. 그래서 삶의 항로에서 꽃다운 꽃도 피워 보지 못하게 될 것이다.

   겨울, 특히 우리 삶에 있어서 겨울은 참으로 잔혹하다. 그렇지만 이 겨울을 건너뛸 수는 없다. 누구나 삶에 있어서 겨울을 만날 수밖에 없다. 누구는 직장을 잃을 수 있고, 부모도 잃을 수 있으며, 내가 살면서 집을 마련하기 위하여 꼼꼼히 모아 두었던 재산이 사기를 당하거나 다른 일로 잃어버렸을 때, 아기가 잘못되었을 때 등등, 이 혹한기에는 상상조차 하기 힘든 일들이 일어난다.

이때 우리는 이런 혹한기에도 꽃이 필 날은 손꼽아 기다릴 수밖에 없다. 사람은 자연 앞에서 아주 미미한 존재여서 "이 또한 지나가리라"라는 생각과 이 일들의 아픔이 빨리 끝날 수 있기를 기도할 것이다. 삶의 한파 한가운데에서도 꽃을 피울 수 있다면 무얼 더 바라겠는가.

이 한파 속에서도 인내하며 어두운 상황을 이겨내는 꽃이 있으니 이를 동백꽃이라 한다. 동백은 그대로 기다림의 뜻을 가지고 있으며, 다른 꽃들은 벌과 나비에 의하여 수정되어 열매를 맺으나, 혹독한 겨울에는 곤충들이 없어 새가 수정을 한다. 이렇게 새들에 의하여 수정되는 꽃을 조매화라고 한다. 특히 동백은 동박새가 꿀을 빨며 수정을 한다.

동백꽃은 흰색, 분홍색, 붉은 꽃을 피운다. 대부분은 붉은색의 꽃을 피운다. 그래서 애타는 사랑을 나타내는, 기다리다 지치면 자신을 모두 소멸하여, 임금을 기다리다 쓰러져간 능소화와 같이, 꽃이 '툭'하고 떨어진다. 그 속에는 애잔한 기다림과 님에 대한 굳건한 믿음이 스며들어 있어 변절보다는 자신의 삶을 영원한 기다림으로 이어갈 삶을 맹세한다.

기다림이란 셀 수도 없는 많은 기다림이 있지만, 다른 것은 접어두고라도 몇 가지만 챙겨보면, 남녀 간의 사랑이 담긴 기다림, 지금보다 나아지려는 혼신의 힘을 다하는 한이 서린 기다림과 씨앗을 심은 뒤 꽃이 피기를 기다리는 성장통을 가지는 기다림으로 이는 씨앗을 심은 뒤의 희망을 나타내는 기다림이며, 일어나지 않은 미래에 자신이 설 자리를 기다리는 것이다.

기다림은 그 자체로서도 용서를 대신한다

남녀 간의 사랑이 혹한 겨울에 이루어지려면 서로 인내하며 기다리는 것이다. 기다리면 이해와 배려가 생기고 분명히 돌아올 텐데 하며 자신의 성장을 위하여 많은 노력을 할 것이다.

그리고, 우리는 한 발짝도 벗어 날 수 없는 어머님의 한을 챙겨보아야 한다. 그렇게 멀지 않은 옛날, 아니, 지금 우리 주위에서 한을 숨으로 삼키며 동백꽃이 피는 날을 기다리는 어머님들이다. 한 알의 씨앗으로 생을 시작하여 자신의 안위를 바람 속에 재워 두고 해가 뜨나 달이 뜨나 한곳에서 자식들의 삶을 뼛속에 심어 고된 한파를 견뎌오면서, 어떤 기다림으로 생명보다도 붉은 석양을 맞이하며 기도하였을까, 그래도 아쉬워 밤이면 별이 되어 자식들의 밤길을 지키는 어머님의 눈길이, 발자욱을 내며 걸어가는 눈길 위에서 자신을 밟고라도 일어서 갔으면 하는 긴 마음을 우리는 잠시라도 읽을 수 있으련가.

흰 눈 속에 싸이고 쌓여 있는 동백꽃의 굳건한 모습을 보면, 대지의 신을 왜 엄마가 맡고 있을까 하는 것도, 자식을 보살피려는 엄마의 뜻이 아닐까 라고도 생각한다.

동백꽃의 한은 섬으로부터 불어온다. 이 꽃은 사람들과 같이 살아왔다기보다는 기다림에 익숙한 꽃이다. 동백은 유독 섬에 자생하며 임을 기다려 왔다. 비바람 부는 혹한 날에도, 섬이 흔들릴 격동의 계절에도 섬에서 온갖 한파를 몸으로 맞으며 기다려 왔다.

어쩌면 동백은 태고 때부터 기다림을 명받고 아무도 없는 섬에서 살아온 것 같다. 그래서 붉은 꽃으로 애타는 사랑을 표현해 왔을지도 모른다. 그리고 그 한(恨)은 서울에 이르는, 어쩌면 삶이 서울로 가면 한을 극복할 수 있는 것으로 보였나 보다. 출발은 제주도의 카멜리아 힐에서 여수의 오동도, 통영의 장사도, 거제의 지심도, 부산 해운대의 동백섬, 그리고 내륙 지방으로 존재한다. 많은 님들은 이렇게 뭍으로 떠나면서 그리움만 섬에 심어두고 떠난 모양이다.

[동백-그 애타는 사랑과 기다림(오동도), 2023]

힘들 때 동백을 보면 겉으로는 겨울이지만 속에는 따스하고도 정열적인 붉은 꽃을 피워 자신을 훨씬 성숙하게 만들어 줄 것으로 생각해 본다. 누구라도 동백의 정신이 자신을 살리며, 발전하는데 많은 기여를 했을 것이다. 또한, 동백은 녹차와 같은 과에 속하여, 그 학명이 -*Camellia japonica* (동백), *Camellia sinensis* (녹차)- 녹차도 사람의 관계에서 중요한 역할을 했듯이, 동백도 사람과는 아주 동떨어져 지낸 꽃은 아닐 것 같다. 우리 할머니 젊은 시절에 동백기름으로 곱게 머리 빗으시고 비녀를 꽂는 모습은 그렇게 고울 수가 없었다. 햇빛을 받으면 빛나는 머리카락에 빗질의 자취가 숨어 있었다.

기다림은 그 자체로서도 용서를 대신한다

그리고 내가 사는 여수에서는 "여순 사건"의 한을 동백이 짊어졌다. "동백, 사람꽃 피우다"라는 슬로건으로 동백의 한이 얼마나 붉은지도 알 수 있다. 그렇게 동백은 우리 주위에 많다. 단지 사람들이 관심을 갖지 않기 때문에 그저 그런 꽃이 있다는 정도로 지나가는 것 같다.

동백(冬柏)은 말 그대로 겨울꽃이다. 사람들은 겨울을 싫어할지라도 겨울을 겪고 나면 자신들이 훨씬 성장하여 있는 모습을 인지할 수 있을 것이다.

동백은 겉으로 드러나는 것보다 속에 감추고 있는 마음이 우리를 더 닮았다.

동백의 한은 우리 어머니, 여순의 한을 고스란히 간직하며 쓸쓸한 겨울, 시누대 울부짖는 소리에 또한 동백은 핏빛으로 한을 움츠려 떨어지는 소리가 당사자들의 심장을 끓여 빨갛게 한을 한층 달구고 있다.

1948년 10월 19일 여순사건 76주기를 추도하며, [울 엄마의 눈물]의 의미를 되새겨 본다.

울 엄마 눈물

울엄마 눈물 속에는 좌우익이 없었지라
아들이 왜 순천 가는지 알 수도 없었지라
아들이 돌아오겠다는 눈물 찾을 길 없었지라

순천으로 벌교로 보성으로 벌판으로
뜻 다른 사람들을 먹이 찾듯 찾아다가
하늘이 주신 생명을 눈물로 만들다니

텅 빈 도시 여수를 누구라서 지킬까나
애타게 기다리던 나랏님들 쳐들어와
뛰어난 군장비로 시민들 몰아세워

힘도 없는 우리 시민 적이라 최면 걸며
아름다운 여수를 폭탄으로 쑤셔 박고
불타는 여수를 불구경하고 다녔더냐

안 그래도 마래터널 일본 놈 치가 떨리는데
터널 지나 용골에 그 많은 목숨 산채로 던지다니
우리는 지금 가지만 후손들은 살피소서

캄캄한 굴속에서 숨쉬기도 한스러워
차라리 불씨 되어 숨 쉴 날 돌아오면
한없는 눈물 쏟으며 그때 그 사람이 나라고

오동도야 너 그리 슬픈 줄 이제사 알것네
시누대 비비는 소리 통곡의 살이고
빠알간 동백꽃은 차라리 핏빛인 것을

새파란 청춘들을 뜻도 없이 초토화하고
총알보다 험악한 재판 없는 손가락총
또 다른 본보기로 가해지는 국가폭력

정치하는 무리에겐 좌우익이 생명이라지만
우리는 생명이 그 얼마나 소중한지
조그만 엄마 바다에서 가르침 받고 태어나오

한 사람 죽이면 살인이요 단체로 죽이면 영웅이라
힘없는 시민들을 총칼로 죽여 놓고
그것도 영웅이라고 사과 한마디 없는건가

어쩌랴 어쩔거나 한만 남은 저 영혼들을
우리 부모 우리 형제 어떻게 뵈오리까
그 눈물 어루만지며 서로 안고 일어설거나

갈대의 서정

 내가 세상이 어떨지 모를, 대, 여섯 살 때 우리 집 주위로 네 개의 냇가가 흐르고 있었는데 왼쪽의 큰 내는 아주 폭이 넓어 건너는 데는 꽤 오랜 시간이 걸렸던 생각과 바로 우리 집 대나무 울타리를 거치며 흐르는 내가 있었는데 지금의 단위로 5m 정도 되는 조그마한 다리로 건널 수 있었고, 오른쪽의 냇가는 보통 때는 흐르지 않다가 장마가 지면 물이 흐르는 30m 정도의 냇가와 논 사이로 흐르며 늪을 만드는 아주 조그마한 냇가가 흐르고 있었다. 이 냇가와 우리 집 울타리를 거치며 흐르는 냇가의 위쪽으로 올라가면 큰 늪이 있었는데 발원지가 같았다. 그 발원지는 아주 넓은 습지였고 갈대가 많이 자라고 있었다. 여기에는 많은 종류의 물고기, 뱀장어, 숭어, 미꾸라지, 왕잠자리, 고추잠자리와 이들의 유생들, 갖가지 철새, 텃새들이 다양하게 삶을 이어가고 있었다.

 그때만 해도 갈대는 주위 사람들에겐 아주 귀찮고 하찮은 존재였고, 혹 철새들이 자리 잡고 있어 지나가는 사람들을 놀래키기도 하였다. 더구나 겨울에는 갈대밭이 얼음 밭으로 바뀌어 얼음지치기에는 아주 그만이었다. 이 외딴 동네에 얼음을 탈 수 있는 애들은 나를 비롯하여 형, 누나, 여동생 정도였고, 혹 가다가 다른 동네의 애들이 하나, 둘 정도 있었다. 자그마한 판자로 만든 스케이트 밑에 철사를 오른쪽, 왼쪽에 하나씩 고정하고, 뒤쪽에 신발의 뒷 굽이 얹히도록 각대기를 대어 만든 것이, 신나게 달릴 수 있는 스케이트였고 어린 나이에도 정비가 가능하여 하루 종일 놀아도 지겹지 않는 곳이었다.

그러다 얼음 위에 갈대가 옹이처럼 박혀있어 스케이트가 씽씽 지나가다가 갈대 옹이를 만나면 스케이트가 뒤틀어 넘어지고, 몸은 나뒹굴어, 언 몸에 피가 나고, 정강이의 살이 깎여나가 고름이 생기고, 고름에 옷이 말라붙어 떼어내면, 또 피가 나고 아프고 다시는 가지 않겠다고 다짐을 해보지만 조금 지나면 신나는 생각에 못 이겨, 또 얼음 지치러 간다. 불을 질러 태워도 다음 해엔 또 싹이 나는 아주 끈질긴 생명이다. 그래도 하나의 장점이 있었는데 갈대꽃을 꺾어서 방 빗자루를 만드는 것이 유일하게 사람들에게 도움이 되는 것이었다.

그러다 대학에 가서 사진에 미쳐 을숙도에 자주 다녔는데, 이때 다시 만난 을숙도의 갈대는 한층 옛날보다 더 많은 이야기를 품고 있었고, 젊은 청년들은 이 갈대밭에서 자유를 찾을 일을 꿈꾸기도 했으며, 이때를 중심으로 시간은 흐르고 갈대밭은 점점 머릿속에서 지워져 갔다.
이때도 마찬가지였지만 갈대는 사람들에게 좋은 평을 듣지는 못했다. 특히나 겨울의 갈대숲은 서로 살 비비는 소리가 사람들의 심장에 뛰어들어 외로움과 더 깊은 고통을 가져다주기도 했다.

차츰 사람의 생활이 윤택해지고, 갈대밭에서 먹을 것을 구하지 않더라도 세월은 잘 흘러갔고 사람들의 마음에는 주체할 수 없는 낭만과 걷잡을 수 없는 마음의 노출로 갈대밭은 한 걸음씩 다가서게 된다. 그 전에는 철새 몇 마리가 갈대밭에서 짝을 찾는 노래를 불렀는데, 지금은 아예 갈대밭을 자기네 집으로 차지하고 있다.

[갈대의 서정(순천), 2022]

　주암 저수지, 창녕 우포늪, 그리고 차츰 사람들의 뇌리에 갈대의 외형
적인 모습과 고뇌하는 모습이 차츰 사람들이 마음에 차고 들어, 순천의
국가정원 습지는 그 넓은 갈대밭에 데크를 설치하여 사람들이 발 젖지
않고 아주 편안하게 갈대밭의 속삭임에 자신을 투영하기에 이른다. 그
처럼 갈대는 사람을 생각하게 만들었고, 그 옛날의 "사람은 생각하는 갈
대다"라는 말이 지금은 현실로 돌아와 있다. 아마도 갈대는 바람에 잘
흔들리는 연약함을 사람에 비유한 것 같다. 생각이라는 것은 두뇌를 쓸
수 있는 동물 중에서도 사람만이 생각의 깊이를 더 할 수 있고, 철학이
라는 개념을 세우고, 이 철학 속에 우주라는 개념을 도입하여, 사람이
곧 우주이고, 모든 것을 다스리기도 하고, 다스림을 당하는 게 인간이고
또, 우주일 것이다.

　우리가 자유를 쟁취할 수 있었던 것도 갈대의 끈질긴 근성에서 비롯되

었을 것이라고 생각한다. 우리에게 배움의 권리와 살아 있는 자유를 앗아간, 계엄령 하의 청춘들은 점령당한 캠퍼스에 들어갈 수도 없어 학생 본분의 길을 갈 수가 없었다. 청년들의 직업은 학생이었고 학생은 밤새 불을 밝히고 자신의 미래에 대한 투자로 공부를 해야 할 시기였다. 직업을 뺏어간 계엄군들에게 젊은 청춘은 대어들지도, 말하지도 못했다.

갈대는 겉으로 보기에는 가는 바람에도 흔들리는 존재이나 사람들은 그 끈질긴 갈대의 진면목을 보지 못하고 그냥 귀찮은 존재로만 생각해 왔을 것이다. 갈대는 바람이 없으면 말을 하려는 존재가 아니다. 특히나 환경이 견딜 수 없는 어려운 겨울에는 말은 한다, 살아남기 위해서라기 보다는 답답한 마음을 전달하고 싶어서라는 것을 사람들은 잘 알지 못한다. 가느다란 바람에도 쓰러질 것 같으나 실제로는 더 강한 바람이 불어도 겁내지 않는 것이 갈대이다.

태풍이 와도, 폭풍이 와도, 온몸이 쓰러져도 그 자리를 지키는 것이 갈대이다. 흙탕물에 휩쓸려도 말없이 억울함을 참듯이 흙탕물에 숨죽이고 있다가, 이 또한 지나가면 배시시 웃으며 일어난다. 꺾여도 절대로 죽지 않는 것이 갈대이고, 뿌리 또한 얽혀 있어 서로를 잡아주기도 한다. 보통의 나무는 넘어져 뿌리를 내어놓고 쓰러져 다시는 스스로 일어나지 못한다. 그대로 두면 살기 어려워지며, 누군가의 도움으로 일어서야 한다. 갈대는 서로 붙잡고 돕는 삶을 살고 있어 어떠한 힘으로도 제거하지 못한다. 농부는 안다. 아무리 배어 내고, 불을 질러도 다음 해에 또 싹을 내고 일어선다. 어쩌면 오뚝이보다 질긴 삶을 산다. 사람들은 오뚝이 인생이란 말은 알아도 갈대 인생이란 말은 하지 않는다. 그만큼 사람들은 갈대를 모른다. 사람은 갈대같이 살아야 일어서고 성공할 수 있다. 겉으로는 연약해 보이지만 속으로는 그 어느 장골이라도 이길 수 있는 힘과 능력과 친화력을 가지고 있다.

[갈대의 이야기(순천), 2022]

갈대숲에 들어가 보라. 수많은 새들이 갈대와 이야기 하고 있고, 실 냇가처럼 자그맣게 흐르는 물길에는 게, 짱뚱어들이 평온하게 살고 있고, 강자들을 막아주어 갈대숲에는 생물들이 가족처럼 살고 있다. 청춘인 갈대를 보라. 청춘을 갉아 먹는 벌레들이 많이 있지만, 청춘의 갈대에는 잎을 갉아 먹는 해충은 없다. 너무 튼튼하고 강하기 때문이다. 또한, 사람들은 갈대밭을 농지로 만들려고 하지 않는다. 결코, 갈대를 제거할 수도 없고, 그 생명을 끊어 낼 수 없기 때문이다. 차라리 그냥 두고 다른 방법으로 이용할 수 있는 법을 찾아내는 것이 현명한 일이라 알고 있기 때문이다.

젊은 청춘들은 이러한 갈대의 생각을 동경하기 시작했고 갈대의 이야기를 믿으려 했다. 을숙도에서 바라다보이는 갈대는 청년들에게 움직이라는 말하기 시작했고, 청춘들은 이 말에 용기를 얻기 시작했다.

드디어 10월 26일 부산극장 골목에 청춘들이 모여들어 골목을 따라 가로로 줄을 서고 그 맞은편에는 경찰들이 줄지어 들어섰다. 오후 3시에 청춘들은 애국가를 불렀고 애국가가 끝나자마자 경찰들은 청춘들을 오징어 낚시하듯 잡아채 갔다.

[갯벌의 수다, 2021]

주위 상인들을 청춘들을 감싸고 경찰에 저항하며 청춘들을 감싸 안았다. 먹는 것을 제공하고 청춘들이 하는 일에 합세하였고, 다음날 그렇게도 심하게 자유를 유린당한 청춘들에게 자유는 곱게도 미소 지으며 곁으로 다가왔지만, 청춘들이 자유를 보듬고 기뻐할 시간도 없이, 자유는 손님처럼 왔다가 고운 대접도 받지도 못하고 청춘의 곁을 떠나갔다.

[갈대숲의 겨울 이야기(순천), 2022]

　사람을 생각하는 갈대라고 했다. 이제는 몇 세기가 지나갔고, 갈대에 대해서는 다시금 정의 할 필요가 있다고 생각된다. 더 이상 갈대는 연약한 존재가 아니다. 그렇다. 그때의 생각하는 갈대는 예전에는 찾지 못했던 아주 강한 모습으로 진화했다. 다르게 말하면, 인간은 "제어할 수 없는 강력한 갈대다"라고 해야 할 것 같다. 절대로 쓰러지지 않는 생명이다. 현대에 맞게 정의를 해보면 "사람은 미래를 극복하는 끈질긴 갈대다"라고.

　또한, 갯벌은 바다와 인접해있고, 갯벌에는 수많은 갈대들이 숨을 쉬고 있다. 조금 멀리서 쳐다보면 갈대숲은 바다를 먼 배경으로 하고 넓게 퍼져 장관을 이루고 있고, 갈대가 바람을 맞이하는 광경은 꼭 몇 년 동안 기다리던 님이 나타나 그 반가움에 몸 둘 바를 모르는, 강아지가 전쟁터에서 귀환한 주인을 만나 날뛰고 있는 모습이, 갈대는 서로 부비는 언어로 사람을 반기고 있다. 갈대는 사람을 싫어하는 것이 아니라, 나지막이 사람을 기다리고 있는 모습에서 갈대의 이야기를 엿들을 수 있다.

어떨 때는 태양을 숨기고 있는 모습이, 내일을 위하여 알을 품는 어미새와 같은 모습이다. 밤새 알을 품고 고운 마음으로 세상을 밝히는 모습은, 알이 아니라 인간을 품고 지낸 아주 포근한 모습이다. 사람은 외롭고 쓸쓸할 때 갈대밭을 찾는다. 갈대와 대화하러 간다. 가만히 조용할 때는 땅속 생물의 반가운 이야기를 들을 수 있고, 어떤 때는 우리 여동생 수다처럼, 서로 말하는 모습들이 어쩌면 인간을 닮았다. 외로움을 다 가져가 사람의 마음을 달래주기도 하고, 다정한 이웃같이 나에게 무슨 안 좋은 일이 있는 것 같이 끈질기게 노려보고 답을 주려고 한다. 이런 것을 우리는 정이라고 표현하는데, 사람은 갈대에게 잘 해주는 것도, 물질적으로 주는 것도 없지만 갈대는 꼭 빚을 진 것처럼 찾아들고 안기어 온다.

[자유의 Mento, 2022]

기다림은 그 자체로서도 용서를 대신한다

5부

삶을 이어가기

[사는 보람(미국), 2003]

흙 묻은 울 엄마 치마

나의 연구실은 5층 건물의 5층에 자리 잡고 있다. 오전에는 등 뒤에서 햇빛이 들어오고, 오후엔 나를 버리고 님 찾아 가버린다. 이 건물의 측면 입구에 엘리베이터가 붙어 있고 햇빛을 바로 보지 못하는, 엘리베이터의 왼쪽에 동백꽃과 자목련이 서 있다.

언제부턴가 목련 속에 어머님이 보여, 그 뒤로는 항상 봄이 되면, 어디에 목련이 피었을까 하고 주위를 살펴보고, 목련화가 핀 곳을 소문으로 듣고 가서 사진을 찍어 오곤 했다. 올해는 캠퍼스 내에서도 목련이 있는 곳을 챙겨보고, 매일 인사하듯 들러 꽃이 피기를 기다려 왔다.

참으로도 정신없이, 꼭 다니는 길로만 출퇴근하니깐 그 근처의 풍경을 쉽게 지나쳐 버리는 경우가 많은데 내 기억에는 목련이 피어 있는 곳이 없어, 그날따라 다른 길로 가고 싶었다. 참으로 고정관념은 나를 또 이렇게 교육을 했다.

내가 다니는 길의 반대 방향으로 조금 갔을 때, 하얀 목련이 그리도 예쁘게, 큰 키에 봄바람에 살랑거리고 있었다. 기뻤다기보다는 바보 같은 삶에 화가 나기도 한다. 꼭 한 길밖에 모르고 살아온 것이 이런 곳에도 적용이 되는구나 하는 푸념이 밀려왔다. 도로변이라 정차를 할 수 없어 다시 집으로 가, 차를 세워두고 망원 렌즈를 장착한 뒤 걸어서 갔다.

주변의 겹동백이 저렇게 예쁜가 하는 것을 처음 보았고, 알았다. 어쩌면 장미와도 같은 꽃이 진한 녹색의 잎사귀 틈에 총총 피어 있는 모습이 그렇게 마음을 사로잡았다. 녹색과 빨간색은 서로 보색 관계이어서 더 눈에 띄게 나타났을 것 같다.

[어머니의 봄(제주), 2019]

그렇지, 항상 반대 측면은 보지도 못하고 달려온 사람들에겐 반대쪽이 그렇게 감동을 줄 수 있다는 것도 이제야 알았다.

하얀 목련은 파란 하늘을 배경으로 곱디곱게도, 꼭 하늘에 닿아 있어야 고울 수 있다고 말이라도 하듯이 웃고 있다. 겉으로 볼 땐 같은 꽃이라 생각이 들었는데 파인더 안에 들어 있는 모습은 다 각각 다른 모습이었다. 웃고 있으면서도 마음을 찡하게 하는 꽃잎, 어디 아픈 듯

하소연하는 꽃잎, 임 떠난 뒤를 쳐다보며 울 듯 말 듯 한 모습, 자신의 향

기다림은 그 자체로서도 용서를 대신한다

에 취해 눈물짓는 모습, 포근히 안아 줄 듯 꽃잎을 펴고 있는 모습, 또 지금 가면 언제 올까 하는 아쉬움으로 덮인 모습, 울 엄마 나를 보며 반기는 모습들을 하고 있어, 잠시도 눈을 뗄 수 없는 시각들이었다. 눈부시게도 역광으로 꽃을 보니 꼭 유토피아 속의 행복을 느끼는 것 같았고, 빛이 꽃잎 사이로 비춰 들어올 때는 역광 속의 찬란한 빛이 그려내는 꽃잎의 모습은 가히 내가 표현할 수 있는 수준을 저만치 앞서가 있었다.

사물을 볼 때는 역시, 순광과 역광을 보아야만 진정하고도 아름다운 모습을 볼 수 있다는 것은 우리의 삶과도 꼭 같은 공식을 제공한다. 공식은 단순한데 우리가 풀지 않으려는 고정관념 때문에 곁에 있는 소중한 것들을 그냥 흘려버리고 산다.

여전히 엘리베이터 옆의 목련은 잎을 열려고 생각하지도 않고 있었다. 참으로 기다린다는 것은 그 대상의 허락을 받아야 한다는 것도 이번에 배운 것 중의 하나이다. 기다리는 것은 그 대상이 무엇이든 자신의 자유이지만, 그 대상이 허락하지 않는다면 기다림은 지겨움으로 바뀔 수 있다는 말이 된다. 기약 없는 기다림, 말로써는 가능할 것 같은데 실제로 기약 없이 기다려 보면 그 아픔은 헤아릴 수 없다. 꽃이 피기를 기다리는 것은 참 아름다운데, 그 마음을 전할 수 없음이 가슴 아프고 아리다.

내가 기다리던 자목련은 그 위치가 음지인 까닭인지, 하얀 목련이 피고 난 뒤에도 무슨 기다림이 그렇게 큰지 마음을 열 생각을 도저히 하지 않고 있었다. 캠퍼스의 하얀 목련이 핀 후 일주일이 지났는데도 마음을 열지 않는 것을 보면, 평소에 마음을 주지 못한 것이 그렇게 마음을 졸

여왔다. 이제 보초 서기가 한 달 정도 지났다. 봉오리가 터지기 시작하고도, 꽤 긴 시간을 기다리게 하더니, 내일은 활짝 피겠다고 기쁜 마음을 정한 뒤 고맙고 반갑다고 머리 숙여 인사를 했다.

그날 밤, 그렇게도, 역사에도 없었던 바람이, 간판을 떨어뜨리더니, 어쩔꼬 내 사랑, 우리 엄마, 흙 묻은 울 엄마 치마가 갈래갈래 찢어져 그 영혼조차 맞을 길 없어져 버렸다.

울 엄마같이, 내일이면 한번 떵떵거리며 예쁜 꽃을 피울 수 있을 텐데, 그 고운 날을 앞두고, 울고 간 울 엄마, 지금은 온 세상을 겪으며, 사는 게 그렇지 뭐 할 수 있을 것 같은데, 울 엄마, 한 번도 떵떵거리며 살지는 못했지만, 떠나가신 뒤 그 마음이 오롯이 남아 지금의 나를 만들어 주셨으니 그렇게 슬퍼할 일만은 아니라고 스스로 위로는 해보지만, 홍수가 나서 모든 것을 물 위에 떠내려 버리고 난 후의 벌근 눈으로 안아 주던 그 눈동자만큼은 그렇게도 애달파 지금도 내 눈이 빠질 것 같다.

찢어진 자목련, 오히려 내가 맑게 웃으며 맞으려는데, 말라붙은 내 마음에도 언젠가 흘려보았던 눈물이 속으로 타 흐르고 있었다.

기다림은 그 자체로서도 용서를 대신한다

가을에 다시 핀 꽃

나는 꽃을 좋아하고, 기르고 있다. 요즈음 나의 집 넓은 테라스엔 한 해가 기울어가는 늦가을에 여러 종류의 국화가 엄청난 키를 갖고 피고 있다. 그중에는 정상에 도달하고 난 뒤 시들어 가는 꽃도 있다.

사람들도 가을이 되면 좀 외롭고 고독해 지지만, 더는 허무하지 않고 좀 깔끔하게도 무언가 손에 쥐고, 의미 있는 일 년을 마감하고자 하는 마음이 있을 것이다.

올해, 생각하지도 못한 일들을 겪고 있다. 다름이 아니라, 봄에 피었던 꽃이 가을의 추위에 잎이 메말라가고 있었는데, 정성스레 보살폈더니 다시 싹이 올라오고 자라더니 꽃망울을 맺었다. 모자라는 생각에 저 꽃도 나처럼 가을을 추하게 보내고 싶지는 않아서 마지막 힘을 내어 아름답게 일 년을 보내려나 하고 생각했다.

나도 올가을엔 조금은 사람답게 보내고 싶은 욕구가 있는데, 올해는 어쩐 일인지 병원 생활을 많이 하여, 혹 어떤 사람은 삼재(三災)라고 하는, 왜 그런지 원인을 찾아보았으나, 건강을 잃을 만한 이유가 없었다. 거의 30년 가까이 새벽에 헬스클럽에 가서 1시간 넘게 운동을 하고 사워하고 기분 좋게 하루를 시작해 왔다. 2월 중순쯤에 코로나에 감염되어 기침이 심하여 병원에 연락하니, 와보라고 해서 갔다. 기침을 하고, 숨쉬기가 어렵다는 이유로 국립의료원에 입원을 시켜버렸다. 15일 정도 병원 생활을 끝내고 돌아왔다.

이어서, 4월달엔 걷기가 불편하여 주위의 정형외과에 들렀더니, 괜찮다고 하면서 진통제를 주었다. 몇 곳을 더 가 봐도 같은 답이 나왔고, 심지어 대학병원에 갔는데도 같은 결과가 나왔다. 차츰 통증이 심하여 MRI를 촬영했더니 허리에 디스크 비슷한 증상이 있다고 수술을 하라고 했다. 요즈음은 양방향 척추 내시경으로 수술하여, 시술에 가까워 빠르게 일상생활에 돌아갈 수 있다고 하여 지역의 병원에서 수술하였다. 올해는 조심해야 하는 해구나 하는 직감이 들었다. 조심한다고 되는 일은 아니어서, 7월에는 종기가 깊게 나서 또 수술대에 올랐다. 3개월 정도 고생을 했다.

이 기간에 우리 집 테라스에 많은 식물과 꽃이 있었는데, 잘 보살피지 못해 너무 마음이 아프고 답답했다. 10월에 돌아와 보니 식물들은 혼이 나가버렸고, 생명을 걸고 세월 앞에 멍하니 있었다. 퇴원하고 돌아오는 날 바로 테라스 정리에 들어갔다. 여러 식물과 괴로움을 당하고 있는 꽃들을 걷어내고 산뜻하게 정리를 하였다. 집을 떠나기 전에는 너무도 많은 꽃과 싱싱한 식물들이 나를 보필하고 건강하기를 기원하듯 했다.

넓은 테라스를 정리하고 남아 있는 장미, 한해살이 꽃들이 너무 지쳐 있어 돌보기 시작했다. 5일 정도 되니깐 나을 기색이 보이고, 영양제와 물을 주었더니 10일쯤 지나서 새롭게 잎이 돋더니, 또 10여 일이 지나니깐 새로이 봉오리가 맺히고, 며칠 지나서 아주 예쁘고 큰 꽃을 피웠다.
꽃이 봄, 가을에 두 번 핀 사실을 친한 동료 교수에게 말했더니, 엄청난 회초리로 돌아왔다. 그의 말이 '교수님은 식물에까지 그렇게 닦달하느냐'고 한다. 그는 식물도 가을이 되면 편히 좀 쉬어야 하는데, 쉬고 싶은데, 물을 주고, 영양제를 주고, 얼마나 닦달했으면 꽃을 다시 피우겠냐고. 좋은 말도 있을 텐데(누구나 쓰는 '최선을 다한다', 하다못해 '들볶는다' 등), '닦달했다'라는 말을 썼다. 내가 '그렇게나 주위를 못살게 굴었나' 하는 생각과 '한번 집중하면 빠져나오지 못한다'는 애가 섞인 말로 들리기도 했다.

하! 나의 본 의미와는 엄청나게 틀리지만, 생각을 해보니 전혀 틀린 말은 아닌 것 같다. 나도 쉬고 싶을 때 쉬고 했으면 병원에 가지 않아도 괜찮지 않았을까 하는 머리 찡하는 생각과, 나는 저 꽃이 다시 한번 자신을 일으켜 꽃을 피우고, 행복하게 겨울을 맞았으면 하는 생각이 혼돈으로 다가온다.

나는 열심히 사는 것과 성실히 사는 것을 삶의 모토로 여기고 살아왔다. 다행이랄까, 난 내 자신을 빨리 알았다고 해야겠다. 나는 머리가 좋지 않다는 것을 일찍 알았다. 그래서 열심히 하지 않으면 안된다는 사실도 일찍 알았다. 그리고 내가 해야 하는 일은 성실히 해야 했다. 친구들이 한 번 해도 알 수 있는 일들을 나는 한 번 만에 깨우칠 수 없어 아주 열심히 반복하고 되풀이 했다. 이렇게 하는 일을 게을리하지 않아 스스로 생각해도 참 성실히 살아오고, 살아가고 있다. 국가 프로젝트를 수주하고 밤낮 실험으로 세월을 붙들어 매고, 특허를 내고, 국제잡지에 등재를 하는 등, 같은 일들을 쳇바퀴 돌듯이 살아왔다. 누구도 그랬을 것 같은, 자신을 돌보지 않고 지내왔다. 그 결과가 병원 생활을 한 원인일 것으로 생각한다.

[가을에 다시 핀 꽃(2022.11.05.)]

그렇다. 나는 나를 너무 잘 안다고 자부하며 살아왔고, 성실히 살아왔다. 그런데 지금까지 열심히 살아왔다고는 할 수는 있으나, 과하게 살아왔다는 생각은 못 하고 살아왔다.

결국은 내가 자신을 너무 모르고 과하게 살아왔다는 결론이 된다. 그래도 이쯤에서 내가 너무 과하게 살아왔다는 것을 깨우치는 일이 되었다는 것은 너무 늦다고는 생각하지 않는다. 또한, 내 삶에 무슨 일이 생겨 또 열심히 살아야 할지 모르기 때문이다.

나는 나 자신을 '닦달하여' 현재에 도달했고, 저 꽃은 내가 '닦달하여' 예쁘고 큰 꽃을 피웠으나, 그게 꽃의 마음을 주인이 읽지 못하게 된 것일 수도 있다. 자연은 자연 속에서 순조롭게 윤회하는 것이 옳다고 생각한다.

기다림은 그 자체로서도 용서를 대신한다

사람도 자연의 일부일 진 대, 좀 더 뜻있고, 의미 있게 살아보고자 하는 것이 자연의 뜻을 거스르는 것인지, 그래서 철학이 발달해야 하는 것일지도 모르겠다.

　그래도 미련한 자는 "닦달하다"와 "최선을 다한다"라는 말을 동격으로 생각하며 하루를 맺으려고 한다.

한 시간의 차이

한 시간 정도는 뜻 없이 흘려보내는 일들이 있을 것 같다. 또 어떤 이는 이 한 시간으로 무엇을 하지? 하고 생각하는 사람도 있을 것이고, 시험을 준비하는 사람들이면 한자라도 더 보거나 외울 수 있는 시간이기도 하고, 어떤 이에게는 아주 큰 사고가 발생할 수 있으며, 전쟁에 있어 한 시간은 승패를 좌우할 수 있을 만큼 긴 시간이 되기도 하고, 인공위성을 쏘면 궤도에 정착하는 시간이 될 수 있다.

그러나 잠이 오지 않는 사람에게는 안 오는 잠을 재우기 위한 아주 기나긴 시간이 되기도 하고, 오는 잠을 참으려는 사람에게는 아주 지옥 같은 시간이 될 수 있으며, 물에 빠져 허우적거리거나, 역경에 처해 있는 사람, 싫어하는 일을 해야 하는 사람이나, 아이들에게는 아주 긴 시간이 될 수 있다.

즉, 무엇이 생성되는데 필요한 시간이 될 수 있고, 사멸되는데 드는 시간이 될 수도 있다. 어떤 사람에게는 순식간에 지나가기도 하고, 어떤 이 에게는 아주 긴 힘든 시간이 되기도 한다. 그렇다고 무엇이라도 해보려고 하면 너무도 짧은 시간이어서, 이 시간에 무엇을 해라는 거냐고 말할 수도 있는 시간이 될 수 있다.

또한, 누구는 자투리(자로 재어 팔거나 재단하다 남은 천의 조각, 어떤 기준에 미치지 못할 정도로 작거나 적은 조각) 시간이라고 할 수 있을 것이다. 즉, 쓸모없는 시간이라는 말이 되는데, 다른 것은 다 자투리라는 말로 이해할 수 있을 것 같으나, 시간만큼은 자투리란 말은 쓰지 않았으면 한다.

자투리 인생이라고 하면 무엇을 말할까, 성공하고, 목표를 달성해서 그다음은 많은 일을 하지 않고도 지낼 수 있는 기간을 말할까, 아니면 무언가 뜻대로 살지 못해서 조금은 억울하다는 의미를 내포하고 있는, 그런 인생의 마지막 부분이라고 할 수 있을까? 이것도 저것도 아닌 아주 나에게 필요한, 아니 중요한 시간일 수 있지는 않을까 하는 생각을 해보는 것이다. 한 시간은 이를 대하는 사람에 따라 여러 가지 상황으로 될 수 있을 것 같다.

나에게 있어 한 시간은 너무도 큰 시간임을 새로이 느끼고 있다. 나는 월요일 8시 30분부터 토요일 한 시까지 근무한다. 그런데 월요일은 오후 6시까지, 화요일부터 금요일까지는 오후 5시까지, 토요일은 격주로 쉬기도 한다(작년엔 없었음). 월요일의 6시까지, 그 외의 5시까지 근무, 이 시간이 참으로 중요하다고 생각되는 것은 1시간 차이인데도 6시까지의 근무는 어쩐지 힘들고 지겨운 마음이 드는데, 5시 퇴근은 언제 끝났나 하는 생각을 하게 한다. 또한, 월요일 근무를 마치면 이번 주 일은 끝났다는 아주 큰 위로감이 다가선다.

한 시간이면 깜빡 졸 수도 있고, 이웃 도시까지 운전해 일을 볼 수도 있고, 만나고 싶은 사람을 만날 수도 있고, 아침에 하지 못한 운동을 할 수 있는 시간이기도 하다. 그것도 그럴 것이 월요일은 휴식시간(1-2시)이 끝이 나도, 2시부터 6시까지 4시간을 더 근무해야 하는데 언제 시간이 갈까 하는 생각이 들지만, 화요일은 휴식시간 후 3시간만 근무하면 하루를 접을 수 있어 아주 기쁘게 맞이할 수 있다. 2시에서 3시까지는 환자들이 점심시간 끝나기를 기다리다 갑갑했을 터라 약국에 빨리 약을 타서 집으로 갈 생각 때문에 이에 대응하면 쉽게 시간이 흘러가고, 3시 넘으면 각 병동이나 내시경실에서 사용한 마약을 정산하면 또 쉽게 시간이 흘러가고, 때에 따라서는 항암제 조제가 처방되면 이를 조제를 하면 4시 안팎으로 되고, 잠시 하루 일을 마무리하면 금방 5시가 된다. 모두 칼퇴근을 원하기 때문에 5시는 어쩌면 기다려지는 시간이 된다. 여기에서 또 한 시간을 더 해야 한다는 것은 얼마나 답답할까 하고 생각할 수 있을 것이다. 월요일은 휴일의 뒷날이라 환자들이 엄청나게 밀려들어 숨 쉴 틈도 없고, 정신없는데 오후에 또 4시간을 해야 한다는 무거운 느낌이 찾아온다. 그래서 월요일 근무가 끝나면 1주일 근무가 끝나는 것 같은 즐거움이 따라온다.

6시에 끝나고 나면 시간이 어중간하게 남은 듯한 감각인데, 5시에 끝나면, 저녁 식사를 간단히 하고, 다른 일을 할 수 있다. 예를 들어 6시부터 8시까지는 색소폰 학원에 갈 수 있고, 혹은 브런치에 올릴 글을 준비하거나 교정할 수 있으며, 정원 관리도 하며 덩굴장미랑 초롱꽃, 패랭이꽃, 이제 갓 열린 바이올렛 킹도 손 볼 수 있고, 정원의 파라솔 안에서 집사람이랑 꽃과 더불어 맛있는 국수도 먹을 수 있다. 6시에 끝나면 어둠이 다가서고, 사물 식별도 어중간해서 좇기 듯한 시간이 되어 할 수 있는 일들이 별로 없다.

누구에게나 시간은 중요하다. 그러나 그 시간은 필요한 것만큼 있어야 한다. 사람에 따라서는 어떤 일을 하는데 3시간이 필요한데 한 시간밖에 없으면 그 일을 시작하려고 하지 않는다. 일하다가 웬만큼은 이 정도면 되겠다 하는 생각이 들어야 일을 중단하거나, 끝맺거나, 다음에 하거나 하는 판단을 하게 될 것이다. 한 시간 정도의 비는 시간은 누구에게나 발생한다. 특히 KTX나 항공기를 이용할 때에는 언제나 발생할 수 있다. 또한, 대학생들에게는 강의 사이에 한 시간 정도의 비는 시간을 발생할 수밖에 없다.

사람들은 이동할 때 조그마한 문고판 책을 가지고 다니기도 한다. 평소에는 시간이 잘 나지 않아 읽고 싶어도 읽지 못하는 책들을 복잡하고, 시끄러운 환경 속에서도 집중하여 읽기도 한다. 그냥 시간을 죽이기에는 너무 아깝고, 되돌아오지 않으니까 알뜰하게 사용할 수 있는 방법이 될 수 있다.

[5월의 정원 : 덩굴장미, 초롱꽃, 바이올레 킹, 패랭이꽃, 2023]

대학생들에게는 많이 강조해 왔지만, 비는 시간에 몇 사람씩 모여서 외국어 회화를 연습하라고 일러 왔다. 비는 시간에는 대부분 도움이 되지 않는, 어쩌면 인생 함수[1]에 입력을 해보아도 그다지 큰 효능을 볼 수 없는 이야기들로 시간을 보내고 있다. 물론 대학에서 공부만 하는 곳은 아니다. 친구들도 사귀고, 뜨거운 사랑도 해보고 싶고, 자신에 대하여 모자라는 부분을 채우기도 해야 할 것이다. 이런 일을 매일 할 수는 없는 일이기에 짬이 나면 영어, 일어, 중국어 등 회화 연습하는 것이 도움이 될 것이다. 외국어 독해는 시간이 많이 드는 일이라 한 시간으로 해결하기에는 좀 무리가 되지 않을까 하는 것이다. 어떤 사람들은 안 그래도 복잡한 세상이고, 숨쉬기도 힘든데 한 시간 정도는 그냥 아무 생각 없이 쉬고 싶다는 생각도 할 것이다.

시간은 자신의 판단에 따라 사용하는 것이다. 시간은 그냥 흘려보내기 아쉬운데 한 시간을 쉬어서 에너지로 보강할 수 있다면 그렇게 해도 될 것 같고, 현재에 집중하는 사람은 나름대로 한 시간을 사용할 수 있을 것이다. 너무 휴식 없이 급하게 일을 진행하면 실수도 낳을 수 있으므로 자신의 상황에 따라 사용할 수 있을 것 같다.

시간(時間)이라는 말은 깊은 절(日 + 寺)에 해가 있는 틈(間)으로 풀어 볼 수 있을 것으로 생각된다. 옛날의 절은 대부분 산속에 있어서 해가 늦게 떠오른다. 또 산이라 해가 일찍 지는데, 이 사이에 스님은 아주 바쁘게 움직인다. 예불로부터 시작하여 발우공양을 하고, 화두에 따른 명상을 하고, 자신의 덕도에 많은 시간을 들이고, 아랫동네 시주를 다녀오

---

1) 저자가 인생과 시간의 관계를 함수로 해석한 것, '인생 함수'로 명명함.
   (https://brunch.co.kr/@faeda5f86053477/25)

면 거의 하루해가 진다. 그래서 시간은 바삐 사는 것을 말하는 것 같기도 하다. 워낙 짧은 시간에 많은 일이 일어나고 변화하기 때문에 이 변화에 따라가는 것, 변화에 몸을 싣는 것이 시간이 아닐까 하는 생각을 하게 된다. 특히 최근에는 변화에 동승하지 못하면 낙오자가 되거나 현실에 적응하지 못하게 된다.

시간을 미분(微分)하면 순간, 찰나가 될 것 같고, 적분(積分)하면 역사가 될 것 같다. 그리고 이때의 변수는 시간이 될 것이다. 따라서 삶 그 자체가 시간의 흐름이고, 시간의 적분이 되는 것이다. 결국, 삶은 7차 함수[2]로 귀결되고 이 함수 위에서 우리는 춤을 추고 있다.

한 시간도 충분히 역사를 만들 수 있는 원료가 될 수 있을 것 같다. 그리고 우리는 최적의 시간(golden time)을 놓치지 않도록 인생 함수를 읽을 수 있으면 더욱 좋겠다.

---

2) 저자가 인생과 시간의 관계를 함수로 해석한 것, '인생 함수'로 명명함.
   (https://brunch.co.kr/@faeda5f86053477/25)

가을 블루스

역시, 가을 맛은 귀뚜라미로부터 시작되는 것 같다. 저 들은 그 뜨거운 여름 속에서도 작곡 공부를 하느라 꼼짝도 하지 않고 버티었나 보다. 창가에 귀뚜라미의 협주곡은 단연코 단조인 것 같다. 악기로 치면 테너 색소폰 같이, 저음으로 크레센도, 디크레센도가 아주 적절히 배합된 단조이다. 테너 색소폰은 아주 묵직한 저음이 심장을 울리는데, 귀뚜라미 소리는 너무 서글픈 바이올린 소리는 아닌 것 같고, 할 수 없이 귀뚜라미 소리를 낼 수 있는 악기를 만들어 가을을 빨리 불러올 수 있으면 좋겠다.

잠자리에 불을 끄고 누우면 더욱 애절한 소리가 커지는데, 이는 누군가 지휘자가 있는 것 같기도 하다. 달빛이 창가에 고독스레 밀고 들어오면 아주 고요한 연주가 침대 바닥을 타고 들어와 안 그래도 애잔한 마음을 뒤흔들어 놓는다.

새벽에 밖에 나가보면 그때까지도 협주하고 있어 음악 부분에서는 사람을 능가하는 지구력을 가지고 있는 것 같다. 또한, 사람들과는 생체시계가 다른가 보다. 사람들은 보통 밤에 연습하고 낮에 연주하고 발표하는데, 밤새 연주했으니 낮에는 푹 자는 리듬을 가지고 있나 보다.

[기다림]

매미는 7년 만에 땅에 올라와 여름 한 철을 연주하고 퇴장해야 하니 너무 억울하기도 해서 아주 고음으로 연주를 하니 사람들은 이를 시끄럽다고 느끼기도 하지만, 가을을 부르는 귀뚜라미 연주를 시끄럽다고 하는 말은 아직 들어 보지 못한 것 같다.

정말로 어릴 때, 초가집 지붕에 하얀 박꽃이 피고 순박한 박이 달빛을 받고 있을 때의 귀뚜라미 연주는 어린 마음에 애절함을 불러다 주었는데, 그때의 소리가 호롱불 사이로 새어들어 오면 외딴 마을에 조그마한 아이는 달이 왜 저렇게 하얗고 쓸쓸히 빛나는지 애닯아 했다.

[가을이란 가슴을 이글거리게 하는 것(지리산), 2024]

[외딴 마을 외딴집(마음의 고향, 창원), 1976]

기다림은 그 자체로서도 용서를 대신한다

외딴 마을, 외딴 달, 외딴 별, 외딴 냇가, 오가는 사람 없는 외딴 사람, 외딴 개 짖는 소리, 그 어느 외딴 생물도 움직이지 않는, 사악사악 댓닢 비비는 소리가 더욱 외롭고 쓸쓸하게 다가오던 때가 있었다. 아마도 그 소년은 그때부터 낙서를 시작하고 옴지락꼼지락 글쓰기 시작했나 보다. 그 평화스런 마을에 폭풍과 홍수가 쳐들어와 과거를 모두 잃어버린 소년에게도 초등학교 무릎에야 외딴 마을에 같은 또래 아이가 둘이 있다는 걸 알았다. 세월이 흐른 뒤 한 소년은 지리산 염소 키우러 들어갔고, 한 소년은 독재 시대에 세계를 항해하다 주지 스님이 되었고, 한 아이는 가을에 가을 블루스를 적고 있다.

지금은 세월이 보이고, 가을이 보인다. 어릴 때 가을 벌판 허수아비가 펄럭이고 우르르 참새가 떼 지어 다니는 것을 보고, 저것들을 어찌 잡을까 하는 생각과 나무 새총을 만들어 쏘기도 했던, 나지막한 일들이 돋보기 속에 왔다 갔다 한다.

그때 기차 타고 통학하던 시절의 길가엔 코스모스가 정말 예쁘게 피어 있었는데, 동화 같은 세상이었던 것 같다. 먼 산에 있는 단풍이 너무도 아름다워 실제로 산을 헤집고 도달해보니 모두가 벌레 먹은 돌배나무 잎이었다. 아마도 이때부터 세상을 보는 눈이 달라진 것 같다. 보이는 것과 실제로 보는 것은 다르다고. 이것은 어린 가을이 가르쳐준 말인데 지금도 그 말이 삶에 투영되기도 한다.

그 소년이 내린 기차역에서 멀어져가는 기차 속의 소녀를 멍하니 바라보던 시절로, 가을 햇살 속에 비치기도 한다.

그렇게 예쁜 가을이 나에게 와 있는데, 지금은 그냥 멍하니 귀뚜라미 합주를 들으면서 새벽길을 걷고 있다. 조금 있으면 꼭 옛날을 닮은 태양이 내 품속으로 들어와 앉을 것 같다.

가을은 나에게 있어 퇴고를 많이 해야 하는 정리되지 못한 시와 같다.

어설프고 눈물이 난다.

[아! 세월이 보이고, 가을이 보인다]

바람에게

　새벽의 상큼한 바람이 꽃무릇을 건드리더니 받아 주지 않은 갑갑함에 나를 건드리고 간다. 아마도 저놈은 수컷일 게다. 꽃이 받아 주지 않는다고 길가는 나그네에 달려드는 것을 보면 그 흔한 깡패 같은 생각이 든다. 내가 꽃이더라도 너 같은 놈은 받아 주질 않을 것이다. 그래도 새벽에는 잠을 덜 깨고 있을 꽃들이 얼마나 많을 것인가 말이야. 살포시 다가가서 예쁜 인사로 입맞춤으로 다가가 잘 잤느냐고 물으면 그 얼마나 달콤하겠냐고. 성질 급한 네놈에게는 아무리 예쁜 꽃이 가더라도 마음에 안 들면 흔들어 울리게 할 놈이 아닌가 말이다.

　또한, 너는 상식이 덜한 놈이 아니더냐? 이 차분하고 고운 계절에 정열적으로 대든다고 그 꽃이 마음을 열 것 같으냐? 이 가을에는 말이다, 그렇게 덤벼드는 사랑은 성공할 수 없어. 온 들판이 차분하게 열매를 익히려고 집중하는 이때에는 정열적인 것보다는 마음을 이해해 줄 수 있는 것이 필요할 것이야. 그래서 이 가을의 꽃은 향기가 많이 나는 꽃은 별로 없을 거야. 이제 마음을 다스리고 일 년을 거두어들이는 마당에 무슨 향기가 필요하겠냐고. 아니면 가만히 혼자 하게 두었다가 필요로 해서 부르면 그때 달려가서 최선을 다하든지.

[꽃무릇(여수), 2020]

　그래, 가을꽃들은 참 외로울 수도 있을 것이야. 주위의 친구들이 하나씩, 둘씩 떠나고 이젠 너 같은 차가운 놈들이 다가올 텐데 마음이 밝기만은 않으리라는 것은 상식이 될 수 있잖아. 그래서 가을에 가장 아름다운 꽃은 낙엽 꽃일 것이야. 낙엽은 어머니와 같지. 한평생 열심히 일하여 신록으로 남아, 남아 있는 자식이 병들지 않도록 열심히 영양분을 만들어서 키워 놓고, 절대 간다는 소리 없이 조용히 일생을 마치는 너무도 숭고한 마음이잖아. 그래도 정이 있어 조금 더 있다가 갈라치면 너 같은 놈이 불어와 자식과의 정도 떼어버리지.

　그래서 가을은 슬픈 계절이 될 수도 있어. 너 같은 놈들 때문에 억지로 헤어지게 되기 때문이지. 그렇지 너의 마음도 알아. 너도 따스할 때가 있었고, 뜨거울 때도 있었다는 것을. 그러나 현실은 차가운 것을 원하지 않는 사회라는 것이 문제일 뿐이야. 너 같은 바람쟁이는 봄에는 이 세상에 있는 모든 아양을 다 떨면서 향기로운 꽃에 다가가서는 너 할 짓은 다 해 왔잖아. 무엇이 또 그렇게 아쉬운 거야. 그래서 너는 사회적으로 손가락질이 될 수밖에 없는 거야. 네가 필요할 때만 찾아가 고백하거나 괴롭히고 있지 않으냔 말이지. 물론 봄에는 많은 꽃이 자기의 삶을 영위하기 위하여 향기롭게 향을 풀면서 새 사랑을 구하기도 하지. 그러나 그 대상은 너 같은 바람쟁이가 아니야. 그들은 예쁜 마음으로 열매를 맺어줄 고운 사랑을 기다리는 것이란 말이야.

너에게는 원래 사랑이라는 단어는 사용하기가 곤란하지. 너 좋은 대로 왔다가 울려놓고 가버리면, 또 돌아올 날짜를 계산하기 어렵다는 거지. 그래서 어느 날 한참을 돌고 돌아와 보면 너로 인한 열매들이 많다는 것은 느낄 수 있겠지만, 누구에게 사랑을 정해서 주었는가를 생각하면 망할 놈이 될 수밖에 없는 거야.

그래서 너란 놈은 사랑을 찾아서는 안 되는 거야, 그냥 사랑할 수 있도록, 열매가 맺을 수 있도록 도와주는 것이 너의 역할이야. 너무 넘으려고 힘쓰지 마라. 그리고 모든 생물이 그렇듯이 스스로 깡패가 되고, 사회의 적이 되려고 태어나는 것은 절대 아니다는 것은 알고 있을 것이야. 그래, 너의 뜻은 그렇지 않으나 환경이 너를 그렇게 만들고 너는 거기에 대하여 책임을 져야 하는데 그렇지 못한 것이 손가락질 대상이 되는 거지.

저 태풍을 봐라. 너의 뜻하고는 전혀 관계없이 너의 환경이 너를 태풍으로 만들어 얼마나 많은 고통을 주고 있는지 말이야. 너도 어렵겠지 환경을 피하여 다닌다는 것도 참 어려운 일임은 틀림없다. 살아가다 보면 그런 일들이 많이 생기고 생길 수 있을 거야. 그래서 너는 너 자신을 공부해야 한다는 거야. 내가 누구며 어떤 능력을 갖추고 있으며, 나의 능력이 다른 집단에 험악하게 작용할 수도 있고, 어떤 때에는 너를 바랄 때도 있고, 부를 때고 있다는 것을 잘 알아두어야 하지 않겠나. 왜냐면 너의 부모가 언제까지 너의 곁에서 지켜볼 수만 없기 때문이야. 너의 능력을 잘 파악하고 언제 필요할 것인가를 잘 준비해야 한다는 것이지. 다른 말로 하면 너의 능력이 너무도 크고 거대하므로 주위에서 너를 꺼릴 수도 있다는 것이지. 그러니 평소에는 주위에 도움이 되게 지내는 것이 참으로 중요하다는 것이지. 네가 곁에 있다는 것을 알 수 없게 지낸다는 것이 네가 가져야 할 마음이라는 것이지. 너의 능력과 할 일을 알고 있으면 어려움도 두려움도 없을 것이야.

좀 전에 너에게는 사랑을 논하지 말라고 한 뜻을 알 수 있겠나? 결코, 너의 능력이나 힘을 믿지 못해서가 아니야. 사랑의 대상도 정해져 있다는 뜻도 아니야. 너를 스스로 다스릴 수 있는 환경과 인내를 요구하는 것이야. 네가 갈 수 있는 길은 너무도 많아. 또 장점이 그거야. 한자리에 머물지 않고, 어디든 가서 너의 능력을 보여 줄 수 있다는 것이지.

그리고 환경을 잘 챙기라는 것이지. 봄, 여름, 가을, 겨울에 따라 환경이 달라지면 너 자신도 거기에 맞는 능력을 발휘하라는 것이지. 봄에는 봄에 맞는 고운 행동을, 여름에는 모든 생명이 자랄 힘을 제공해 주고, 가을에는 결실을 볼 수 있게 기다려 주고, 겨울에는 너의 본분으로 돌아가 흐름을 정리하는 것이지. 거듭 말하지만 너는 너무 거대한 놈인데 너 자신을 네가 잘 모르고 있는 것이 문제야. 너 자신을 좀 더 알 수 있도록 노력해 보면 더욱 좋지 않겠나.

입을 닫은 달님

　까칠한 얼굴을 하고 다가서는 태양을 은근히 원망하는 눈초리다. 새벽이 깨어지고 어렴풋하게 건물이 보이기 시작하고, 산 위에 다가서는 일상을 준비하는 모습들이 곱기도 하다. 호수에 새끼오리들이 헤엄치듯, 검은 바다 위로 통통배가 헤엄치면서 먹이를 찾아 떠나고 있다.

　저 달님도 밤새 인간사를 지키느라 피곤 할만도 한데다가, 님은 말을 잘 듣지 않는 것 같다. 한쪽에는 눈물 자국이 남아 있고, 위쪽에는 눈을 비빈 자욱이 보인다. 같은 시간에 지구는 팽이처럼 돌아 태양을 빨리 이끌어 오려나 보다. 한 달 전만 해도 컴컴했던 새벽이 요즈음은 발아래 시커먼 껌딱지가 보이기도 한다.

　아마 달님도 참 괴로울 것 같다. 요즈음은 메모리칩을 심어서 기억 용량을 늘리고, 밤새 일어나는 일들을 모두 기억하려면 요즘처럼 AI를 이용해야 할 것 같다. 그 숱한 일들을 보고 말없이 견딘다는 것은 도인이나 할 수 있는 일일 것이다. 또한, 그런 사람이면 충분히 좋아할 만하다. 보통은 그 많은 일에 대한 입을 벌리지 않고 지낸다는 것은 얼마나 무거운 입을 가졌다는 걸까.

사람은 교육을 통하여 묵언을 수행할 수 있지만, 저 창백한 달님은 어떻게 묵언 수행을 할 수 있을까? 달님이 달리 역할을 시작하면서 지금까지의 그 숱한 이야기들은 기억할 용량이 다 차버리고 더 기억할 수도 없을 뿐 아니라, 말하기조차 아까운 일들이 너무 많이 일어나 실어증에 걸릴 수도 있겠다는 생각을 한다. 위에서 보면 얼마나 볼썽사나운 일들이 많겠는가, 도둑질, 강도질 등은 순위 안에 들지도 못할 것이고, 전쟁, 지진, 살인 등 차마 생명으로서는 할 수 없는 일에 대하여 말을 잃었을 것이다. 그중에서도 아주 잔인하게 일어나는 살인, 어린이와 여성에 대한 분노에 또, 실어증이 올 수밖에 없을 것이다. 그러면서도 조금은 도움이 될 수 있는 일들을 찾아볼 것이다. 그리고 느낄 것이다. 지구에 가장 가까이 있는 달이지만 지구에서 일어나는 일에 대하여 아무런 일을, 도움을 줄 수 없는 것에 대하여 또한 입을 닫을 수밖에 없었을 것이다.

더구나 세월호 사건을 쳐다보면서 더욱 자신의 능력을 비하하였을 것이다. 밀물과 썰물을 보다 확실하게, 힘차게 이끌어 세월호 부근에 물을 갈라놓고 싶었을 것이다. 인간인 모세도 바다를 가르는 데 사람보다는 힘이 강한 자연의 한 부분인 달님이 그저 그 많은 새파란 생명의 숨이 멈추는 것을 보고만 있었다니 얼마나 가슴 저렸을까. 한편으로는 저 나라는 무엇 하는 나라일까 하며 한숨도 쉬었을 것이다. 그러니 어떻게 말문이 막혀 버리지 않을 수 있었을까.

이태원 참사 때에도 하늘에서 있는 힘을 다하여 고함쳤을 것이다. 그 고함은 구름, 비, 바람에 막혀 우리에게 전달되지 못했을 것이고, 달님은 또한 자신이 아무것도 할 수 없는 능력에 이제는 귀도 닫을 수밖에 없었을 것이다.

무리하게 사는 사람들에게 삶에 대해서도 말하고 싶었을 것이다. 또한, 어마어마한 크기의 우주 망원경처럼 커다란 빔프로젝트를 하늘 위에 띄워 놓고 사람들에게 사는 방법도, 방향도 강의하고 싶었을 것이다. 너무 과하게 살면 꼭 거기에 상응하는 일이 일어날 것이라고.

인간은 조심한다고 하지만 자기 자신을 위해서는 조심할 수 있으나, 남을 위해서는 조금도 조심스러운 일을 하지 않는 것이 대해서도 큰 소리로 말하고 싶었을 것이다.

다른 나라에 대해서는 잘 모른다. 우리나라에서는 정월 대보름날이라는 날이 있어 유일하게 달님과 의사소통 하는 날이다. 아마 달님도 이날을 기다릴 줄은 모르겠지만, 사람들이 달님을 대상으로 기도하면서 각자의 바람을 이야기한다. 달님은 사람들의 기원을 기쁘게, 진실 되게 받아들일 것으로 생각한다. 달집을 만들어, 살아가면서 생기는 모든 악재를 달집에 넣고 태우기를 한다. 멀리서 쳐다보면 갖가지의 기원을 들을 텐데, 모두에 대하여 응답할 수 없어도 한, 두 가지라도 생명을 키우고 지키는데 길을 제시하여 주었으면 한다. 어리석은 사람들은 길은 제시한다 하더라도 알아듣지 못할 것이지만, 누구라도 그 표정을 읽거나, 품을 수 있으면 고귀한 생명을 지킬 수 있지 않을까 해서.

올해 정월 대보름에 낙안 민속 마을의 대보름 잔치에 잠시 다녀왔다. 많은 사람이 횃불을 들고 성벽 위로 돌고 있는데 꼬마에서부터 할아버지, 할머니까지 질서정연하게 성벽 위로 돌다가 달집이 마련된 마당에 모이기 시작했는데, 저 많은 사람이 어디서 왔을까 또는 무슨 기원을 위하여 저렇게 많이 모였을까 보면, 역시 가족 사랑이고 아이들의 소중함이었다. 달집 주위로 한참을 도는 데 갈수록 참가 인원들이 증가하였고,

달집에 불이 붙고, 그 타는 형상이 이 세상에 있는 모든 악재는 모두 태우고 가는 것 같다. '저 활활 타는 불을 어느 소나기가 막으랴' 하는 생각과 더불어 불타고 있는 달집 속에는 이루지 못하고 한으로 남은 시커먼 숯덩어리를 태워버리고, 이루지 못한 것에 대한 미련을 버림과 동시에 아주 둥그렇고 인자한 달님에게 이룰 수 있는 소원을 빌어 보는 것이다. 달님에 대한 기도는 간절함 그 자체가 절대적으로 간절하면 이루어질 수 있는 것이 아닐까 한다.

[정월 대보름(낙안 민속 마을), 2024]

달님은 위에서 사람들의 간절한 이룸의 대상이 되기도 하고, 이루어지지 못한 것에 대한 원망도 적잖이 듣고 있을 것이다.

사람들은 맹목적으로 자기의 바람을 기도하는데 달에 대한 기도의 의미는 뭘까?

태양은 매일 뜨고, 매일 보기 때문에 우리에게 아주 중요한데도 공기처럼 그 중요성을 때때로 잊고 산다. 사람들은 태양은 절대로 없어진다고는 생각하지 않는다. "그

기다림은 그 자체로서도 용서를 대신한다

래도 내일은 또 다른 해가 뜨겠지"라고 믿음에 걸쳐 있는 것을 우리 스스로 인지하고 생각한다.

그러나 달님은 자주 볼 수 없는 데다, 있을 때도 그 모양이 변하고 있어 저 다음엔 무엇이, 또는 다른 무슨 일이 일어날까, 또는 일어날 것을 기대하고 있기 때문일 것이다.

그리고 태양처럼 너무 뜨겁지 않아 차분히 바라볼 수 있다는 것이다. 즉, 달님과의 대화가 가능하다는 말이 되는데, 달님은 창백한 얼굴이지만, 맑기도 하여 사람들의 마음을 풀어 줄 수 있을 것이다. 그리고 당사자의 마음을 너무도 잘 이해한다는 것이다. 초승달은 마음에 꺼져 있는 불씨도 살릴 수 있다는 뜻이 있고, 가만히 쳐다보고 있으면 마음속에 점차 커 가는 것도 느낄 수 있어 실망과 일에 지쳐 있는 사람들에게는 가만가만 그 마음을 어루만져 주는 것이다. 차츰 차서 보름달이 되면 너무도 맑고, 밝고 미소를 띠고, 무언가 할 말이 있는 것 같아서 말을 걸고 싶은 생각이 든다.

그리고 달은 항상 나를 따라다니면서 무언가에 대한 답을 주려고 노력한다는 것이다. 내가 강을 따라가면 우리 집까지 바래다줄 것 같이 따라오는 것을 느낄 수 있고, 실제로 따라오는 것이 보인다. 혹 가다가 내 어깨 뒤에서 밀어주는 것 같기도 하고 귓속말로 사랑한다는 말을 하기도 한다. 그리고 달님이 차츰 기울면 내 속에 못 박혀 있는 고독과 외로움을 뚫어 주려는 자세를 취하고 있다. 차츰 작아지다가 눈을 아래로 감는 슬픈 모습으로 나의 마음을 다듬어 주기도 한다.

달님에 소원을 빈다는 것은 나의 바람을 비는 것도 있겠지만, 저 밝고 넓은 가슴으로 나를 이해해 준다는 것에 있을 것이다. 때로는 잔잔한 호수의 정다운 달이 되기도 하고, 파랑이는 호수에 흔들리는 모습에서 인간적인 모습도 엿볼 수 있다.

항상 고정되어있는 것이 아니라, 비우기도 채우기도 하면서 사람 냄새나는 이야기로 우리를 이끌어 주는 고고한 달빛이 되기도 한다.

내가 달을 보는 것만큼, 아는 것만큼 가까워지고 친근해진다. 요즈음은 누구나 바빠서 하늘을 쳐다 볼일이 적어져 가지만, 혹 달님이 보고싶을 때는 정작 달님은 보이지 않아 마음이 답답할 경우도 많다.

달님은 항상 나의 곁에서 친구처럼 함께하며, 때로는 한 가족 같은 생각이 드는 것은 멀리 계시는 아버님과 어머님도 저 달님에게 나의 안위를 비는 모습을 귓속말로라도 나에게 전하기 위해 나를 따라다니는 게 아닐까 하는 생각을 하게 한다.

이름 모를 꽃

들에 나가면 그냥 기분이 좋다. 맑은 공기가 좋고, 번져나가는 녹음이 좋고, 녹음 속의 노랫소리가 좋고, 마음 둘 곳 없는 마음이 자리를 찾아서 좋다. 인간은 항상 자기 자신의 능력보다 많은 것을 이루려는 희망, 욕구 때문에 갈등을 그리며 산다. 어떻게 생각해보면 무엇이 가장 중요한 것인가 조차 생각하지 못하고, 그냥 마음이 움직이는 대로 살면서 뜻대로 되지 않는다고 짜증을 부리곤 한다. 이것이 다른 생명과 다르기에 인간이라 이를까?

단순한 생명일수록 스트레스를 적게 받고 살까? 그렇지는 않을 것이다. 식물을 보면 그 자리에서 태어났으면 그 자리에서 살아야 한다. 왜 움직이고 싶은 스트레스가 없을까. 더구나, 기생충들이 괴롭히고, 덩굴이 온몸을 옥죄어 오면 얼마나 벗어나고 싶을까? 어떤 덩굴들은 아예 일조차 않으면서 남의 몸에 뿌리를 내리고 영양분을 빨아먹고 사는데 어떻게 미치지 않을 수 있을 것인가를 생각해본다. 사람을 위하여 일생을 바치는 동물 또한 스트레스에 죽고 싶을 것이다. 아기 송아지는 태어난 후 조금 있으면 생이별을 해야 하고, 또 도축장에 끌려갈 생각을 하면 살고 싶은 생각은 전혀 없을 것이다. 동물도 감정이 있다. 인간과 다른 점은 최악의 상황이 오더라도 자살은 하지 않는다는 것이다. 죽음을 눈앞에 두고 있는 생명들도 스스로를 죽이지 않는데 인간은 무슨 특권으로 이 일을 하는가!

염소를 키우는 농장에서는 다음 날 손님에게 제공되어야 할 염소에게 목에 띠를 둘러 표시해두어 빨리 도축할 수 있게 한다고. 그 염소는 밤을 어떻게 지낼 것이라 인간은 생각하는가. 그래서 인간은 참 편리한 동물이라고 생각한다. 그러면 동물이나 식물보다는 스트레스를 덜 받고 살아야 하는 것은 아닌가. 그래서 참, 사람은 알 수 없는 동물이라고 생각한다. 스스로 자신을 이길 수 없는 종족이 인간이다. 인간은 어디서, 무엇으로부터라도 배워야 할 것이다.

들에는 참으로 많은 들풀이 있다. 사람들은 모두가 각자의 이름이 있어 그 이름이 대외적인 자신을 표하며 산다. 들풀도 각자의 이름을 가지고 있다. 참으로 예쁜 이름들이 많다. 그렇게 정다운 이름이 많은데도 사람들은 들꽃의 이름을 부르지 못한다. 아니 부르고 있다, '이름 모를 꽃'이라고. 그래서 사람은 참 편리하다. 자신이 하고 싶은 대로 상대를 만들어 가는 아주 고집스러운 아집을 가지고 있다.

나 또한, 이러한 범주에서 벗어나지 못한다. 왜? 편리한 인간이니까. 들에는 너무도 많은 예쁜 풀과 꽃들이 많이 있었다. 그런데 내가 불러줄 수 있는 이름은 토끼풀, 제비꽃, 붓꽃, 참나리, 자운영, 작약 등 몇 가지가 되지 못했다. 참 미안했다. 옛날에는 약용 식물이라고 엄청나게 외우고, 보고, 성분까지 외웠었는데 이제는 무관심으로 아는 것이 거의 없어졌다. 나도 참 편리하게 살아온 것임이 틀림없다.

자그마한 들꽃은 너무도 귀엽고 앙증스럽고 손으로 똑 따서 셔츠 주머니에 넣고 싶다는 생각외는 이 풀이 어떻게 살아 이렇게 예쁠까는 생각하지 못했다. 계절을 벗어나서 지는 꽃도 있고, 사람의 손에 뜯겨 간 꽃잎도 수두룩하고, 꽃봉오리만 잘려나간 것도 많다. 얼마나 큰 아픔으로 소리쳤을까. 들풀도 그 자리에서 씨앗을 틔우고 싹이 틀 때 사람이 알지 못하는 큰 고통도 있을 것이다. 그런데도 지금 참 환하게 웃고 있는 모습은 우리를 깨닫게 한다.

[들꽃(여수), 2022]

들풀은 시간의 지남을 그렇게 까닭 없이 후회하지는 않을 것 같다. 싹이 트는 기쁨, 날마다 다가오는 태양의 맑은 보살핌을 받으면서 그렇게도 청순하게 꽃을 피우고 자식을 만들고 계절의 흐름에 순응하고 산다. 인간은 자기가 다하지 못한 책임을 시간의 흐름에 원망하고 산다. 들풀은 자신이 왜 이 자리에 났는가를 탓하지 않는다. 민들레를 보라, 그렇게 사람의 발에 짓밟히고 짓이겨져도, 또 피어나고, 결국 홀씨를 만들어 자신이 고생했던 장소에서 멀리 날아가서 새로운 자리에서 터를 닦도록 가르치고 있다. 인간은 자식을 손에 안고 어떻게 잘 살게 할 수 있을 것인가를 고민하고 있다. 들풀은 주위에 영양분이 있는 땅을 찾지 않는다. 아무리 척박한 땅이라도 보라. 거기에 들풀이 없는가를. 사람들은 능력보다는 가문을 따지고 출신지를 따진다. 이렇게 한다고 꼭 자식들이 건강하게 잘 살 수 있을 것으로 생각하는가. 들풀은 자기 능력 이외의 욕심을 부리지 않는다.

자신의 능력으로 뿌리를 내리고, 물이 있는 곳을 스스로 찾아가 생명을 유지한다. 또, 들풀은 항상 충심으로 기다림을 성취한다. 아무리 가물어도 하늘에 대한 믿음으로 비를 기다리고, 다가와 준 비에 대해서는 어떤 방법으로도 화답한다.

눈앞의 일로 갈피를 못 잡는 사람들은 들풀의 생존 방식을 받아들여야 하지 않을까. 들풀은 자연이므로. 우리가 자연에 혜택을 입는 만큼 우리도 이제 자연에 대답할 때가 되었음을 알아야 할 것이다.

기다림은 그 자체로서도 용서를 대신한다

그리움은 기다림 없이
결코 눈물 맺지 않는다

바람이 분다. 고운 실바람이다. 사람을 싣고 왔다. 아니 그리운 향을 전해왔다. 사람은 자극에 반응하는 동물이다. 아쉬움에 반응하고, 그리움에 반응하고, 사랑에 반응하고, 미움에 반응하고, 기쁨에 반응하며, 기다림에 익숙해져서 그 결과로 눈물을 낳는다. 이 눈물은 참으로 많은 마음을 품고 있다. 잊을 수 없는 일에 대한 그리움, 보낸 이에 대한 그리움, 혜성처럼 아스라이 멀어져 가는 그리움, 수많은 그리움을 하나로 만들어내는 것이 진실한 눈물이다.

그리움은 기다림 없이 결코 눈물 맺지 않는다. 그리움은 말로써는 설명이 안 되는데 눈물로는 설명이 된다. 참 이상하게도 벌을 받아도 눈물로 설명이 된다. 아주 눈물 나도록 그리운 사람을 잊을 수 있다면, 잊힐 수 있다면 하고 생각하는 그 차체가 그리움에 대해 반응을 하는 것이다. 그리움은 화학 반응처럼 일어난다. 화학 반응이란 자신이 완전히 없어지고 다른 형태로 되는 것이다. 그래서 왜 그리움이 생기는 가를 보면 서로 다른 두 개의 마음이 화학 반응을 일으켜 지울 수 없는 기억을 만들기 때문이다. 그래서 마음이 없는 상태는 그 삶이 없는 것이고, 화학 반응을 일으킬 원료가 없어지는 것이다. 마음을 찾는다는 것은 그 대상이 무엇일지라도 자신이 감당해야 하는 삶이 되어 간다.

[그리움은 기다림 없이
결코 눈물 맺지 않는다(여수), 2022]

그래서 화학 반응의 종류는 삶을 영위하면서 그 가짓수는 헤아릴 수 없을 정도로 많이 일어난다. 화학 반응으로 일어난 일들을 잊으려 해도 잘 잊히지 않는 것이라면 그냥 두어야 한다.

화학 반응이 너무 심하게 일어나면 상처가 되어 지워지지 않는 그리움으로 남는다. 눈물을 만들려면 아주 고귀한 진실한 마음이 있어야 한다. 이러한 마음으로 살면서 생긴 것을 반응원료로 넣어야 한다. 고귀하다는 것은 절실한 것이고, 그 대상이 너무 흔하여 챙길 수 없는 것일지라도 정성을 다하는 마음으로 답해야 한다.

에로스적인 사랑은 반응시킬 수 있는 원료가 엄청나게 많아, 눈물도 엄청나게 많이 만들 수 있다. 그러나 너무 흔해서 느낄 수 없는 원료 중에서 어머니라는 마음이 있다. 너무 가까이 있어 반응의 원료조차 될 수 없었던, 그 마음이 이제야 생의 한가운데로 치고 들어와 눈물을 만들 재료가 되고 있다. 이러한 재료는 너무 값이 비싸서 살 수 없었을까, 너무 싸서 그 가치를 알아보지 못해서였을 것이다. 어머니의 마음은 처음에는 자그마한 씨앗이었다. 이 씨앗이 자라남으로써 고통스러운 많은 마음을 만들어 갔다.

　일에 대한, 남편에 대한, 자식에 대한, 말 못 하는 축생들에 대하여, 어쩌면 눈물이 빠져나가지 못하도록 그렇게 열쇠를 꽉 채우면서도, 한편은 고귀하고도 예쁜 마음으로 하루하루를 마음에 쌓았을 것이다. 모든 잘못된 일들은 본인의 탓이었을 것이고, 잘되는 일은 잘 보이지 않았을 것이며, 뒤돌아보면 너무도 갑갑 답답하고, 앞을 바라보면 깜깜한 한밤이었을 것이다. 그래도 살아온 것은 눈물을 만들기 위해서 일 것이다. 살면서 몇 번의 기쁨을 느껴 보았을까. 자식들이 태어났을 때도 기쁨보다는 몸조리도 못 하고 산으로, 들로, 논으로, 밭으로 뛰어다녔고, 그러다가 봄에 피는 진달래를 보았을 것이다. 진달래는 그렇게 향이 진하지 못하다. 참으로도 잎이 나지도 않고 꽃을 먼저 피우는 진달래를 보았을 것이다. 그리고 느꼈을 것이다. 깊은 겨울 동안 얼마나 봄을 기다렸으면 잎도 없는 꽃을 틔울까 하고. 이 꽃이 주는 웃음을 배웠을 것이다. 너무나도 닮은 자신의 마음을 자극하였을 것이다. 싸늘한 봄날에 부는 바람이 차다기보다는 진달래를 웃게 하는 고운 바람으로 느꼈을 것이다. 그리고 오늘 바람은 왜 이렇게 따스할까 하고 생각했을 것이다.

　바람,
　바람에 흔들리며 살아왔을 사람. 고마운 바람, 미운 바람, 고운 바람, 찬바람, 시린 바람, 몰아치는 바람, 거센 비와 함께 오는 바람. 이러한 바람과 함께 겪어 온 사람, 너무나 가치가 없어서 살 수도 없을 사람, 눈물을 만들기에는 너무도 가득한 사람. 바람에 휩싸여 너무도 빨리 간 사람. 기다리는 것을 배우지 못한 사람. 애가 타는 이 원료들로 다 못한 마음에 맑은 눈물을 만드는 반응을 일으킬 수 있을까.

그래서 화학 반응은 독을 남기기도 한다는 것을 지금에서야 안다. 좋고 고귀한 재료는 고귀한 물질만을 만들어낸다고 알았던 화학 반응이 틀렸다는 사실도 지금에서야 알았다. 값싼 원료가 너무 흔해서 이것으로 더 고급스러운 물질을 대량으로 만들 수 있다는 사실도 너무 늦게 알았다. 이러한 일들은 고귀하고도 진실한 눈물을 만드는 원료로써는 쓰이지 못하고, 반응이 강하게 일어나게 하는 촉매로써 상처를 넘어선 독을 만드는 데 사용되었고, 그 독은 텅 빈 마음을 갉아먹곤 했다.

또 한 가지는 화학 반응이 일어난 것은 원래대로 되돌리기가 어렵다는 사실이다. 그래서 남는 것이 그리움이고 기다림이다. 화학 반응은 조건이 맞추어지면 자연스럽게 일어난다. 그래서 우리가 살아가는 동안에는 반응이 격하게 일어나지 않게 하는 조건들을 찾고, 만들어야 한다.

그리운 대상이 있다는 것은 진실한 마음이 있다는 것, 이것이 상처로, 독으로 남아도 눈물로 저장될 수 있다는 것에 감사한다.

그리고 고운 바람이 불 때 눈물을 실어 보내어, 한량없는 넋에 도달될 수 있기를 바라본다.

기다림은 그 자체로서도 용서를 대신한다

6부

삶의 곁에는

[말보다 더 필요한 것(불일암), 2023]

별은 맑은 눈물이다

  별은 빛나는 것을 생명으로 한다. 별이 빛나지 못할 때는 슬픔을 가져 온다. 이는 우리의 정서, 마음속에는 별이 아름답다고 내재 되어 있는 화석 때문이다. 또한, 별은 이별한다는 뜻도 품고 있다. 그래서 나는 별을 맑은 눈물이라고도 말하기도 한다.

  사람 중에는 축복을 받으면서 별나라도 가는 이도 있을 것 같기도 하나, 이때의 별은 이별의 뜻이 강하여 축복이라는 말을 쓰기도 꽤 어려울 것 같다. 하늘의 부름을 받고 간다고 할 때 우리는 그 부름을 행복이나 축복으로 부를 수 있을 것인가.

  이별은 어떻게든 아프다. 때에 따라서는 이별의 의미는 다시 볼 수 없다는 말로 우리에게 돌아오기도 한다. 어떤 이별이라도 가슴 아프지 않은 일이 있겠냐 마는 전혀 생각지도 않은 이별이란 살아 있는 사람에게는 그 자체가 죄가 될 수밖에 없는 일이 된다. 너 대신 내가 갈 수도 있는데 왜, 무엇 때문에, 아픔이 한으로 변하여 이토록 아프게 살아 있어야 한다는 말인가.

  3년 전에 팽목에 갔다. 그전에 목포에 들러, 누워 있던 세월이 바로서 있는 것을 보고, 그 내장이 얼마나 상했을까 하는 아픔을 안고 팽목으로 갔다. 난간에는 해어진 노란 리본이 실바람에도 아우성을 치고 있었고, 타일로 표현된 아픔들이 금방이라도 돌아와야만, 돌아오지 않으면 이 지구를 가라앉히고 말 것 같은 무거운 태양이 팽목의 바다 위를 빙빙 돌고 있었다.

가없는 노랑 리본과 꼬리를 단, 개수를 알 수 없는 수많은 가오리연이 검게 불타고 있는 태양 속으로 접어들고 있는 모습이, 우리의 아가들이 하늘로 빨려 들어가는 모습이었다. 차라리, 밤에 별빛을 따라 하늘로 가는 모습이었으면, 맑은 눈물이 고여 있는 그곳에서 마음을 씻고, 깨끗한 눈동자로 우리를 바라볼 수 있지는 않았을까 하는 바람도 얄궂은 바람에 휩쓸려 갔다.

[하늘로 가는 혼(팽목), 2019]

아침 출근 시간에 배가 기울어져 간다는 뉴스와 조금 지나 모두 구조되었다는 말에 '그럼 그렇지 우리나라가 어떤 나라인데'라는 자부심이 휴전선의 철조망과 더불어 지나갔다.

강의가 끝난 오후엔 이 나라가 무엇 하는 나라이냐는 생각으로 분노가 끓어올랐다. 넘어가는 배였으면 군함이 가서 넘어가지 않도록 지지할 수도 있었을 것인데, 저렇게 구경만 하다니. 우리 아이들, 어두운 곳에서 숨 막히게, 어른들의 하는 일들이 저것밖에 되지 않는다는 자책감이 고개를 들 수 없게 했다.

'4월에는 꼭 돌아오세요'라는 글귀가 펄럭이는 것을 보았을 때, 휘장이 바로 선 세월호의 철판 조각 위에 휘날릴 때, 저 멀지도 않은 곳에 세월이 잠든 곳을 보면서, 민간 잠수부가 아가를 안고 나오는 모습에서, 말 없는 아가의 외침에서 그 누구도, 살아 있는 현실에서 살아 있다고는 말하지 못할 것이다.

한 아가 엄마는 가난한 엄마 품에 예쁜 아가가 와준 것을 너무 미안

[영혼의 휘장(팽목), 2019]

해하고, 생활에 밀려 아가의 마지막 전화를 받지 못한 것에 대한 그 아픔에서 죄인이 되고, 엄마가 지옥 갈게, 아가는 천국에 가라는 글을 보면서 "누가 배 타고 여행 가라고 했데?"라는 동시대의 사람들의 얼굴을 보면서 우리 아가들의 4월은 너무도 오래 걸리겠다고 생각했다.

아가들은 티 없이 커서 맑은 나라를 만들어야 하는 책임감으로 버텨야 한다. 세월은 사람을 무디게 만들고, 지워지게 만든다. 우리가 보지 못하고 기억하지 못하여 지워질 수 있다면, 최소한의 양심으로도, 보면서 뉘우칠 수는 있게, 추억하는 자리를 만들어야 한다. 이것이 미래의 희망이 될 것이다.

별은 맑게 빛나야 한다. 우리의 아가들이 거기에 있으므로 빛이 나게 해야 한다. 구름 낀 하늘을 보면서, 저 맑고 밝은 빛이 우리의 마음에 닿을 수 있도록 구름을 걷어 내야 한다. 맑은 눈으로 우리를 내려다볼 수 있도록 어른들은 어른의 길을 가야 한다.

구름 낀 날조차도 우리가 하늘을 봐야 하는 이유는 우리 아가들의 맑은 눈동자가 거기에 있기 때문이다.

지렁이의 꿈

    우리는 모두 농부가 아닐지라도 지렁이의 분변토 정도는 알고 있다고 생각한다. 지렁이는 땅속의 농부라고도 한다. 눈, 코, 귀가 없는 데도 영양가 없는 흙을 몸으로 채워 활성화된 분변토를 제공하여, 모든 농사를 잘 되게 하는 힘을 가지고 있다. 사실은 지렁이에게는 아무런 방어 수단이 없어 먹이 체인에서 제일 아랫부분에 위치하여 육신을 다른 생물의 먹이로 제공한다. 농부는, 특히 우리는 지렁이의 위대한 헌신에 그토록 고맙게 생각하지 않고 산다. 어쩌면 징그럽다는 생각을 먼저 하게 되고 길가에서 만나면, 엉겁결에 비켜가곤 하는 일이 지렁이를 대하는 우리들의 마음이 아닐까 한다.

    자연의 섭리에 따르면, 맨 아래의 먹이 체인이면 존재하기 위해서는 엄청 번식력이 강해야 하는 것이 상식이다. 그러나 요즈음, 사람이 자본을 알게 되면서, 짧은 시간에 부를 축적하기 위하여 제초제, 농약 등을 사용함으로써 자연의 질서를 인위적으로 파괴하고 있음을 안다. 지렁이는 암수 한몸이지만 하지만 다른 개체와 몸을 합하여 7개 정도의 알을 낳고, 차츰 부화 성장을 통하여 1년 정도면 성체에 이른다. 즉, 다른 동물에 비교하여 그 개체 수가 많이 증식할 수 있는 여건이 되지 않음을 알 수 있다. 그래서 필요한 사람들은 지렁이가 번식할 수 있는 환경을 만들어 주어 세월이 한참 지나도록 기다려 지렁이가 증식한 후에 농사를 짓기도 한다. 일본 농사의 대명사처럼 알려진 '후쿠오카 마사노부'는 "농사는 자연이 짓고 농부는 그 시중을 든다"고 한 말을 생각하면 결국 지렁이가 농사의 버팀목이 되어야 한다는 것을 유추할 수 있다.

또한, 땅속에는 엄청난 양의 미생물이 살고 있는데, 이 또한 지렁이처럼 토양을 숨 쉬게 하는 중요한 역할을 한다. 지구에 사는 세균을 지표 밖으로 끄집어내어 정리하면 지구 위에 1.5 미터의 층을 이룬다고 말하고 있다. 이 역시 자연에 속한다. 인간은 얼마나 많은 자연을 훼손하고 있는지를 또한 자각해야 한다.

나는 항상 새벽에 6,000보를 걷는다고 말해왔고, 지금도 여전히 하고 있다. 아침에 운동을 하지 않으면 그나마 운동할 시간이 없고, 저녁에는 다른 상황들이 많아서 아침에 요란을 떨고 있다. 전날 비가 제법 오고 난 다음 날은 공기도 깨끗하고 맑기도 하여 기분이 참 좋다. 이런 맛에 잠을 덜 자더라도 이순신공원에 출근하는 맛을 보기도 한다. 최근에는 비가 자주 와서 이런 기분을 많이 느낀다. 꼭 같은 상황으로 비가 오고 난 다음 날은 공원의 포장도로에, 내가 걷기 운동을 하는 길, 한 바퀴 돌면 1.3 Km 정도 되는데, 숲속에서 인도로 기어 나온 지렁이가 40여 마리 정도 된다. 그중에는 밟혀 생명을 잃은 것, 어떤 것은 죽을 힘을 다하여 기어가는 것, 어떤 것은 길바닥 위에 살기를 포기하는 것들로 보인다.

물론 지렁이는 습기가 있는 곳에서는 편안하게 살 수 있다. 왜 이런 무모한 일을 할까 하는 생각이 들었다. 우리도 스트레스를 받으면 어딘

가로 달아나고 싶고, 환경의 변화를 주고 싶어 소주도 한잔하고, 고함도 질러보고, 게임도 해보고, 좋아하는 사람에게 스트레스를 건네는 일을 하곤 한다. 그러고 나면 쌓였던 분이 쬐끔은 풀리는 것 같기도 하고, 더 깊은 스트레스에 빠지기도 한다. 그렇지만, 지금 살고 있는 아지트를 쉽게 버리지는 못한다. 또 챗바퀴 돌 듯 다음날에 몸을 실어야 하기 때문에라도.

[숨쉬기(이순신공원), 2023]

비가 오면 지렁이들에게는 어쩌면 기분이 아주 좋은 날이 될 수 있다. 촉촉해서 숨쉬기도 좋을 것이고, 친구들과 어울려 한판 진하게 놀 수도 있을 것인데, 왜 안식처를 두고 인도로 나와 생을 마감하려고 하는 것일까. 아니, 생을 마감하려고 하지는 않았을 것이다. 나름대로 기분이 좋을 때 도전하는 것은 아닐까 하고 생각할 수도 있다. 눈이 있다면, 저 넓이 정도의 길이면 얼마 정도의 시간이면 건너갈 수 있을 것이야 라고 계산할 수도 있겠지만, 볼 수도 없는 길을, 어떻게 건너갈 생각을 할까? 인간 측면에서는 지렁이의 움직이는 속도로는 폭 3 미터 정도를 건너는 데는 얼마만큼의 시간이 소요되고, 그 시간 안에 해가 떠서 땅을 달구면 호흡이 곤란해지고, 목숨을 잃을 것이라는 계산이 나올 것이다. 따라서 시도하지도 않을 것이다. 결과가 너무 빤하니까.

그런데도 많은 지렁이가 도전하는 것은 생명보다 도전하는 가치를 더 높은 곳에 두지 않았을까 하는 생각이 든다. 지렁이는 볼 수는 없지만, 피부의 감각으로 빛의 명암을 구별할 수 있는 능력이 있어, 내가 운동하는 새벽에 이동을 시도했을 것이다. 그러다 방향을 잘 잡지 못해 많은 시간을 소비하고 에너지를 소비하여 길바닥에 불시착하고 있었을 것이다. 물론, 어떤 지렁이들을 도로를 가로질러 간 것도, 지금 가려고 무지하게 노력하는 것도

[지렁이의 꿈(이순신공원), 2023)]

기다림은 그 자체로서도 용서를 대신한다

나름의 계산으로 출발을 했을 것이다.

갈까 말까 망설이던 것은 늦게 출발하여 헤매고 있을 것이고, 일찍 출발했던 것은 목표를 달성했을 것이다. 도전하는 것은 옳고 생명을 불어넣는 일이다. 그러나 준비 없이 남이 하니까 해보겠다는 심사는 갖지 말아야 한다. 도로의 중앙 정도에 도달했을 때, 땡볕을 만나면 생명을 바치는 도전이 될 수밖에 없다.

그래서 생명의 가장 중요한 일은 기본을 지키는 일이다. 기본은 상식을 따르는 일이다. 상식이란, 누가 어떤 부분을 깊게 연구하여 얻어지는 전문 분야를 얘기하지 않는다. 누구에게나 적용되는 보편적인 것을 말한다.

길바닥에서 빠싹 마른 지렁이들을 흔히 볼 수 있다. 사람도 자신이 해보고자 하는 일에는 강하게 도전할 필요가 있다. 사람은 눈, 코, 귀, 입을 다 가지고 있어 상황 판단을 무리하게는 하지 않을 것이다. 누구라도, 그때에, 그 일은 도전해 보는 것이 그 뒤에 후회를 남기지 않는 일이 되지 않을까 한다.

사람은 수시로 방향을 바꾸는 풍향계

사월, 오월이 지나 유월이 되었다. 빈 나무에 연초록 눈이 트더니, 지금은 천하를 덮어내는 세력으로 나의 곁으로 와 있다. 식물들도 서로의 사회를 구성한다. 그리고 서로를 귀하게 여겨주는 질서를 구성한다. 절대로 고함지르지 않을 것, 서로 괴롭히지 않을 것, 같은 곳으로 가지를 내지 않을 것, 탐욕스럽지 않을 것, 나그네에게 쉴 틈을 제공할 것, 바람에 길을 내어 줄 것을 공동체의 자율로 베풀며 산다. 해충이 괴롭힐 땐 서로 피톤치드를 분비하여 공동 사회를 지키며 산다. 그러니 화낼 이유가 없다.

사람들도 자신들의 사회를 구성하고 살되, 규칙이 아닌 법의 존재 하에 살아간다. 많은 사람이 타인을 이해하며 베풀고 살아간다. 더구나 사람은 말을 할 수 있는 능력을 갖춰, 자기의 뜻을 조용하게 말을 해도 통할 수 있는 것을, 화가 나면 고함을 지르며 자신을 표현한다. 그리고 움직일 수 있는 장점을 이용하여 그 사회의 능률을 올릴 수도 있지만, 다른 사람들에게 아주 견디기 힘든, 인내의 한계를 초과하게 하는 일들로 행복을 느끼기 힘들다. 그래서 사람은 사랑을 펼친다. 대부분은 나의 사랑을 타인에게 주려고 큰 노력을 하며 또, 그것을 보람으로 느끼고 살기도 한다. 사랑은 핸드폰같이 양방향 통화가 되면 참 좋을 텐데, 그렇지

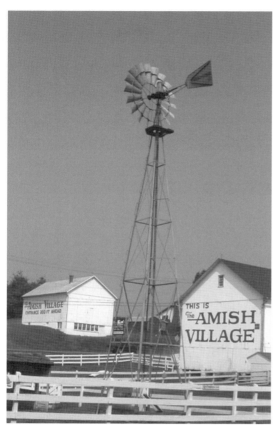

[고집의 풍향계(미국), 2003]

않더라도 한쪽의 사랑이 더 많고 깊어지는 사랑이 더 진실할 수 있다고 생각한다. 한 손이 한 일을 다른 손이 모른다면 그 얼마나 큰 사랑이겠는가. 그런데 사람은 반쪽으로 태어나 항상 그 전체가 되기 위하여 확인하기를 좋아한다. 또는 나의 사랑이 얼마만큼 전해져 가고 있는지 알고 싶은 본능 때문일 수도 있다.

부모의 내리사랑이 그럴 수 있고, 자신을 밝히지 않는 퍼주는 사랑이 그럴 수 있고, 내가 모르는 사이에 나에게 와 있는 사랑이 그럴 수 있다.

그런데 사람은 수시로 방향을 바꾸는 풍향계와 같아 바람이 어디서 불어오는지에 따라 그 마음 역시도 일정하지 않을 수 있다. 부는 방향에 따라 사랑을 맞추기는 참으로 어려울 것이다. 방향을 바꾼다는 것은 사회의 환경이 달라지는 것이어서 구성원 자체로서도 그 변화에 적응하기 힘들 수 있다. 그래서 사랑은 바람 부는 방향과 같이한다는 것은 그 사랑이 필요에 따라 변할 수도 있는 것이라는 해석도 가능하다. 사랑이 필요에 따라 변한다면 그것은 아마도 이익단체가 되지 않을까 한다. 사랑은 모든 방향을 엮는 것이어야 하고, 어떤 목적이 숨어 있으면 개인적인 사랑으로 될 가능성이 크다.

그리고 무슨 사랑이든지 맹점이 존재한다. 사랑이란 사랑을 하면서 자신을 발견할 수 있어야 한다. 사람은 사랑을 하면서 자신을 잃어버리는 상황이 발생한다. 그래서 어떤 때는 억울한 사랑이 되기도 하고, 애타는 사랑이 되기도 한다. 에로스적인 사랑에도 자신을 지키는 것이 맞는 일인데 한쪽에 쏠리는 것을 인지하지 못하면 중심을 잃은 배처럼 좌초되고 말 것이다. 비단, 죽고 못 사는 사랑뿐만 아니라, 나의 중심이 흐트러졌을 때 주위에는 많은 아픈 사랑이 떠돌아다닐 수 있다.

그러기 위해서는 자신의 길은 홀로 가야 한다. 나의 가치관이 확립되고, 흔들리지 않을 때쯤에는 바람이 어디서 불어오든지, 사랑은 나를 지킬 수 있고, 그럼으로써 타인을 사랑할 수 있으며, 씨앗으로 남아 나의 주위에 언제나 사랑을 전할 수 있을 것이다.

국화의 전설

꽃을, 국화를 사랑하지 않는 사람은 없을 것이다. 이 말을 꺼내는 자체가 꽃에 대하여 아주 무지한 사람임을 고백한다.

국화라고 운을 떼면 가장 먼저 떠나간 님의 승천식에서 가지런히 놓여 있는 것들이 생각이 나고, 다하지 못한 삶을 이승에 남겨두고 다른 세상으로 보내는 부모의, 님의, 더 이상 볼 수 없는 아림에 눈물을 빨아들이는 꽃이다.

그래서 국화는 눈물을 만들고 외로움을 만들고, 뼛속까지 스미는, 술잔에 고독을 타서 독으로 마시게 한다. 흰 국화는, 꼭 한그루에 하나의 꽃만 피는 국화는 너무 서러워 보인다, 내 마음 같기도 해서.

2년 전에 새집으로 입주하면서, 넓은 테라스가 있는데, 여기에 여러 가지 나무들과 꽃들을 심었다. 처음으로 해보는 가드닝이라 무식하여 용감한 일을 하였는데, 그래도 사철 푸르른 화단을 가꾸고 싶은 마음이 가장 먼저 머릿속에 자리를 잡았다. 그러면서, 봄에 피는 꽃, 여름에 피는 꽃, 가을에 피는 꽃, 겨울에 피는 꽃들을 찾아서 심기로 하였다.

봄에는 이름을 알 수 없어도 수많은 종류의 꽃이 있었고, 봄꽃만 심어도 테라스가 꽉 찰 것 같았다. 그래서 덩굴장미를 25송이를 심어 담장처럼 만들고, 접시꽃, 시계꽃, 치자나무, 매화, 수국, 작약, 포도나무를 심었다. 여름철에는 푸르른 그 자체가 좋아 블루애로우, 철죽, 금송, 병꽃나무, 천리향, 오죽, 금목서 등을, 문제는 가을에 피는 꽃을 찾아보았는데 그렇게 쏙 마음에 드는 것이 없었다. 그중에 내 마음에 드는 것, 란타나를 골랐다. 이는 가을에만 피는 꽃이 아니라 가을에도 피는 꽃이다. 요즈음 나의 테라스에서 가장 나의 마음을 사로잡는 이쁜 꽃이다. 그리고, 여우꼬리가 있는데 빨간 버들강아지와 흡사한데, 가을까지 자리를 지켜주어 고맙다. 그리고 국화이다, 꼭 국화가 아니라 국화 종류이다. 한 송이만 피는 것이 아니라 함께 블루밍하는 것이 얼마나 사랑스러운지 모른다. 흰 국화는 갈바람처럼 마음을 후벼 파고 쳐다보면 저절로 눈물을 만들곤 하는데, 이들은 백지장에 아주 엷게 물이든 분홍색이어서 내 눈 속에 풍덩 들어온다. 저번 달까지는 필까 말까 애를 태우더니 이제야 주인이 마음에 드는지 속내를 드러내고 있다.

사람은 무식하더라도 적당히 무식해야 한다는 사실을 알아야 할 것 같다. 무식한 사람이 용감하면 참으로 대책이 없는데, 재작년에 심었던 이 국화가 작년에 엄청 많이 자라서 다른 꽃들이 자라지 못하게 되어 베어 버렸는데, 몇 줄기 남은 놈들이 작년 가을에 너무도 예쁘게 피어 나를 아주 멍청한 놈으로 만들어 버렸다. 올해는 같은 길을 가지 않으려고 했지만 다른 식물에 비하여 너무도 빨리 자라서 작년과 같은 난감한 일이 일어났다. 순천의 국가 정원에 공부하러 갔더니 무성하던 국화를 모두 잘라내어 버려 놀랐는데, 국화는 꽃이 피기 전에 한 번 잘라주어야 한단다. 그래서 잘라내어 버렸더니 그 자리에 다른 식물들이 자라나서 국화들이 숨을 못 쉬고 있었다. 다시 좀 솎아내고 마음을 좀 보였더니 한여름이 갈 무릎에 봉오리를 맺는 것이었다. 곧 피겠거니 생각했는데 이제사 얼굴을 내밀고 있다. 이 꽃 옆에는 노란색의 국화가 필 준비 운동을 하고 있는데 그렇게 귀여울 수가 없다. 가을에는 국화 이외는 피는 꽃들이 별로 없고, 나의 테라스에는 분홍바늘꽃, 층꽃나무, 능조라, 목마가렛이 피어있고, 란타나의 꽃잎 위에는 나비가 앉아 속삭이고 있다.

[엷디엷은 연분홍 국화(테라스), 2023]

오늘은 테라스에 노트북을 들고나와 꽃을 보며 글을 쓰고 있는데, 참 기분이 좋다. 매일 아침 일찍 출근하고, 밤늦게 들어와 이런 감정을 느끼지 못했는데 오늘은 만사 제쳐놓고, 맑은 가을 구름과 이제사 나를 보았는지 갈바람이 인사하고 지나간다.

국화는 사랑이라는 꽃말을 가지고 있다. 사랑에도 현재의 사랑, 과거의 사랑, 잃어버린 사랑, 잊혀진 사랑, 내리 사랑, 가슴 속 사랑, 찬 겨울 사랑, 말로서는 표현할 수 없는 사랑, 버릴 수 없는 사랑, 갚을 수 없는 사랑, 빚진 사랑, 플라토 닉 사랑, 에로스적 사랑, 제우스적 사랑, 하데스적 훔친 사랑, 페르세포 네적 사랑, ..., 그리고 가을 사랑.

국화 꽃의 색깔과 종류가 많은 이유를 이제사 알겠네.

희다는 것은 비어 있다는 말 같은데, 이 세상에 사랑하는, 하던 사람 이 비어 있으면 그것이 쓸쓸하고 외로울 수밖에 없겠다. 그래서 색이 생 겨났나 보네. 그 빈자리를 무슨 색으로 물들이면 어떠랴. 검은색은 말 고.

꽃을 보고도 아름다움을 느끼지 못하면, 그 자리가 비어 있기 때문은 아닐까. 반대로 비어 있다는 것은 채울 수 있는 색이 많다고 생각하면 너무 이기적일까.

별이 희게 보이는 것은 거기에 영혼이 살고 있기 때문일 것이다. 별을 보며 국화를 생각해 본 적은 없는데, 별들을 국화 송이로 바꾸어 생각하 면, 때 묻은 그리움이 어깨너머로 찾아들어 얼마나 많은 눈물을 만들까.

흰 별이 때에 따라서는 엷디엷은 연분홍색으로 변할 수 있다면, 적막 한 외로움과 고독이 조금은 엷어지려나.

가을이어서 피는 국화보다, 국화가 피어 다가오는 가을이 더 깊게 파 고드는 노을 같지는 않을까.

가을 잡이

  가는 가을이 야속하여 뒤꼬리를 잡고 따라가 보았다. 참으로 가을은 저 멀리 가버렸을 거라고 투덜거리며 동네 사람들과 둘레길에 동참하였다. 오랜만에 나서는 도심은 거의 회색으로 닿아 있었고, 길가의 은행잎은 살려달라는 아우성처럼 물들어 가고 있었다. 가을은 가고 없는데 저 은행잎은 왜 따라가지 못했을까 하고 곰곰이 생각해 보기도 한다. 원래 가을은 의리가 없는 대상인가도 생각해 보았으나, 하도 뒤쫓아 오는 놈이 겁나 자신이 살려고 먼저 달아난 것 같은 생각도 든다. 거북선 대교 위를 가을 지붕에 잘 익어 있는 박과도 같은 케이블카도 쉼 없이 왔다 갔다 하는 걸 보니 나보다 부지런한 사람들이 저렇게도 많은가, 바다 위를 스치는 가을에 푹 빠진 사람들이 가을 잡이를 하러 곳곳에 웅성이고 있다.

  찻길을 따라 보이는 억새는 얼마나 세상 고민을 했는지 허옇게 새어 있어, 꼭 가을 속에 또 가을이 다가와 있는 것에 괜히 서글퍼짐도 따라온다. 많은 차 속에 끼여 언제 출발지에 도착하나 하고 있는데, 문틈으로 들어오는 바람은 살갗에 닿아 가을이 가고 있음을 전해준다. 역시 산으로 난 도로는 정겹다. 아스팔트라도 발로 툭툭 치며 걸어보는 것도 이 가을에 이수해야 할 과목을 닮아있다.

이윽고 갯내음이 코를 자극하는 바닷가에 차를 세우고, 가을이 어디쯤 가고 있나 숨도 쉬어보고, 물 배낭 하나 메고 둘레길에 들어섰다. 처음이긴 하지만, 둘레길의 시작이 바닷가의 자갈을 밟으며 가는 길이었는데, 참 오래된 날, 보길도의 언저리에서 둥근 조약돌 위를 걸으며 다가오는 작은 파도에 발길질하면서 그렇게도 파란 하늘에 목이 메어, 아! 저렇게 살 수는 없을까를 생각한 적이 있었다. 자갈에 미끄러져 가며 억 소리를 내어도 그냥 어린애처럼 좋았다. 또한, 갯바위에 자리 잡은 석화들이 초가집 엉키듯이 옹기종기 얽히어 있다. 그래 가는 길인데 자연의 맛을 좀 보고 갔으면 했다. 맥가이버 칼로 석화를 따서 입에 넣어보니 이게 더 없는 가을 맛이었다. 둘레길이고 뭐고 그냥 여기에서 퍼져 좀 따먹고 가자는 소리가 여기저기 들린다. 또한, 갯바위에 앉아 소주, 소주 소리도 튀어나온다. 그러게 융통성이란 조금도 찾아볼 수 없는 것이 꼭 우리가 살아가고 있는 삶처럼 닮아있다.

둘레길을 가면 목이 마를 생각만 하고, 가다가 좋은 일이 있으면 왜 소주 한잔할 수 있는 생각을 왜 못하는 것일까, 나처럼. 참 안타깝기도 하다. 자연은 다 주려고 내어놓고 있는데 거기에 앉아있는 사람들은 한 치 앞도 못 보고, 누가 소주를 가져왔겠지 하는 생각뿐이었다. 어즈버, 인걸은 어디 가고 빈손만 남았는고. 바다 기슭에서 산으로 오르는 길로 옮겨 탔다. 산 오솔길 위에 쌓여 있는 낙엽은 바람 소리가 아니더라도 발밑에서 어쩌면 바스락거리는 소리가 노랫소리로 들렸으면 참 좋으련만, 젊을 때의 신록을 생각하고 다 하지 못한 삶에 아픔을 저미는 소리로 들려온다. 누구라 할 것 없이 잠시의 침묵으로 낙엽이 전하고자 하는 말을 듣고 있었다.

기다림은 그 자체로서도 용서를 대신한다

가파른 오르막에는 밧줄을 연결해 놓아, 우리의 어려운 삶 중에서도 저렇게 손을 내밀어 주는 정겨운 이웃같이, 어려울 땐 잘 넘어가라는 선지자들의 모습도 보인다. 아스팔트에 뒹구는 낙엽 소리는 차 소리에 묻혀 그 절규를 듣기 어려운데, 비좁은 오솔길의 마른 낙엽들은 오랜만에 찾아준 나에게 할 말이 참으로 많은가 보다. 왜 그토록 마음을 닫고 살아왔는지, 저 낙엽은 징 하게도 엮어준다. 그러게, 오늘 같은 낙엽의 고함이 아니더라도 삶 속에서 듣고 배우고 했을 텐데 멍청한 사람은 그냥 지나가는 바람 소리로 들었을 것이다. 땀이 흐르고 먼저 간 가을을 잡아보려니 숨이 찬다. 저 바다 한가운데는 커다란 상선들이 물 위에서 가을을 잡으러 그물을 쳐 놓고 있고, 가다 힘든 가을은 커다란 배의 연통 위에 걸려있다.

　가을은 이토록 사람들의 가슴에 남아, 햇볕 들어오는 절벽 위의 억새조차도, 이는 갈바람에 몸서리치고 있다. 가을을 안고 서 있는 저 등대는 먼 곳 자그마한 통통배를 기다리는 듯, 절벽 아래로 시선을 두고 멍든 바다만 애꿎게 흘기고 있다. 멀리 산등성이에도 커다란 바람개비가 가녀린 바람에 졸고 있고, 가을도 쫓겨 가는 것이 아쉬운 듯 여기저기 그 자취를 남기려 무진 애를 쓰고 있는 듯하다. 숲속에서 만난 주먹 감나무, 아직은 떨어지기 싫은 듯 양손으로 매달려 있고, 그냥 지나치지 못하는 사람들은 결국 두 손을 모두 떼어내고 황금을 딴 듯 환호하고 있다. 어쩌면 우리 앞에 지나간 사람들이 없었거나, 아주 포근한 구름과 같은 마음을 가진 자들이 이 감나무만 덩실덩실 뛰어넘고 간 것이 아닐까 하는 생각도 한다. 어쩜 우리가 오도록 눈이 빠지게 기다렸던 것은 아닐까, 정말 땀 흘린 숲속에서 가을을 딸 수 있었다는 것은 너무도 갑갑한 삶을 이어온 우리에게 감로수 같은 선물이었다.

[졸고 있는 바람개비(제주), 2020]

동백, 말로만 스쳐도 눈물이 글썽이는 것은 무엇인지는 알 수 없으나, 그렇게 애잔한 생각은 어려서부터 들었었다. 아직 가을은 손안에 있는데 손 닿으면 아파할 것 같은 봉오리는 실눈 뜨듯이 살포시 열어가고 있는 모습이 애타도록 아름답다. 아마도 가을이 간다기에 수줍은 인사라도 할 모양이었나 보다. 가을이 떠나고 난 뒤에는 그 하염없는 슬픔을 어디에다 두고 더불어 오는 찬 겨울을 새겨야 할까. 겨울에 꽃을 피우는 동백은 그 아픔을 웃음으로 넘기기 위한, 또는 떠나간 임을 살을 에는 겨울에도 아름다운 미소로 맞아 그간 고생한 임의 고마움에 배려의 눈물이 고일 것만 같다.

느지막이 그물에 걸린 가을을 쳐다보면서 저렇게 고생시키는 것보다는 좀 더 편안하게 보내어 주어, 또다시 만날 때면, 초점 잃고 멍하던 저 등대에도 이쁜 미소로 다가설 수 있기를 빌어 주는 게 더 가을을 사랑하는 표시이지 싶다. 가을의 둘레길은 바삐 사는 우리에게 늦가을을 바래다줄 수 있는 여유를 선물한 날이었다.

마치 눈을 처음 보는 것처럼

[처음 보는 눈(강릉), 2023]

　새벽의 고속도로는 모든 것을 낯설게 한다. 어디쯤 달리고 있는지, 같은 길을 가는데도 도저히 알 수가 없다. 거기에 더하여 눈까지 내리니 모든 것이 낯설 수밖에 없다. 날이라도 밝으면 마음이라도 좀 안정될까 싶은데, 보통 때는 6,000보 정도 걸으면 세상의 얼굴들이 잠을 깨고 있는데 고속도로 위는 잠을 깰 기운이 도저히 보이질 않는다.

눈은 내가 어렸을 때 왔던 눈이 정말로 정답게, 의리 있게 다가왔는 데, 그 시골에 4가구만 살았던 곳에, 까치밥 몇 개 매달려 있는, 까치도 아까워서 먹으려고 생각지도 않는, 소의 입김이 마구간 틈새로 배어 나오는, 초가집 지붕 속에 참새가 집들이하는, 대나무는 눈이 무겁게도 내려앉아 낚싯대처럼 휘어지고, 수탉은 백지 위에 발 도장을 찍어 가며 눈이 왔다고 아우성 하고 있던, 덩달아 개들도 남새밭을 운동장처럼 헤집고 다니던, 조그마한 마을의 눈 풍경이 아직도 선하다.

그 고향은 자본에 밀려 어디 갔는지도 알 수 없는데, 어릴 때 새끼줄 매어 그네 타던 나이든 느티나무만 시간을 지키고 서 있다. 자그마한 마을에 또래 세 놈 중 한 놈은 번뇌를 이겨낸 주지스님이 되어 있고, 또 한 놈은 소식만 가끔 들려오고, 또 한 놈은 번뇌를 짊어지고 사바세계에서 삶과 씨름하고 있다. 온갖 스트레스를, 시지프스처럼 굴리면서 이게 삶이라고 생각하고 살고 있다.

깜깜한 터널을 전조등 없이 지나온 것처럼, 밖은 여전히 낯선 눈이 내 머리를 갉아 먹고 있다. 알만도 한길인데 쏟아지는 눈으로 옆 차선의 차, 후방의 차들은 더욱 낯선 길은 만들어 주고 있다. 예전에도 지금보다는 더 세찬 눈이 온 적이 있을 것이다. 그래도, 첫눈을 맞이한다는 것은 머리의 생각과는 달리 마음의 한구석에는 무언가 좋은 일이 일어날 것 같은 어릴 때의 기억이 고생스런 지금보다는 더 진하게 박혀 있기 때문일 것이다.

누구라도 눈을 맞은 기억이 나쁘지는 않았을 것이다. 눈이 오고 난 후의 모습은 비가 온 후의 모습보다는 더 정갈하지 않음이 눈의 속내인 것같아서, 꼭 사람들의 앞뒤를 보는 것 같아 자주 보는 눈이지만 사람에 따라서는 그렇게 눈을 좋아하지 않을 수도 있다. 눈은 머리가 다 큰 후의 눈과 어릴 때의 눈은 그 차지하는 범위가 다를 수밖에 없다. 어릴 때는 계산이 없이 마냥 좋아할 수 있는 여백이 존재한다. 눈이 오면 추수가 끝난 논 위를 날개 젖은 참새 잡으러 많이 뛰어다니기도 했고, 비료 포대를 엉덩이에 걸치고 양손으로 잡고 경사진 곳을 대책 없이 미끄럼을 타고, 손에 피가 비쳐도 그냥 재잘거리며 놀 수 있는 진리 같은 참이 있었다.

머리가 커진 후의 눈은 계산에 따라 달라진다. 저 눈이 나에게 가져다줄 어떤 이익, 정신적인 것이나 사회적인 것이나, 하다못해 섬을 사랑으로 바꿀 수 있는 어떤 계기가 되었으면 하는 깔끔하지 못한 계산이 앞선다. 차를 끌고 갈까, 대중교통을 탈까 하는, 다른 사람에게는 중요하지 않은 일들을 진작 본인은 심각하게 생각한다. 그러다 계산이 틀리면 "괜히 차를 끌고 왔네", "버스타고 올 걸"하는 부질없는 답을 내놓곤 한다.

몇십 년의 눈을 겪어도 정답이 없는 것은 눈에 대해서 무지하다기보다는 낯설기 때문이 아닐까 하는 생각도 해본다. 혹 가다가 만난 사람처럼, 앞면은 있는데 누구라 확신을 못 하는 것같이, 작년에 보았던 눈인데 올해는 나에게 무엇을 요구할까 하는 때 묻은 생각들이 낯설게 만들고 확고하지 못한 자신의 흔들리는 정서 때문에 그렇겠구나 하며 지나가는 것이다.

우리 동네에 오랜만에 눈이 쌓였다. 잠을 깨어 밖을 보니 겨울을 앓은 정원의 마른 잎새 위에도, 아직 겨울을 느끼지 못하는 자그마한 소나무 위에도, 찬바람과 악수하는 오죽의 가지에도, 한 번 청춘을 되돌려 보려는 병꽃나무의 봉오리에도, 아직 꽃잎을 내달고 있는 조그마한 국화꽃 위에도, 눈은 체중을 느끼면서 누르고 앉아있다.

어제는 낯선 눈이, 지금은 어렴풋이 앞면이 있는 눈으로 다가와 있다. 사람은 세월을 알수록 기억은 저만치 멀어져 간다. 사람이 냉큼 타인에 대하여 손을 붙잡지 못하는 것도 그 사람 같은데 혹시 실수할까 봐 마음을 내놓지 못하는 경우도 생겨난다. 그 위에 세월의 눈이 쌓이면 누구도 피해 나갈 수 없는 일들이 생기기도 할 것이다. 그래서 삶에 눈을 더 해보고 싶다. 앞면 없는 눈과 내 삶을 기웃거리는 생각과 언젠가는 어제처럼 기억을 덮어 버릴 눈과 하얀 기억을 만들어 보는 것이다. 하얗다고 하면 뭔가 순수한 느낌을 주는 것 같기도 한데, 실은 하얀 소리라고 하면 못으로 유리창을 긁는, 생각조차, 기억조차 하기 싫은 소리를 말한다. 그래서 하얀 기억이라고 하면, 기억해 내지 못하는 슬픈 기억을 말하는 것은 아닌지 슬퍼진다.

그래서 하얀 삶이라고 하면 아무것도 생각대로 이루지 못한 것을 말하는 것은 아닐는지, 하얀색에 대한 너무 좋지 않은 의미를 부여하는 것은 아닌지 은근히 겁이 나기도 한다.

그래서 하얀 마음과 맑은 마음은 다른 뜻이어야 한다는 말도 하고 싶다.

괜스레 한 해를 보내는 기로에 서서 나에게 좋지 않은 기억들을 타인에게 전가하는 일이 되지는 않을까 전전긍긍하고 있다.

[신년인사(제주), 2022]

그래서 좋지 않은 기억을 덮어씌우기 위해서라도 먹구름을 밀쳐내고 미소 짓는 태양의 사진을 연하장으로 많은 분들에게 올리고 싶다. 누구라도 그렇게 살아야 하기 때문에, 처음 보는 듯한 낯선 눈도 강렬한 태양의 부르짖음으로 맑은 마음이 되었으면 한다.

기다림은 그 자체로서도 용서를 대신한다

자율은 자유를 지키는 것

메말랐던 대지가 해동되고 숨을 쉬기 시작하면, 뭔가 꿈틀거리는 느낌이 빈 머리를 꽉 차게 만든다. 평평한 대지에 지진이 일어나듯 땅이 갈라지고 새초롬하게 얼굴을 내미는 새싹을 본다.

얼어붙어 있던 계곡엔 똑똑 반가운 이슬방울이 생겨, 눈물인 줄 알았더니 환희의 감격이었다.

얼음이 녹더니 물이 생기고, 아장아장 몇 걸음 걷더니 물이 고이고 흘러가기 시작한다. 찬바람이 온 들판을 휘감고 있을 때, 바싹 마른 몸으로 앞도 못 보고 두들겨 맞던 실가지에 연녹색 눈이 생기고 깜깜했던 시간을 돌려 새로운 세상을 맞아 탄생의 기쁨을 느끼고 있다.

성질 급한 놈들은 항상 앞질러 가는 성질이 있어, 순리보다는 명분을 내세우며 환희를 맞는 놈들도 있다. 눈을 먼저 뜨고 꽃을 터뜨리는 게 순리인가 싶은데, 요즈음은 결혼도 하기 전에 아기를 가지고서는 부모님께는 선물이라고 하듯이, 꽃을 먼저 피워 봄을 선물로 바치는 어여쁜 아이들도 많다, 아침 일찍 정원에 만발한 벚꽃을 보면서 참 오래도 참고 있었다는 생각했다. 벌써 매화는 아기를 가지고 있다.

[매화의 아기(여수), 2019]

우리는 자율을 좋아한다, 좋아하는 게 아니고 하지 않으면 안되기 때문일 것이다. 이 봄, 그 많은 생명이 탄생하는 봄, 얼마나 대단한가. 인간이 하기 어려운 일들을 각자의 특성에 따라 깨어나 꽃을 피우고 한세상을 불평 없이 살아가는 걸 보면, 그래서 우리는 도저히 이길 수 없는 자연에 대하여 공감을 하게 되는 것이다.

자유를 지키는 데는 무지무지한 비용이 들어간다. 헤아릴 수 없는 비용-목숨, 생명-이 들어간다. 그래도 자유를 비싸다고 생각하는 사람은 없다. 지금 자유를 누린다는 것은 앞서간 사람들의 생명 위에 사는 것이므로, 또한 잃어버리지 않게 지키는 것이 너무도 중요하다는 것도 우리는 경험으로 알고 있다.

그럼, 자율은 뭐라고 할까.

자율은 자유를 지키는 것이다.

나 스스로의 자유는 자율에서 비롯되며, 이 자율로 우리는 성장하고 어른이 되어 간다.

그러면서 지혜를 깨치고, 그 지혜가 자산으로 되어 다음 세대로 전달되게 해야 한다.

이런 것은 명령으로서는 실행될 수 없는 것들이다. 그래서 자율은 스스로를 지키는 방법인 것이다. 자연이 수백억, 수천억 년 동안 평안히 존재할 수 있었던 것은 이 자율이 순환되어 왔기 때문이리라.

사람은 자연에 속할 수 있으나, 그 자율 정도에 따라 자연의 주인이 될 수도, 되지 않을 수도 있다. 자연이 사람을 포함하고 있으면서 굳이 사람을 말하지 않는 이유는 자연과의 동화를 사람 스스로가 이룰 수 있기를 바라는 것이 아닐까 생각해 본다.

겨울 잎새

잎은 생명을 영위하는데 아주 중요한 역할을 한다. 동물은 움직이면서 필요한 먹이를 찾거나 만들어 낸다. 그중에 일부는 남의 생명을 위협하기도 하나 스스로는 자신의 생명유지에만 힘을 쏟을 뿐이다. 많은 동물은 풀을 먹이로 삼거나 잎을 먹이로 삼는다. 동물들이 먹이가 입에 맞지 않으면 뱉어낼 수 있는 권리를 탐하고 있다. 그러나 식물들은 동물의 먹이 활동에 전혀 반항하지도 못하고 자기의 생명을 담보하는 잎들의 설움을 삼키면서도 내어 주고 있다. 식물의 측면에서 보면 동물은 거의 적에 가깝다. 아무런 보상도 없이, 아무런 한계 조건도 없이 원하는 대로 다 뺏어 간다. 이것을 자연의 이치로 본단 말인가.

"적자생존"은 다른 말로 바꾸어 보면 "먹자 생존"이다. 지구상에서도 먹이를 잘 찾거나 잘 구하는 종족은 현재까지도 잘 챙겨 먹고 있음을 확인할 수 있다. 그러다가 차가운 계절이 오면 열심히 챙겨 먹고 동면을 하러 간다. 그것도 자신이 가장 유리한 곳을 찾아서 자신의 성격대로 적응 조건대로 기분 좋게 자러 간다.

식물들은 동물에 비하면 유리한 점은 전혀 없이 잎의 노력으로 생명을 유지한다. 동물들은 강풍이나 비바람이 치면 움직여 유리한 장소로 이동하여 그다음을 대비할 수 있는 능력을 가지지만, 식물은 직접 대응함으로써 그 고통과 싸워나간다. 이길 수 있는 것은 전혀 없이 맨몸으로 대항하다 잎도, 줄기도, 열매도 모두 빼앗긴다. 그러고도 살아남는 기막힌 적자생존이다. 일 년 동안 몇 고비나 넘기고 나서야 그간의 고통을 단맛으로 바꾼다. 그중에서도 가장 뛰어난 인간은 식물과 동물을 모두 지배하며 먹거리를 챙겨 생명을 연장하며 적자생존 해왔다.

지구 위에서는 왕으로 존재한다. 각자 개인은 자연의 표효에 무섭기도 어렵기도 하지만 인간 전체를 두고 보면 결국 어떤 상황에서도 승자로 남을 수 있다. 그런데 인간이 놓치고 사는 것도 있다. 동물이 멸종하더라도 사람은 살 수 있을 것이다. 그러나 식물이 멸종하면 살기 어렵다라는 것을 크게 인지하지 않고 사는 것 같다. 그것은 지구는 절대 망하지 않을 것이라는 자신감에서 올 것이다. 그래, 지구는 망하지 않을 줄 모르겠지만, 지구 위에 존재하는 식물들은 인간의 행동에 따라 많이 달라질 수 있고, 달라지고 있다. 인간은 각자가 살기 위해서 지구를 지키려 하지 않는 개인주의자들이다. 지구가 데워져 식물들이 사그라들고 있어도 그렇게 걱정하지 않는다. 잎의 중요성을 깨닫지 않고도 잘 살 수 있다는 자만을 가지고 있다.

차츰, 식물들도 자신을 지키려는 일을 하고 있을 것이다. 예를 들어 자신들을 괴롭히는 대상에 대하여 독소를 생산할 수도 있을 것이다. 지금은 피톤치드(Phytoncide)를 생산하는데, 이것이 다른 해충들에 작용하여 쫓아내는 데는 성공하고 있으나, 사람들에게는 건강에 아주 좋은 활성 물질로 작용한다. 그렇지만 조금 더 해를 끼친다면, 잎을 먹으면 그 대상이 생명을 잃을 수 있는 독소를 만들어 낼 것이다. 그렇게 되면 사람을 포함한 모든 동물들이 살아갈 수 없게 될 수도 있을 것이다.

사람을 보은의 동물이라도 한다. 이 보은은 사람 상호 간의 보은이 되어서는 안 된다. 식물로부터 받는 수많은 은혜에 대하여 보상은 커녕, 식물이 살아가는 데 좋지 않은 환경만 만들고 있다. 더구나 잎은 동물들이 숨을 쉴 수 있게 산소를 제공하는 중요한 수단이 되고 있는데, 사람들 주위에 공기가 너무 많아서 그 아쉬움을 전혀 모르고 산다.

[겨울에 지친 잎새(여수), 2022]

오늘 뜰에 추위에 얼어 뒤틀어진 많은 잎새를 보았다. 그럼에도 내가 할 수 있는 일을 전혀 없어 안타깝기만 하다. 저 식물들도 애초에 좋은 땅에 뿌리를 내렸다면 저런 고통을 없을 것인데 하는 일차원적 생각밖에는 다른 일을 생각하지 못했다. 지중해나, 열대지방의 식물들은 겨울을 걱정하지 않아도 된다. 그러나 우리와 같은 대륙성기후, 즉, 여름과 겨울을 가지고 있는 나라, 그래서 잎새를 지킬 수 있는 계절이 반년도 채 못 되는 곳에서 잎새의 고통을 더 클 수밖에 없다. 우리는 겨울이 그렇게 길다고는 생각하지 않을 것이다. 고작해야 12월, 1월, 2월쯤으로 생각한다.

그러나 잎새의 측면에서는 절반이 겨울인 셈이된다. 10,11,12,1,2 및 3월로 무려 6개월 동안 잎새는 추위에 떨어 자신의 활동을 하지 못한다. 오늘 본 잎새도 그렇게 찬바람 앞에 서서 떨고 있었다. 물론 자연이 하는 일 앞에서 다른 방법이 있을 수는 없겠지만, 인간은 자신을 지켜주는 잎새들의 이야기들을 깊은 마음속에 간직해야 할 것이다. 잎새도 인간이 갖는 감정, 정서, 기쁨, 고통, 슬픔...인간이 가지고 있는 모든 것들을 느끼고 있을 것이다. 너무도 긴 겨울 동안 속을 움켜잡고 얼마나 따스한 4월을 기다리고 있을 것인가를 느껴야 한다.

꼭 마지막 잎새가 떨어지는 날을 애닯아 하지 않아도, 그 자리에 새로운 잎새가 돋을 때 그 사랑스러움을, 인간적인 측면에서 거대한 축복을 보내어도 과하지 않으리라.

우리는 잎새가 겨울 속에서 일그러져 가고 있는 것을 눈으로가 아닌, 가슴으로 느껴야 한다.

우리에게도 겨울은 참으로 잔혹할 수 있다. 머리가 정지되고, 숨쉬기가 어려우며, 많은 질병에 시달리게 하고, 마음조차 얼어붙어 옆을 바라볼 수도 없으며, 머리는 아예 생각과 발상 전환을 정지시켜 판단을 못하게 한다. 더구나, 그리운 상대에 대해서는 눈물샘조차 막아버려, 그 대상 자체를 인정하려 하지 않는다. 사랑하는 사람의 이미지도 보통 때와는 달리 깨어진 얼음에 굴절되어, 내 마음에 저장된 형태와 마음에서 아주 멀어져 있다.

그렇다고 자연을 타개하자는 것은 아니다. 우리가 자연 속에 있으면서 자연을 존중하지 않고 질타의 대상으로 생각한다면, 아마도 그 죄로 우리의 생각 능력조차도 빼앗길 줄 모른다. 마음을 더 황폐하게 만들 것이고, 자아를 찾지 못하게 될 수도 있을 것 같다. 마음은 상황에 의해서 움직일 수 있다. 우리의 마음에 겨울이 가득 차 있으면, 모든 것은 차갑게 보일 수밖에 없다. 겨울 잎새의 마음도 지금의 상황이 반영되어 있어 아주 외로움을 느끼고 있을 것이다.

7부
삶의 한계를 넘어

[고귀한 희생(미국, 한국참전용사비), 2003]

벚꽃이 진 자리

벚나무는 견디기 힘든 겨울을 나목으로 버티고, 지나가는 강풍의 억지스러운 짓거리에도 묵묵히 지나쳐 예쁜 꽃으로 고통을 이겨낸 기쁨으로 행복을 누리고 있다. 역경 끝에 얻어진 행복이라 그 누구도 언짢아하지 않는다.

기나긴 겨울의 고통에 비하면 일주일 정도의 행복은 야박하기도 한 것 같다. 행복이란 한곳에 몰려 있지는 않은 것 같다. 다른 생명처럼 잎이 나고 봉오리를 맺고 꽃이 피면 애절함을 좀 덜 수 있어 행복을 이야기할 수 있을 것 같은데...

그래서 벚꽃은 완성되지 못한 행복으로 보인다. 어쩌면 이후에 더한 행복이 다가올지, 혹한 겨울이 한 번 더 올지 걱정하고 있을지도 모르겠다. 그래서 벚나무는 완성되지 않은 행복이라도 놓치고 싶지 않은 것일까.

나체에 꽃을 피우고 부끄럽지 않은 행복을 느끼는 것을 보면 행복은 원래 아무것도 없는 것에서부터 오는 것이라고 말하는 것 같다. 이 벚나무는 세상의 이치를 알고 있는 듯하다. 그 많은 꽃을 피우려면 엄청난 에너지를 저장해야 할 것인데, 그 어려운 고통의 시절에도 세파와 싸우면서 꽃을 피울 에너지를 저장해 왔다는 것 아니겠는가.

[벚꽃이 진 자리(팽목), 2019]

완성되지 못한 행복의 지나감은 그다음에 다가올 잎의 향연으로 달콤한 행복을 가슴에 품음으로써 그토록 바라왔던 열매를 맺는다. 열매는 잎의 보살핌으로 솔솔 부는 바람의 자장가 속에 행복을 익혀 간다. 그 행복의 대가로 나그네에게 편안한 그늘을 만들어 행복을 찾으러 다니는 생명에게도 그 여유로움을 선사한다.

벚꽃이 진자리는 그다음의 행복을 준비하는 자리가 되는 걸 우리는 보고 있다. 이것을 자연의 이치라고 하면, 우리의 가슴에는 행복을 준비하기보다는 멍을 받아들이는 자리가 되어 가슴 저며 온다. 사람은 자연의 이치를 거역하며 살아야 행복의 씨앗을 맺을 수 있을 것인가. 벚꽃이 진자리에 겨울 속에서 뒤틀어진 세월호가 맺힌다. 행복이 맺혀야 할 자리에 자리 잡은 저 세월

기다림은 그 자체로서도 용서를 대신한다

은 사람이 어떻게 감내함으로써 행복으로 바꾸어 맺히게 할 수 있을까. 그저 세월이 약이 될 수밖에 없을 것인가.

벚꽃은 행복을 매달기 위하여 그 고통의 세월을 빈 몸으로 투쟁해 왔다. 우리는 여태껏 희망으로 키워온 열매들을 피해 갈 수도 있었을 광풍(狂風)에 날려버리고 말았다. 벚나무가 맨몸으로 막아 내던 광풍을 우리 인간은 멍하게 바라보며 되찾을 방법을 생각하지 않았다. 벚나무는 잎을 키워 열매를 보호한다. 인간들은 세월이 흘러 만들어진 까맣게 때 묻은 벚나무의 외형만 보고 있었을 것이다. 소리 없이 다음을 준비하는 벚나무, 겉으로 소리 높여 떠들면서도 광풍이 어떻게 오는지도 생각지도 않는 인간들. 그리고 광풍이 오면 무슨 짓 하고 있다가 광풍이 오는지도 몰랐느냐며 서로를 헐뜯는 그것이 본연의 인간 모습인 것 같다.

새로운 싹으로 꽃을 피워 행복을 갖다 주려던 열매들을 보낸 우리는 지금도 그 아픔을 같이 하지 못하고, 떨어져 나간 열매와 그 나무들만 베어버릴 듯 나무라고 있다.

떨어져 나간 열매들은 씨앗을 내릴 땅조차 없는 곳에 떨어져 바로 눈앞에 다가온 공포들을 어떻게 감당하였을까. 뿌리도 내릴 수 없는 곳, 빛도 감추어진 무서움만 등 뒤로 다가오는데 뿌리를 내릴 생각이나 했을까.

왜 이런 광풍이 하필 덜 익은 씨앗에 달려들었을까. 우리는 숱하게 광풍을 맞고서도 그때의 아픔만 남기고 사회적 질서를 바로잡는 데에는 아주 무디게 대응해왔다. 전번에도 우리의 피 끓는 해군 장병들을 바다에 묻은 적이 있어, 그를 바라보는 심정들은 더 이상 아플 곳이 없었다.

그때에도 이런 광풍이 불지 않도록 많은 대비를 하겠다고 했을 것이다. 그렇게 아픔은 우리 옆집 사이로 지나갔다.

지금도 그때처럼 달라진 것도 없다. 생명을 구하러 출동하고자 하는 해군 참모총장의 명령도 막아버리는 시스템, 누구 하나 책임지지 않는 광풍 발생 장치. 서러워도 소리 내어 울지도 못하는 버려진 사람과 인성들.

떨어져 나간 열매들의 부르짖음, 심장을 터뜨리며 파고드는 통한의 고통 소리, 다 못 쉬는 숨으로 부르는 엄마, 멈추기 싫은 심장의 박동 소리, 누가 귀를 막고, 심장을 닫아 들려오는 이 소리를 비켜 갈 것인가. 지금도 들리지도 들으려고도 하지 않는 저 광풍.

벚꽃은 꽃이 진 자리를 그렇게도 아름다움으로 채우는데, 우리 인간들은 왜 그다지도 목마르게 살까. 광풍은 언제라도 불어올 수 있는 것. 우리는 언제쯤이나 자신의 자리를 지켜 광풍의 미친 짓을 끝내게 할 수 있을 것인가.

벚꽃은 그냥 아름다운 게 아니었고, 자신의 행복을 지킬 방법을 알고 있었기에 더 행복할 수 있었던 것은 아닌지 하는 생각을 한다.

다정다감한 장마

    스콜(Squall)은 갑자기 바람이 불기 시작하여 몇 분 동안 지속한 후 갑자기 멈추는 현상을 이르는 말이다. 이 말이 현재에는 나라에 따라서 조금 다르게 쓰이기도 한다, 이 현상은 비를 동반할 수도, 하지 않을 수도 있어 처음의 의미에서 조금씩 변화되어 간 것으로 보인다. 열대지방, 베트남, 캄보디아 등의 동남 아시아에서는 5-10분 정도 강한 소나기가

[적도의 스콜(인도네시아), 2011]

내린 뒤, 언제 그랬냐는 듯이 해가 나오고, 맑은 하늘로 되돌아가는 현상이 많이 나타나는데 이를 스콜이라 부른다. 열대지방에서 일어나는 일들이 우리나라의 장마철에 나타나고 있는 현상을 이번 장마에 많이 보고 느낀다.

이전의 장마는 말 그대로 대처할 수 있는 시간이 주어져 어쩌면 정다운, 기다려지는 비가 되고, 농부들은 이에 따라 쉬기도 하고 물꼬를 정비해가며, 장마 때는 마루에 앉아 곰방대를 물고 쏟아지는 비에 느긋하게 여유도 부리고, 부침개에 막걸리 한잔도 하며, 낮에도 당기는 술맛을 그저 막으려고 하는 마음은 없었다. 그간의 노고에 보상받는 심리도 작용하기도 하고.
그러다가 기분 좋으면 도롱이에 삿갓을 쓰고 논두렁을 둘러보는 재미라도 있었고, 누렁이는 종일 되새김하며 이런 장마는 며칠이라도 더 왔으면 하는 눈길을 보내곤 한다.

천둥이 치는 소리도 참 정겹게 왔다. 3/4박자로 왔다가 6/8박자로 오기도 하고 번갯불을 보고 얼마나 있으면 비가 따라오겠다는 추측도 가능하였다. 그때는 벼락도 나쁜 놈을 찾아가며 때리곤 했는데, 요즈음은 어찌 없는 사람에게만 벼락이 내려 아픔을 더하는지 모르겠다. 아마도 부자들은 약삭빠르게 이런 날은 그냥 집 안에 있는 것이 대수라는 것을 지켜나가겠지만, 없는 사람이야 움직여야지만 먹을 것이 나오니깐 그럴 만도 하겠다는 생각이 든다. 벼락도 의리가 많이 없어진 것만은 사실인 것 같다.

요즈음은 장마 시기인데도 많은 사람이 비가 와 주었으면 하고 빌고 있다. 지금도 포항 지역에는 올해의 비는 어떤 얼굴을 하고 있는지, 그 마음씨는 어떤지 알지도 못한다고 한다. 그런데도 다른 지방에는 폭우로 큰 피해를 내고 있다. 장마라는 개념과 그 뜻을 달리해야 할 것 같다는 생각도 든다. 장마는 기다리면 고맙게 오는 하늘의 선물이고 농부들의 바람의 대가로 지방을 나누지 말고 고맙게 와야 한다. 그래야 장마이다.

올해는 봄 가뭄부터 시작하여 끝까지 기다림을 배신하더니, 그 시기가 되었음에도 환영을 받지 못하는, 기분 좋으면 넘어가고 마음이 생기지 않으면 물고 늘어지는 아내와 같이, 대접을 받지 못하는 장마가 되고 있다. 그래도 부부 싸움은 한계가 있고, 잘못을 인정하면 넘어가는 재미라도 있지만, 이번 장마는 참으로 대우받지 못하는 얼굴을 하고 왔다.

바로 조금 전에 비가 엄청나게 왔다. 잠시 만에 물이 고이고 옷을 홀딱 젖게 하더니, 못난 놈 떡 하나 더 주지, 왜 갑자기 내려 마르지도 못하게 적셔 놓느냐는 말이지. 지금은 햇볕이 쨍쨍 나 구미호 날 굳이 하는 행세이다. 오랜만에 땅을 좀 적시고 들풀들도 곤하게 한숨 돌리려 하는데 가버렸다. 이런 걸 한국형 스콜이라 부른다고 한다. 이것은 열대지방의 스콜과는 좀 다른 형태를 띠는데 우리나라는 스콜이라기보다는 국지적인 폭우라고 해야 맞지 않을까. 스콜이라면 어느 정도 귀여움을 동반하지만, 지금 오는 국지성 폭우는 원망만 가지고 온다.

이것은 누구의 잘못일까. 단지 하늘의 잘못으로 돌리기는 너무 억울해할 것 같다. 열대 지역에서 잡히는 가다랑어가 우리나라 해역까지 올라온다는 것과 명태를 잡기가 어려워지고 있다는 것, 해저의 식물들이 사라져 가는 것들을 보면 점차 기후가 변해가고 있다는 것을 우리는 인지해야 한다. 옛날에는 이산화탄소가 많이 생길 이유가 없었다, 옛날의 우리나라는 부엌에서 연기로 나오는 것이 애교로 보일 정도로, 그때는 장마가 참으로 고맙게 왔다. 요즈음은 경제 그룹이 큰 나라, 미국, 중국 등 중공업이 많은 나라에서 이산화탄소를 엄청 많이 뿜어내고 있고, 지구의 허파에 해당하는 아마존 유역과 열대 우림지역의 나무들이 인간들의 이익 때문에 베어져 나가고, 해상의 식물들이 사라짐으로써 이산화탄소를 이용하여 탄소동화작용으로 에너지를 만드는 그룹들이 지상에서 감소함으로 이산화탄소가 엄청 남아도는 시대가 되고, 이 과잉의 이산화탄소는 온실가스로써 땅을 데우는 데 일조를 하여 기후변화를 이끌어 가고 있다.

누구를 원망할까. 우리나라도 많은 미세먼지가 지역에 따라 발생하여, 이것들이 비를 만드는 핵심으로 작용하여 국지성 호우를 만들어 낼 수도 있을 것이다. 국지성 폭우는 그쪽에 수증기의 증발이 많이 일어난다는 것이고, 이것은 작은 덩이의 구름이 모두 흡수할 수 없고, 산이 많은 우리의 지형에 따라 국지성 폭우로 내리게 된다 할 것이다. 우리는 이제 4대 강 등의 보를 만들어 자연을 파괴하는 것보다는 자연의 아픔을 치유해 나감으로써 같이 사는 방향으로 진화해 나가야 한다. 특히, 기후변화가 심하게 다가올수록 개인이 살겠다는 생각보다도 전체가 같이 살 수 있는 방향으로 나아감으로써, 스콜이 아닌 옛날처럼 다정다감한 기다리는 장마가 찾아올 수 있을 것이다.

소가 웃을 일

　요즈음 날씨가 참으로 참기도 힘들고, 견디기도 힘들고 왕짜증이 많이 난다. 특히 누가 스트레스를 먹이는 것도 아닌데, 몸이 찌뿌둥하고 정신을 차릴 수가 없다. 견뎌야 한다는 것은 누구나 다 아는 일인데도, 머리를 싸잡고 이건 아니야를 외쳐야 하는 이 마음도 답답하기 이를 데 없다. 우리 선조들은 기다리고 견디는 것에는 이골이 난 듯하다.

　꼭 더운 날이 아니라 추운 날씨에도 전혀 바쁠 것이 없는 것처럼 보인다. 추사 김정희의 세한도를 보면 금방이라도 얼어 죽을 것 같은 기세인데도 평안해 보인다. 조금은 외로워 보여서 그렇지, 영 버티지 못할 것은 아닌듯하다. 갓도 마찬가지의 내력을 가지고 있는 듯하다. 갓끈을 매지 않으면 덜렁거려서 움직이는 데 아주 불편할 것이고, 빨리 움직이지 못할 것이다. 이러한 환경이 사람의 성격을 느긋하게 만들지 않았느냐고 생각된다.

　농경사회에서도 소처럼 느긋해야 논, 밭을 갈 수 있었을 것 같다. 소가 말처럼 파닥거리며 빨리 움직이면 전혀 따라갈 수 없어 농사하지 못했을 것이다. 이놈의 소 좀 보소, 급한 것이 전혀 없고, 주인이랑 소랑 그렇게 닮았을 수가 없다. '이랴~' 한마디 하면, 이랑 끝까지 가고 한 번 더 '이랴~' 하면 다음 이랑까지는 별말 없어도 간다. 얼마나 친화적으로 살아왔는가를 보면 가히 감탄이 나올 정도이다. 모심기 써레질하면 주인의 발이 질퍽한 논에서 잘 빠지지 않으면 이놈의 소 또 기다려 준다. 정말 목가적인 풍경이다. 소 풀을 먹일 때도 애타게 따라다니지 않는다. 그늘에 앉아 곰방대 물고 흰 연기 쭉 내뿜어내고 있으면, 저놈의 소는 군말 없이 풀을 뜯다가 주인이 잠들어 있으면 혼자 느긋하게 집에 돌아와 안주인을 놀라게 하기도 한다.

무슨 일을 해도 서두르는 기색이 전혀 없는 걸 보면, 참으로 여기가 천국이구나 하는 것도 스스로 느꼈을 만도 하다. 무슨 일이 내키지 않으면 '내비 둬~' 하는 말로 집안을 조용하게 만들어버린다. 언제 해도 하면 될 것을 왜 그렇게 죄냐는 말일 것이다. 참으로 낭만적이고 전원적이라. 그래도 집안에서 가장 빨리 움직이는 것이 견공이고 보니 이놈은 귀찮다 할 정도로 식구들을 따라다니며 일을 거들어 주는 걸 보면, 이 집은 견공 때문에 '입에 풀칠이라도 하는가 봐' 하는 생각이 들곤 한다.

이때는 충청도에서만 '돌 내려 가유~' 하는 것이 아니라 아마도 전국적으로 그랬을 것 같다. 이것이 여유인지 게으름인지는 굳이 따질 필요가 없을 것 같다. 해야 할 일은 정해져 있고 오늘 하나 내일 하나 그렇게 큰 차이가 나지 않을 것에야 더 서두를 필요가 없지 않겠는가.

또, 논매는 것도 그렇게 박자가 맞다. 얼굴에 볏잎이 항칠을 해도 천천히 천천히 풀을 뽑아 묻어가면서 간다. 빨리 갈라치면, '뭐 그리 바뻐~' 하면 또 진도가 맞아진다. 참으로 평화스러운 농촌이었다.

이놈의 날씨가 간을 빼먹을 정도로 덥고 땀을 질질 흘려도, '뭐 그러다가 그만 두겠지 뭐' 하는 여유로 징한 여름을 지내오고 견디어 왔다. 곰방대 연기 나는 것처럼이나 꼬물꼬물 천천히 여유롭게 지내왔다.

근데 이렇게 느긋하던 세상이 어찌 이렇게 빨리 빨리로 바뀌었는지 이해가 통 되지 않더라고. 그때나 지금이나 소의 발걸음은 변함없는데, 왜 이제 사람들이 소를 앞서간다고 난리인지 모르겠단 말이지. 말 그대로 소가 웃을 일이 아닌감? 지금 곰곰이 생각해 봐도 어디서부터 달라졌는지 알 수가 있어야지. 아마도 그놈의 새벽종이 울고 나서부터인가? 느긋하게 잠 좀 더 자볼라치면 그놈의 확성기에 '너도나도 일어나 새 아침을 일구세~' 이럴 때부터인가.

아버지가 '야! 일어나, 돼지죽 주어야지, 여물 끓여야지, 소 풀 먹이러 가야지, 길 넓히러 가야지, 풀 베어 퇴비 만들어야지...' 이틀에 걸쳐서 하던 일들이 하루가 단축되고, 또 반나절이 단축되고, 그것도 기다리지 못하여 빨리 빨리가 나오지 않았겠냐고.

요즈음의 꾸리 무리한 날씨에도 선조님의 덕을 이어받아 이렇게 엉덩이 꾹 붙이고 앉아서 땀 흘리며 일한다는 그 자체가 지금 우리에게 대물림이 되지 않은가 싶다. 요즘 날씨 정말 너무 한 것 같다. 비가 오려면 콱 와 버리든지, 아니면 쫙 햇볕을 뿌려서 사람들을 잡아먹든지, 화이고, 이것도 저것도 아닌 것이 신경질만 돋우고 있네. 옛날 사람들은 '왜 그려~' 할 것 같은데 쬐끔 빠른 시대에 살았다고 견딜 수 없다고 난리를 치는 이 몸을 보면 참! 역사가 이래서 재미있구나 하는 것을 느껴본다.

[간 빼어 먹을 태양(싱가포르), 2020]

이런 꾸리 무리한 날이 계속되고, 좋은 말을 하더라도 툭 튀어나올 것만 같은 날, 마음을 다스리기가 쉽지 않다. 차라리 일과가 빨리 끝나면 소주에 고춧가루 타서 확 마셔버리고, 화끈하게 웃통 벗고 달리기나 해볼까. 청명하고 더운 날의 매미 소리는 참으로 노래하는 것으로 들리는데, 이러한 날씨의 매미 소리는 떠날 날이 되어가는 아주 애절한 눈물 소리로 들린다.

이런 날을 맞으려고 땅속에서 7년을 버텼냐고 한탄하는 소리 같다.

정말 상큼하다는 말은 푸른 하늘을 배경으로 고추잠자리가 짝을 지어 유영하다 잠시 쉬러 내려앉은 코스모스의 미소를 보는 것이 아닐까 한다.

기다림은 그 자체로서도 용서를 대신한다

입동

봄에 새싹으로 나의 곁으로 왔던 화초들이 대낮의 정점을 지나듯이, 더 이상 덮을 수 없는 청춘을 보내고 씨앗을 맺더니, 지금 가을의 끝자리에서 일 년을 맺을 준비를 한다. 모두 한평생을 잘 보낸 듯한데, 조금은 아쉬운 얼굴을 하고 있는 것이 국화이다. 얼마 남지 않는 계절에서 늦둥이 보듯 꽃을 피우고 조금 더 세상을 보고 싶은데, 입동이라는 놈이 찾아왔다. 꽃들에게 겨울은 참 길다. 낙엽 지는 11월부터 시작하여 다음 해 4월까지는 거의 잠을 자거나 혹은, 활동하거나 숨을 쉴 수가 없다. 기후 탓인지 옛날의 따스하던 3월은 요즈음은 눈이 내리기도 하고, 아주 세찬 바람이 불기도 해서 새싹들은 어리둥절할 뿐이다. 적어도 3월은 지나야 얼굴을 펼 수 있게 되었다.

지금은 11월하고도 어린아이들이 좋아하는 빼빼로 데이 근처인데, 단풍은 고사하고 바로 낙엽으로 떨어지고 있다. 며칠 전까지만 해도 국화는 미소 지으며 반기기도 했는데 찬바람을 몇 번 맞더니 거의 혼수상태가 되었다. 빗물의 무게에 못 이겨 가지가 찢어지고. 꽃들은 냉해를 입어 지금 이 상태로는 아무리 화장을 해도 예쁘던 시절로 돌아가기 어려울 것 같다. 예쁘게 꽃을 피우려고 일 년을 기다렸는데 일생의 인사도 하지 못하고 저물어 갔다. 다른 꽃에 비하여 국화의 슬픔이 진한 것은 다른 꽃들은 평생을 인지하고 떠날 때를 알고 있어, 씨앗을 맺고 세상 평을 하면서 순리에 따라 흘러간다.

사람들은 피어 있는 꽃만 쳐다보길 좋아하고 시들고 멍든 꽃은 보지 않으려 한다. 여태껏 살아오면서 자신들에게도 시들고 뒤돌아보기 아픈 시기가 시든 꽃과 겹쳐 보일 수도 있을 것이다. 이런 사람들은 잘못 사는 것으로 보인다. 꽃들은 이렇게 아프고 난 후 새싹을 피울 생각으로 극도의 아픔을 간직하면서 희망을 씨앗으로 심는다. 다음 해의 이쁜 세상을 준비하는 것이다. 사람들은 이것을 인정하지 않으려 한다. 곱씹어 보기엔 너무 쓰기에 피하고 싶은 까닭일 것이다. 또한, 사람은 결점이 있었던 자신의 역사를 생각하고 싶지 않을 것이다. 굳이, 아픈 것을 다시 생각해서 부끄럽기도, 껄끄럽기도 한 사실을 지워버리고 싶을 것이다. 다시는 그런 일이 일어나지 않도록 뼛속에 심어 기억하기도 할 것이다. 이런 것이 자연과 사람의 차이가 아닐까 싶다.

국화는, 젊었을 때 죽고 싶을 정도의 고생과, 물에 젖은 솜을 지고 무거워 몸을 추스르지 못하는 당나귀와 같이, 눈에 아른거리는 역경을 다 버티고 난 후, 보이지 않는 미소로 하루를 살아가고 있는 우리처럼, 늦게 삶의 향기를 내고 있다. 내가 고생하고 있을 때 한 줄기 바람처럼 다가왔던 그 향기가 지금은 은은하다 못해 바로 코앞에서, 나의 냄새를 맡고 있는 듯하다. 나처럼, 젊을 때 모진 찬바람에 시달려, 가을 햇빛에 비친 고운 얼굴은 아니지만, 내가 국화 향을 맡고 힘을 내었듯이, 지금 찢어진 가지에 매달려 있는 국화 송이도 나의 향으로 다시 일어났으면 한다. 내가 병원에서 쓰던 붕대로 국화의 가지를 여미어 매고, 고춧대를 세우던 알루미늄 막대로 지지하여 더 찬 겨울이 오기 전에 맑은 웃음을 지을 수 있으면 좋겠다.

가지가 찢어지는 일은 생각을 할 수 있지만, 비 오고 찬바람이 불면 그 누구도 결과를 예지하기는 싫을 것이다.

[냉해 속에 핀 국화(테라스), 2023]

나도 그랬다. 이런 한파가 몰려올 땐 분명히 상처가 나고, 심하게 몸이 부서질 줄 생각은 했었지만, 그 결과는 생각하기 싫었고, 다음에는 분노가 치밀어 왔다. 이런 한파가 왜 나에게만 오느냐고.

그때 집의 테라스에 피어 있는 꽃들을 생각했다. 키다리 접시꽃, 색깔을 바꾸어 가면서 응원하던 란타나, 장미, 시계꽃, 마가렛, 아네모네, 루피너스가 주인이 빨리 돌아와 함께하기를 바라고 있었다.

늦게도 삶은 너무 앞만 바라보며 사는 것이 아니라는 생각을 했을 때, 이미 가지 찢어진 국화처럼, 바람에 꺾어진 접시꽃처럼, 허망함이 안개처럼 드리워졌다.

나는 쓰러지기 전까지는 색소폰을 연주하기를 좋아했다. 색소폰은 배우게 된 동기도, 너무 힘들고 답답한 학교생활의 스트레스를 줄일 수 있는 고육지책으로 생각했었는데, 그리고, 두 가지의 곡은 꼭 악보 없이 불러 보고 싶어서였다. 한 곡은 "목포의 눈물"이었고, 다른 한 곡은 "못 다 핀 꽃 한 송이"였다. 정말 집중하여 연습했다. 이것을 하지 못하면 살 수 없을 것 같았다. 연구의 스트레스는 무게로 다가왔지만, 색소폰의 연습은 잘 숙달되지는 않았지만, 그래도 숨통이 트였다.

이난영의 한을 그린 것, 내가 이른 나이, 5살 때, 모내기하면 못 줄 뒤에서 못 단을 옮겨 주면서, 모를 심는 동네 아줌마들이 정자(피로를 잊고 일을 효율적으로 하기 위하여 모를 심으며 부르는 노래)를 하는데, 그때 처음으로 배운 노래가 "목포의 눈물"이었고, 목포는 내가 교수가 되고 목포에서 학회를 할 때(1996년), 처음으로 목포에 갔었는데 삼학도가 중장비로 둘러싸여 있고, 삼학도의 파도는 간 곳이 없어 엄청 실망한 적이 있다.

그리고 새 학기마다 학생들이 MT 가면 같이 가서 "못다 핀 꽃 한 송이"를 비롯하여, 팝송 등으로 학생들이 잘 모르는 노래도 있을까 봐, 빔 프로젝트로 악보를 쏘아가며 한 시간 정도 색소폰 연주로 학생들과 더불어 신나게 놀곤 했다.

그래, 내 인생에 있어서도 못다 핀 한 송이 꽃을 피워야 겠다는 생각을 했다. 또 꽃잎 한닢 남을 때까지 삶을 추구해야 겠다는 다시금 모진 생각을 하게 된다.

입동이 와서 국화의 가지를 찢고 꽃이 냉해에 괴로워도, 지금은 하얀 색의 꽃에서 연분홍으로 물들어 웃고 있는 모습이 그냥 좋다. 입동은 기다리지 않아도 온다.

더 할 말이 필요 없을 것 같다.

그냥 좋다.

갖고 싶은 하루, 보내고 싶은 하루

어제가 있어 오늘을 맞을 수 있다는 것은 큰 행복임이 틀림없다. 적어도 어제만큼은 충분히 노력했다고 생각하여 한 잔의 소주로 하루를 마감한다. 다행히도 소주는 신경을 마비시켜 어제 어떤 일이 있었던가를 지워주니 오늘의 일이 어제와 닮았다 한들 또 다른 하루를 맞을 수 있어 기분 좋다 할 것이다.

더 다행인 것은 어떤 정신없는 사람이 너는 어제 무엇 무엇을 했는데, 또 같은 일을 하나 하고 지적하지 않아 좀 더 숨 쉴 기회가 되는 것 같다. 하루를 시작하고 잡는 것이 그리 어려운 건 아닌데, 꼭 달라야 한다는 이 심리는 무엇일까 모르겠다.

인간의 속성 중에는 무엇인가 새로운 것을 만들어 내고자 하는 욕심이 있는 것 같다. 새로운 것에는 전신이 달라붙지만, 시간이 지난 것은 그다지 손에 잡기가 어정쩡하다. 그 봐, 하루라도 못 보면 죽을 것 같이 하루를 보내다가도 결혼하고 나면, 잡아둔 물고기 먹이 안 준다는 말이 나오지 않는가. 하루의 시작은 누구 없이 경쾌하게 시작하여야 한다. 정신 나간 듯 웃어가며, 내가 왜 이러는지 모를 정도로. 모든 것은 상대적으로 적용된다. 공을 튀겨 보면 튀길 때 힘준 것만큼 튀어 오른다. 가만

[공손한 일출(순천), 2019]

히 굴러가는 공을 보고 '너 인마 튀어 봐'라고 하면 구르든 공이 예 할 것 같아? 미친놈이라고 하지. 이것은 우리가 알고 있으면서도 몸이 말을 안 듣기 때문에 조금은 힘든 삶을 살게 되는 것이다.

하루는 참으로 공손하게 다가온다. 태양이 떠오르면서 소리를 지르는 것도 아니고, 눈앞에 다가온 아침이 화를 내면서 눈을 뜨게 하지도 않는다.

단지 자기 기분에 못 맞추어 난리를 떨고 있는 자신을 보곤 할 것이다. 공손하게 다가온다는 것은 당신을 존경한다는 겸양의 표시이지 않겠는가. 우리는 이렇게 공손하게 다가옴을 왜 존경스럽게 대하지 못하는 걸까. 아마도 자신을 제어할 수 있는 기능이 엷어져서 그럴 것이다. 어제 소주 한 잔으로 기분 좋게 잠이 들었으면 그 기분으로 일어나 공손한 하루를 맞으면 좋지 않겠는가.

그렇게 시끌벅적한 하루가 시작되고, 그다음은 하루를 담아야 하는 일들이 기다리고 있다. 조금은 색깔이 다양하게, 어제 담은 것 말고 새로운 뻑적지근한 것을 담고 싶어, 무언가를 재미있게 시작해 본다. 컴퓨터 돌아가는 소리가 생기 있게 들리고, 윈도우 떠오르는 소리가 전율을 일으킬 정도로 기분 좋게 출발한다.

마치 그 소리는 '주인님, 오늘은 참 미남이시네요'라고 말을 걸어 주는 것 같다. 참 기분 좋은 하루가 내 곁에 있어서 좋다. 참, 그 옆에는 10년 만에 꽃을 올린 벤저민의 미소도 덩달아 웃게 만든다. 주인이 그렇게도 무뚝뚝하고, 살가운 것이 전혀 없고, 짜증만 내는 못난 주인으로만 알고 있을 것이다. 다행히 이들은 주인을 닮지 않아 밝은 생활을 영위하고 있어 고맙다. 주인도 미안함을 느끼기는 하지만 쓸데없는, 필요 없는 자존심으로 다가가 말을 걸지 못하는 병을 앓고 있다. 그래도 한 번씩은 쓰다듬어 주는 것이 그리도 좋았나 보다, 그것을 정이라고 생각하며 내 곁에 있는 것 같다.

메일이 뜨고, 그 내용에는 단 일 초라도 웃음이 나오게 하는 내용은 없다. 우표 없이 도달되는 편지라 무슨 그리 많은 편지가 와 있는지, 나의 능력을 벗어나는 일들을 왜 그렇게 요구하는지 모르겠다. 바보같이, 네가 능력이 있으니깐 이런 일들이 쏟아지는 것 아니야 하고 대어 들겠지만, 난 그저 하루를 잘 넘기기 위하여 프로그램으로 훈련된 산 자에 불과하다는 것을 왜 알아주지 않는 거지, 이것이 답답함의 출발인데. 난 열심히 일해, 단지 머리에 들어앉아 있는 세포들이 만족하지 못할 뿐인 거지.

기다림은 그 자체로서도 용서를 대신한다

모든 생물은 자기만족으로 살아야 하는 것으로 생각하는데 비단, 사람만은 자기만족에다 무슨 성취한 기분이 있어야 한다는 야릇한 심리가 있어, 평생 편안한 하루는 지내지 못한다. 용맹한 사자는 배가 부르면 살아 있는 다른 것을 취하지 않는데, 사람은 꽉 채우고도, 준비한다는 명목으로 또 채우기 시작한다. 이것이 스스로는 성취감이 되고 사는 맛을 느낄 것이다. 그러니 하루를 갖고 싶어도 버리는 하루가 되고 마는 것이다.

　그러면서, 넘어가는 해를 보고는 왜 그리 빨리 쉬러 가느냐고 앙탈을 부리기도 한다. 자신의 탓이 아니라는 이야기지. 자신이 일을 마칠 때까지는 넘어가서는 안 된다는 논리이지. 얼마나 편안한 논리인가. 자신에만 맞으면 되는 행복, 얼마나 뿌듯하겠어. 하루를 보낸다는 것은 꼭 꼬집어 말하기는 싫지만, 내일이 존재한다는 것에 기대고 있어, 그렇게 아쉽게는 생각하지 않을 것 같지만, 누구에게도 내일이 보장되지 않을지도 모르기 때문에 하루를 결산하는 것이 옳다.

　죽은 자가 갈망했던 오늘이었든지, 오늘의 투자로 내일을 벌 수 있을 것인지, 오늘의 빚으로 떠내려가는 내일에 발을 동동 구를 것인지를 매듭을 지을 필요가 있다. 그래서 오늘을 갖고 싶은지, 보내고 싶은지를 정리해 보고 공손한 내일에 대하여 겸손히 맞을 준비를 해야 하지 않겠는가.

촉(觸)

　사람은 언제나 가느다란 희망을 잡으며 살아간다. 나의 아이가, 나는 별로 공부도 못하고 뜻을 이루지 못하였으나, 나보다는 나을 것이라는 기대감과 나의 꿈을 모아서 나의 아이가 잘되었으면 하는 어쩌면 당찬 기운으로 살아간다. 기분 좋을 때는 아이가 어쩐지 시험에 100점을 맞을 것 같은 예감이 들고, 저녁에 아이가 시험지를 태극기 휘날리듯 흔들어내며, "엄마 나 백점 맞았어"라고 말하면, 여태껏 나의 기대 대로 아이가 나의 방향으로 잘 가고 있다는 생각에 고맙기도 하고 눈물이 나가도 한다.

　또, 전봇대 전선에 앉은 까치가 내 머리 위를 돌며 까악 거릴 때는 누군가 반가운 손님이 올 것 같아 기다려지기도 하는데 아마, 울 엄마가 반찬을 맛있게 만들어 오는 것은 아닐까 하는, 그동안 무심했던 마음이 등 줄에 물줄기가 흘러 찔끔찔끔 눈물 나기도 한다. 울 엄마는 나에게 기대할 것도 없었을 것인데, 이렇게 사는 것이 뭐 그리 대단한 일이라고 밥도 한번 편하게 드시지 못했는데 하며, 말 안 들어 등짝에 엄마의 고무장갑 직인이 찍히게 발발거리기도 했다.

　근데 엄마가 이렇게 먼 곳까지 올 리야 없겠지만 그저 손 맞잡고 울고 싶어진다. 그때사 내가 무엇을 하며, 무엇을 위하여 살아 왔는가 하는 것을 새삼 챙기게 된다. 이 생각에 젖어 멍하니 눈물짓고 있는데 "어야, 야야!" 하며 허연 머리 엄마가 대문을 밀고 들어선다. 이게 꿈일 것이야 하고 뺨도 때려본다. 특히 여성들에게는 아주 성능이 뛰어난 감각, "촉(觸)"을 가지고 있어 남성 생각의 범주를 초월하는 안테나를 가지고 있다. 마치 무속인이 신을 접속하듯이 전혀 알 수 없는 느낌으로 사람을 당황하게 한다. 남성들은 자신의 주위에 있는 여성들로부터 족집게를 당한 일들이 많이 있을 것으로 생각한다. 어쩌면 내가 생각하는 불길한 일들을 너무도 잘 맞힌다는 특성에 말을 더듬고, 하얗게 질리기도 한다.

내가 대학원 석사과정 3학기를 마치는 과정에, 때에 따라서는 이 논문으로 석사학위를 받을 수 있도록 논문을 정리해 두고 밤 9시경에 고향집에 도착했다. 엄마는 '이렇게 늦게 왔나, 밥은 먹었냐'라고, 아버지는 '요새 많이 바빴나 보네' 하고 방에 들어갔는데, 옆방에서 여동생이 튀어나오더니 "오빠 군대 가제?"라고 하는 것이다. 군대는 만학도이고 때마침 학사장교제도가 생겨 시험을 쳤는데, 6월에 광주 보병학교로 가기로 되어 입대 전날 고향집에서 자고 다음날 혼자 광주행을 하려고 생각하고, 혹시 3년이지나 제대를 하더라도 만들어 둔 논문으로 졸업을 하려고 했었다. 나 자신은 너무도 놀랐다. 어떻게 알았을까, 누구에게도 말하지 않았는데. 그 뒤로부터 여성의 촉에 대하여 신을 믿듯이 믿고 있다.

여성들에겐 촉이 되지만 상대인 남성들에게는 언제든지 불길한 예감의 낚시가 될 수 있다. 특히 좀 안 좋은 예감은 그렇게 잘 맞아 들어가는 것도 많은 경험을 통하여 새겼을 것이다.

회사에 구직시험을 기분 좋게 잘 쳤다고 생각했는데, 한 가닥 차가운 바람이 지나가면, 그 희망에 무거운 닻을 내릴 수밖에 없다. 그리고 불행한 예감은 그렇게도 잘 맞아 들어간다. 내가 투자한 증권도 같은 예감을 많이 받는다. 어제 하한가를 쳤으니, 오늘은 반등할 거야 하는 기대감도 아주 멋지게 이 상황에 동참하게 된다.

[좋은 예감(테라스), 2023]

내가 30대 말쯤이었던 것으로 생각한다. 그때는 부산 연산동에서 약국을 경영하고 있었는데 설날 당일을 약국을 지키느라고 고향에 가지 못하고, 다음날 고향에 갔었는데 엄마가 "살기 어렵제?"하며 떡국을 내놓으셨다. 잘 먹고 잘 쉬고 부산에 돌아와서 자고 있는데, 새벽 4시쯤 전화가 울렸다. 온몸에 쥐가 나고 영 아니다 하는 느낌이 온몸을 감전시키고 있는 중에 "엄마가 돌아가셨다"고 한다. 누가? 엄마가? 그때는 할머니도 계셨기 때문에 엄마라고는 도저히 믿을 수가 없었다. 엄마는 나에게 떡국 한

그릇 퍼 주려고 하늘의 부름을 연기해 두었던 것인가 하는 생각과 이제 약국을 경영하여 입 정도나 축일까 하는 상황에서, 엄마께 맞는 약 한번 제대로 만들어 주지 못했다. 하필 그런 때에 가셨다. 내 평생 한스러워 엄마만 생각하고, 목련을 쳐다보면 거기에 울 엄마가 보여 매년 봄 목련꽃 찾으러 헤매고 있다. 조금은 불행한, 좋지 않은 느낌도 좀 비켜 갔으면 좀 살기 편할 수 있으려나.

우리 집 테라스에 많은 식물과 꽃들이 한창 자라고 꽃 피우고 있다. 저 꽃들도 사람처럼 불행한 예감이 비켜나가지 않으면 어떻게 아픔을 참아갈 수 있을까. 요즈음은 날씨가 봄인지 겨울인지 분간하기 어려운데, 내일은 좀 따스하겠지 생각하는 꽃들도, 나무도, 그 뜻을 사람처럼이나 비켜나가지 못하고 있다. 올해의 과일값은 틀림없이 비싸질 것이다. 날이 차가워 꽃이 피지 못하고 수정이 되지 않아 얼굴을 까맣게 태우는 것을 보면서 식물들도 우리와 같은 바람이 비켜 가고 있어, 더욱 마음 저리게 만들고 있다.

12월에 부쳐

그대의 마음을 읽지 못한 서러움에
차갑게 불어오는 바람 앞에 서서
어리석음을 탄 합니다

어제와 같은 태양이 솟았는데
오늘은 더 야위어 보이는 것은
아마도 마음의 빚이 너무 커서일 것입니다

12월에 꽃봉오리를 맺은 병꽃나무는
세상이 어지러워 때를 놓쳤다기보다는
예쁘게 피어 세상을 꽃 바느질하려는 것입니다

거리의 노란 은행잎이 헤어지지 못하고
서로 부둥켜안고 있는 것은
다가올 세찬 바람을 같이 이겨내기 위함입니다

철새가 어둠 속에서도 모이를 찾는 것은
다른 희망을 향하여 멀리 갈 수 있도록
자신을 기르고 있는 것입니다

기다림은 그 자체로서도 용서를 대신한다

달은 꽃무릇처럼 말없이 떠나간
태양을 기다리며, 같은 하늘에서 만났을 때
더는 멀리 가지 말라고 말하고 싶음입니다

더욱이 눈물 속에 피는 꽃처럼
매일 매일 기도하며 살아온 우리에게
볼살이 붙은 태양이 어루만지게 하소서

그러다 달이 바뀌면
모든 혼돈을 햇살 바늘에 꿰어
주위에 편안하게 잠들게 하소서

세상의 품에 안기지 못하는 사람들에게도
돋보기가 물병을 터뜨리는 집중력으로
모두 하나 되어 스스로 일어나게 하소서

**김종덕 제 2 수필집_ 기다림은 그 자체로서도
용서를 대신한다**

초판발행 | 2025년 2월 15일

—

지 은 이 | 김종덕
펴 낸 이 | 이민숙

—

펴낸곳 | 오선문예
주소 | 서울시 강동구 양재대로
전화 | 010-3750-1220
이메일 | minsook09@naver.com
ISBN 979-11-988410-4-9

—

값 17,000원

—